新訳

ドリトル先生のサーカス

ノティング

河合祥一郎＝訳

角川文庫
22220

Doctor Dolittle's Circus
by Hugh Lofting
1924

新訳　ドリトル先生のサーカス　目次

Doctor Dolittle's Circus

Doctor Dolittle's Circus

この本に登場する人間と動物たち

ジョン・ドリトル先生　John Dolittle
動物と話せるお医者さんで、
博物学者。世界中を旅する。

サラ　Sarah
ドリトル先生の妹。
先生の動物好きにあきれ、
お嫁に行った。

ガブガブ　Gub-Gub, the pig
食いしんぼうな子ブタのぼうや。
泣き虫であまえんぼう。

ボクコチキミアチ　Pushmi-pullyu
頭がふたつもある、世にもめずらしい
動物。とっても恥ずかしがり屋。

ダブダブ　Dab-Dab, the duck
おかあさんみたいに
先生のお世話をするアヒル。

ソフィー　Sophie, the seal
だんなさん思いのオットセイ。
海に帰りたがっている。

ジップ　Jip, the dog
とんでもなく鼻がきくオス犬。
先生のおうちの番犬。

トートー　Too-Too, the owl
オスのフクロウ。算数が得意。
耳がすごくいい。

スウィズルとトービー
Swizzle and Toby, the dogs
サーカスで出会った、
雑種犬とトイ・プードル

マシュー・マグ　Matthew Mugg
ネコのエサ売りのおじさん。
先生とは古い付き合い。

第一部

第一章　炉端の集まり

これは、ドリトル先生がサーカス団といっしょに旅をなさったときの、冒険談です。最初、先生は、サーカス暮らしをつづけようなんて思っていらっしゃいませんでした。ただ、船乗りから借りた船を台なしにしてしまったので、弁償をするために、ボクコチキミアチをほんの少し見世物にするだけのおつもりでした。

でも、以前フクロウのトートーも言っていましたが、ドリトル先生がお金持ちになるのは、たいしてむずかしいことではなかったのです――お金なんて、まあなんとかなるのです――それよりも、むずかしかったのは、先生がずっとお金持ちでいることでした。

アヒルのダブダブに言わせれば、「私が知るかぎり、先生は、五、六回お金持ちにおなりだったけれど、お金があればあるほど、すぐまたびんぼうになってしまうのよ」というわけです。

もちろんダブダブの言う〝お金持ち〟なんて、大したお金持ちではありません。でも、たしかに、サーカスにいらしたあいだ、先生は何度も大もうけをなさっていたのに、一週間かひと月たつと、時計の針が進むように着実に、またびんぼうに逆もどりしてしまうのでした。

さて、ともかく、このお話は、ドリトル先生の一行（犬のジップ、アヒルのダブダブ、フクロウのトートー、ブタのガブガブ、ボクコチキミアチ、そして白ネズミ）が、長いアフリカ旅行から「湿原のほとりのパドルビー」の小さなおうちへ、ついに帰ってきたところからはじまります。

なにしろ大家族ですから、食べる量もたくさんです。先生は、ポケットにお金がまったくなかったので、サーカスに入団する話が決まるまでの少しのあいだだけでも、どうやってみんなを食べさせればよいものかと、たいへんこまっていらっしゃいました。

ところが、用意周到なダブダブは、船旅のあと、海賊船の倉庫に残っていた食料を、みんなでおうちへ運ぶよう指示していたのです。これで――倹約すれば――少なくとも、一日か二日はもつでしょう、とダブダブは言いました。

動物たちはみんな、おうちに帰ってこられたことがうれしくてたまらなかったので、これからどうしようかという心配なんてすっかり忘れていました。しかし、ダブダブはべつでした。このおかあさんのようなアヒルは、まっすぐ台所へ行くと、おなべを洗って、食事のしたくをはじめたのです。そのほかの連中が、先生もふくめて、お庭に出て、あちこちを探検してなつかしがっているというのに。そして、みんながまだ、大好きなおうちのすみずみまでぶらついたり鼻をつっこんだりしているところに、とつぜん、ダブダブがスプーンでフライパンをたたいて食事の合図をしました。それを聞いたみんなは、裏口へ急ぎました。むかし、みんなでいっしょにとても楽しい時間をすごした、あのなつかしい台所でまた食事ができるのはうれしいね、と口々に言いながら、お庭から家のなかへ転がりこんだのです。

「今夜は寒そうだから、暖炉をたかなくっちゃね。」みんながテーブルについたとき、ジップが言いました。「この九月の風は、ぞくっとするよ。先生、夕飯のあとでお話をしてくださいますか。みんなが暖炉をかこんでまるくなるのは、ずいぶんひさしぶりですね。」

「でなきゃ、先生がお書きになった動物のための本を読んでほしいな」と、ブタのガブガブ。「王さまのガチョウを盗もうとしたキツネのお話がいいな。」

「うん、そうだねえ」と、先生。「まあ、そのうちにね。それにしても、海賊が持っていたこのイワシは、なんておいしいんだろう！　この味からすると、ボルドー産だね。本物のフランス産のイワシは、すぐわかる。」

このとき、先生は、「診察室に患者が待っています」と呼び出されました。イタチがつめをいためたのです。その手当てが終わるか終わらないかのうちに、今度は近くの農場から、のどが痛いというオンドリがやってきました。あまりにガラガラ声なので、コケコッコーと、ささやくようにしか鳴けず、朝、農場のだれも目がさめないそうです。つづいて二羽のキジが、生まれてこのかたきちんとエサをついばめたことのない、やせたヒナを連れてきました。

それというのも、パドルビーの町に住む人間たちはまだ先生がお帰りになったことを知らないのに、動物たちのあいだには早くも知れわたっていたからです。その日の午後じゅう、いろいろな生き物たちが大勢、診察室の外でじっと待ちならび、先生はずっと、いそがしく包帯を巻いたり、注意をしたり、薬をやったりしていました。

「あーあ！　むかしのままね」と、ダブダブはため息をつきました。「のべつまくなし、朝も、昼も、夜も、先生に診てもらいたいという患者たちで休みなしだわ。」

ジップが言ったとおり、その夜、日がしずむと、かなり冷えました。地下室にたきぎがどっさりあって、大きな暖炉にパチパチと楽しい火がおきました。夕食後に、動物たちがその火をかこんで、先生にお話をせがみました。お書きになった本の一章を読みあげてくださるのでもいいから、と言うのです。

「だがね、」と、先生。「サーカスはどうする？　船乗りにお金を返すつもりなら、サーカスのことを考えなきゃならんのに、入るサーカスさえ見つかっていない。さて、どうしたものかな。サーカスの人たちは、あちこち旅をしているからね。そうだなぁ。だれにたのめばいいだろうか？」

「しぃっ！」と、トートーが言いました。「今、玄関のベルが鳴りませんでしたか？」

「へんだね！」先生は、いすから立ちあがりながら言いました。「もう人間のお客さんかな？」

「むかち先生（ちえんちぇい）に診てもらっていた、リウマチ病みのおばあちゃんじゃないかちら。」

先生が玄関ホールへお出になるのを見送って、白ネズミが言いました。「よちょのお医者（いちゃ）ちゃんじゃやっぱりだめだったんだよ、きっと。」

先生は玄関ホールのロウソクをつけて、玄関のドアをあけました。そこには、ネコのエサ売りのおじさんが立っていました。

「おやおや、なんと、マシュー・マグじゃないか！」先生はさけびました。「お入り、マシュー。お入りなさい。だが、どうして私が帰ってきたことがわかったのかね？」

「虫の知らせってやつでさ。」マシューは、玄関ホールにどかどかと入ってきました。「今朝も女房に言ってたんでさ、『シアドーシアよ、先生がお帰りになった気がするよ。今晩、ちょっくらお宅まで行って見てくらぁ』ってね。」

「いやはや、会えてうれしいよ。」先生は言いました。「台所へおいで。あったかいから。」

マシューは、先生に会えるかどうかわからないまま来たと言いながら、みんなへのおみやげを持ってきていました。ジップには、羊の肩の関節の肉。白ネズミにはチーズ。ガブガブにはカブ。そして、先生には、つぼみがほころびはじめたゼラニウムの花の鉢植えです。

マシューが暖炉の前のひじかけいすにゆったりとこしをかけると、ドリトル先生は、暖炉のかざりだなからタバコの葉のびんをとって、パイプにつめるようにと、マシューにすすめました。

「例のスズメあての手紙をいただきましたが」と、マシュー。「ぶじ、お会いになれましたか。」

「ああ、あのスズメは大いに役に立ってくれたよ。船がイギリスのデボン海岸沖合いまでくると、さっさと飛びたってしまったがね。早くロンドンへ帰りたくってしかたがなかったんだな。」

「もうこれで、先生、しばらくおうちにいらっしゃるのですか?」

「ええっと——まあ、そうとも言えるし、そうでないとも言える。ここで数か月、静かにすごして、庭の手入れをするのが一番いいのだが。おどろくほど荒れはててしまったからねえ。だが、ざんねんながら、まずお金をこしらえねばならん。」

「ふうん」と、マシューは、パイプのけむりをはき出しながら言いました。「あっしも、一生ずっと、金をこしらえようとがんばってきましたが、うまくいったためしがありませんよ。だけど、二十五シリングためましたから、そいつを貸してあげましょうか。」

「ありがとう、マシュー、ご親切に。実は、そのぅ……もっと大金がいるんだよ。借金を返さねばならんのでね。だが、聞いてくれ。とても変わった新しい動物がいるんだよ。ボクコチキミアチといってね。頭がふたつある。アフリカのサルたちが、伝染病を治してやったとき、私にくれたんだ。それを連れてサーカスをまわったらよかろうってね——見世物にしてね。見てみるかい？」

「そりゃあ、ぜひ」と、マシューは言いました。「ずいぶん、めずらしそうですね。」

「庭にいるが、」と、先生。「あんまりじろじろ見ちゃいかんよ。まだ、人になれておらんからね。ひどくどぎまぎしてしまうんだ。バケツに水でもくんで、飲み水を持ってきたふりをしようじゃないか。」

そのあと、先生といっしょに台所にもどってきたマシューは、ほくほくと、とてもうれしそうな顔をして言いました。

「こいつはまちがいなく、ひと財産できますよ、先生！　この世がはじまって以来、あんな動物、いやしませんでしたから。それに、先生は、サーカスをやるべきだって、あっしはずっと思ってたんでさ。だって先生は、動物のことばがわかる、世界でただひとりの人間なんですから。いつ、はじめるんですか？」

「そこなんだよ。君の力を貸してくれないかね。入るなら、きちんとしたサーカスがいい。気のおけない、楽しい仲間でなくちゃ。わかるだろう？」

マシュー・マグはひざを乗り出して、先生のひざをパイプの柄でトンとたたきました。

「まさに、うってつけのがありますよ。こんなすてきなサーカスは見たことがないっていうようなのが、ちょうど今、グリンブルドンの町に来てるんでさ。今週じゅう、グリンブルドンでは縁日が開かれていますから、サーカスは土曜日までそこにいるんです。あっしとシアドーシアは、初日に見ました。大きくはありませんが、いいサーカスです。極上です。なんだったら、あした、先生をお連れしますから、団長とお話しなさってみますか？」

「そいつは、ありがたい」と、先生。「だが、このことはないしょだよ。ボクコチキミアチのことは、いよいよ舞台に乗せるまでは、秘密にしておかねばならんのだ。」

第二章　先生が出会ったのは、友だちと……妹

さて、マシュー・マグは、変わった男でした。新しい仕事をいろいろやってみるのが大好きなのです。お金持ちになれないのは、そのせいかもしれません。もっとも、なにかしら新しい仕事をしても、結局最後には、ネコのエサを売ったり、パドルビーあたりの農家や粉屋さんのためにネズミをとったりする仕事にいつももどってくるのです。

マシューは、すでにグリンブルドンの縁日でサーカスの仕事をしようとして、ことわられていました。しかし、今度は、先生がサーカスをなさろうというわけで――しかも、ボクコチキミアチのようなすばらしい見世物があるのですから――マシューは、また希望に胸をときめかせました。その晩、家に帰る道すがら、自分が大好きな先生といっしょに世界一のサーカスをやっているところを想像したほどです。

次の日早く、マシューは、先生の小さなおうちを訪ねました。そして、お昼のお弁当にダブダブが作ってくれたイワシのサンドイッチを持って、先生といっしょに出か

けました。

　パドルビーからグリンブルドンまでは、歩くと、かなりあります。ところが、先生とネコのエサ売りのマシューが歩みを進めていると、うしろからひづめの音が聞こえてきました。ふりかえると、農家のおじいさんが二輪の馬車に乗ってこちらへやってきます。おじいさんはふたりを見つけて、馬車に乗って行かないかとさそおうとしましたが、その奥さんがネコのエサ売りの人相が悪いのをいやがって、馬車を停めないでと言いました。

「キリスト教徒らしい親切心は、どうなっちまったんですかねえ？」

　馬車がふたりのわきをそそくさと通りすぎると、マシューは言いました。

「てめえは楽ちんに座席にすわって、あっしらには歩けっていうわけだ！　あれはこのあたりで一番でかいじゃがいも畑を持っているイシドア・スタイルズですよ。ちょくちょくネズミをとってやったことがある。あのかみさんが、鼻もちならねえ、いけすかねえ、ばあさんなんだ！　あっしをじろりと見た顔つきを見ましたか？　ネズミとり屋なんか馬車に乗せられませんわっていう顔でしたよ！」

「でも、ごらんよ」と、先生。「馬車は停まって、こちらへむきを変えているよ。」

　ところで、おじいさんの馬は、先生のことをとてもよく知っていました。評判だけでなく、そのお顔も知っていたのです。そして、わきを走りぬけたとき、てくてく道を歩いているこの小さな人がまさにあの有名なジョン・ドリトル先生であると気がついたのです。先生が地元にもどってきてくださったとよろこんだ馬は、自分で勝手にむきを変え――手づなをにぎるおじいさんがやめさせようとしたにもかかわらず――先生にごあいさつして、ごきげんをうかがおうと走ってきました。

「どちらへお出かけですか？」と、馬は近づきながらたずねました。

「グリンブルドンの縁日へ行くところだよ」と、先生。

「こちらも、そこへ行くところです」と、馬。「よかったら、馬車のうしろの、おばあさんの横にお乗りになりませんか？」

「まねかれざる客だからね」と、先生。「ほら、君のご主人は、君をグリンブルドンのほうへむかせようとがんばっているよ。怒らせないほうがいいだろう。行きなさい。私たちのことはいいから。だいじょうぶだ。」

馬は、しぶしぶと農家のおじいさんにしたがってむきを変えて、ふたたびグリンブルドンへと出発しました。ところが、半キロも行かないうちに、馬はこう考えました。

「あんなりっぱな人が歩いて、こんなぬけ作どもが馬車に乗っているなんていうべらぼうな話があるか。先生をおいてきぼりにするくらいなら、死んだほうがましだ！」

それから馬は、路上のなにかにおどろいたふりをして、急にまた馬車のむきをぐるりと変えると、全速力で先生のほうへもどってきました。奥さんは絶叫し、おじいさんは全身の力をこめて手づなを引きましたが、馬は気にもとめません。先生のところまで来ると、うしろ足で立ったり、馬車をふりはらうようにとびはねたり、野生の馬のようにさわぎたてました。

「馬車にお乗りなさい、先生。」馬は、ささやきました。「乗らないと、このぬけ作どもをどぶに放り出しますよ。」

先生は、事故があってはいけないと、馬のくつわをおさえ、その鼻をトントンとたたきました。とたんに馬は、羊のようにおとなしく、おだやかになりました。

「おたくの馬は、ちょっと気が立っていますね」と、先生はおじいさんに言いました。

「私が少し手づなをにぎりましょうか。私は獣医ですので。」

「そりゃもう、ありがたいことで」と、おじいさんは言いました。「あっしも馬のことにはくわしいつもりでいましたが、今朝はどうにも、いけません。」

それから、先生が馬車にあがって手づなを取ると、ネコのエサ売りのマシューはうれしそうにくつくつ笑いながら、ふくれっつらの奥さんのとなりにすわりました。

「ごきげんよう、スタイルズさんの奥さん」と、マシュー・マグは言いました。「納屋のネズミはいかがですか？」

グリンブルドンの町に着いたのは、まだ日が高くなっていないころでした。町は人でごったがえしており、お祭り気分でにぎわっていました。動物を売る市場では、上等な食用牛や、品評会で入賞したブタや、太った羊や、たてがみにリボンをつけた血統書つきの荷車引きの馬などが、小屋いっぱいに入っていました。

通りにあふれる楽しげな人たちをしんぼう強くかきわけて、先生とマシューはサーカスがある場所へとむかいました。先生はポケットにお金をぜんぜん持っていなかったので、「入場料がないと入れません」と言われたらどうしようと心配になってきました。

サーカスの入り口に着いてみると、そこには、うしろにカーテンのついた高い台が出ていました。野外の小劇場といったところです。この台の上に、大きな黒い口ひげを生やした男が立っており、いろいろな衣装をつけた人たちが、ときどきカーテンからあらわれてきます。

するとその大男は、ぽかんと口をあけて見ている人たちに、舞台上の人たちを紹介し、どんなすごいことができるのかを教えました。出てきたのが道化師であれ、アクロバットをする人であれ、ヘビ使いであれ、大男はいつも世界一だと言いました。見物客は大いに感心して、ときどき、人だかりのうちの何人かが、三々五々、お金を小さな木戸のところで払ってサーカスのかこいのなかへ入って行きました。

「ほらね。」マシューは、先生の耳にささやきました。「ちゃんとした見世物だって言ったとおりでしょ? ごらんなさいな! みんな、ぞろぞろ入って行きますよ。」

「あの大男が団長かね？」と、先生。

「ええ、そうです。ブロッサムっていうんです。アレクサンダー・ブロッサム。あいつに会わなくちゃ、はるばる来たかいがありません。」

先生は人だかりのあいだをすりぬけるようにして進み、マシューがそのあとを追いました。ついに、先生は一番前まで来ると、台の上の大男に話しかけようと、身ぶり手ぶりの合図を送りました。ところが、ブロッサム氏は、見世物がいかにすごいかと大声でまくしたてるのにいそがしく、大勢の人ごみのなかの小男でしかない先生には気がつきませんでした。

「台の上に、おあがんなさい」と、マシューが言いました。「あがって話しかけてごらんなさい。」

そこで、先生は、舞台の片はしから、よじのぼりましたが、ものすごい数の人にかこまれているとわかって、急にどぎまぎしてしまいました。しかし、先生はいったん舞台にあがると、勇気をふりしぼって、どなっている見世物師の腕をちょいちょいとたたいて、言いました。

「失礼。」

ブロッサム氏は「この世で最大のショー」についてどなるのをやめて、ふいにとなりにあらわれたまんまるの小男を見おろしました。

「ええっと……そのぅ……」と、先生は切りだしました。

そこで、しーんとしてしまいました。人々は、くすくす笑いだしました。

ブロッサム氏は、見世物師の例にもれず、だれかを笑いものにしておもしろいことを言ってみせようとしました。ドリトル先生が、どう話したものかまだ考えあぐねているうちに、団長はふっと人々にむきなおって、先生のほうに手をふりながら、こうさけんだのです。

「そして、ここにいるのが、紳士淑女のみなさまがた、ずんぐりむっくり卵人間ハンプティ・ダンプティの本物でござい——王さまのけらいに大いにめいわくをかけた人物だよ。さあさ、お代を払って、お入りなさい！　なかに入れば、こいつが塀から落っこちるところが見られるよ！」

するとみんな、どっと大笑いしたので、かわいそうな先生は、ひどく恥ずかしい思いをしました。

「話しかけなよ、先生。話しかけるんだ！」と、下からマシューがさけびました。

やがて笑い声がおさまると、先生はもう一度話しかけようとしました。先生がちょうど口をあけたときです。つんざくようなさけび声が人々のなかからひびきました。

「ジョン！」

先生はふりかえって、自分の名前を呼んだのはだれだろうと、人々の顔をながめました。すると、人だかりのはじのところに、緑のパラソルをいっしょうけんめいふっている女の人がいました。

「だれですか？」と、マシュー。

「なんてこった！」と、先生は、恥ずかしそうに舞台からおりながらうめきました。

「どうしよう？　マシュー――妹のサラだよ！」

第三章　仕事の約束

「いやはや、サラ！」ドリトル先生は、とうとう妹のところまでやってくると言いました。「まあ、なんて元気そうで、ふっくら太っていることだろう！」

「そんなことないわよ、兄さん」と、サラはぴしゃりと言いました。「それより、道化師みたいにあの舞台の上にあがりこんだりして、どういうつもりなの？　イギリス西部で最高と言われた医院をつぶして、ハツカネズミだのカエルだのをおうちで飼うだけじゃ足りないんですか？　あなたには、誇りってものはないんですか？　あんなところで、なにをしていたんです？」

「サーカスをやろうと思って……」先生は言いました。

サラは息をのみ、気絶しそうになって、ひたいに片手を当てました。すると、サラの背後に立っていた、牧師の服を着て、ひょろひょろと背の高い男が進み出て、サラの腕を取りました。

「どうしたのかね、おまえ？」と、男は言いました。

「ランスロット」と、サラは弱々しく言いました。「こちらは、兄のジョン・ドリトルです。兄さん、こちらは私の夫で、グリンブルドン教区長のランスロット・ディングル牧師です。でも、兄さん、冗談はやめて。サーカスをやるだなんて！　なんていう、恥さらしでしょう！　ふざけないで――で、こちらはどなた？」

もぞもぞと先生のとなりにあらわれたマシューを見て、サラはたずねました。

「こちらは、マシュー・マグだ」と、先生。「もちろん、おぼえているだろう？」

「ああ！　――あのネズミとり！」サラはおびえて、目をとじながら言いました。

「いやいや。肉屋さんだよ。こちらはマグさんです、ランスロット・ディングル牧師。」先生は、汚れたぼろ服を着た友だちを、まるで王さまのように、ていねいに紹介しました。「私の、一番の患者さんです。」

「でも、ねえ、ジョン」と、サラ。「ほんとにそんなばかなまねをなさろうと言うなら、なにかべつの名前でやってちょうだい。教区長の義理の兄が見世物師だなんてことがわかったら、ここでの私の立つ瀬がなくなってよ！」

先生は、しばらく考え、それからほほ笑みました。

「わかった、サラ。べつの名前を使おう。でも、だれか知っている人に会ってしまったら、しかたがないね？」

サラにさようならを言ってから、先生とマシューはまた団長をさがしに行きました。

した。

団長は門のところでお金を数えており、今度は、おちついて話しかけることができました。

ドリトル先生は、自宅に飼っているすばらしい動物の説明をし、それを連れてサーカスに参加したいと言いました。アレクサンダー・ブロッサム氏は、その動物を見てみたいと言い、ここに連れてくるように先生に言いました。しかし、ドリトル先生は、団長がパドルビーまでその動物を見にくるほうが手っ取り早いと言いました。

それではそうしようということになりました。団長にオクスンソープ通りの小さなおうちへの行きかたを説明したのち、先生とマシューは、なかなかうまく事が運んだと大いによろこんで、また家路につきました。

ふたりがイワシのサンドイッチをほおばりながら道を進んでいるとき、マシューは聞きました。

「先生がブロッサム・サーカスに入るとなったら、あっしも連れていってくれますか？　動物たちの世話をしたり、エサをやったり、そうじをしたり、なかなか重宝しますよ。」

「いっしょに来てくれるのは大歓迎だが、マシュー」と、先生。「君の本業はどうするね？」

「ああ、あんなのは、」と、ネコのエサ売りのおじさんは、ふたつめのサンドイッチをむさぼり食いながら言いました。「金にもなりませんからね。それに、ぶくぶく太ったプードル犬にくしざしの肉切れをやったって、つまらないですよ！　なんていうか――その――（マシューはサンドイッチを持ったまま、手を空へふりあげました）――冒険ってもんがないんだ。あっしは生まれつき、冒険好きでね――むこう見ずっていうか――生まれてこのかた、ずっとそうだったんですよ。そんでもって、サーカスだ。こいつは、本物の人生だ！　男の仕事だ。」

「でも、君の奥さんはどうする？」と、先生はたずねました。

「シアドーシアですか？　ああ、あいつもいっしょですよ。あっしと同じで、冒険好きでね。服をつくろったり、なんでもちょっとしたお手伝いができますよ。どうです、先生のお考えは？」

「私の考え？」下を見ながら歩いていた先生は言いました。「私が考えていたのは、サラのことだ。」

「変わった男と結婚したもんですね」と、マシュー。「ドングリ牧師でしたっけ？」

「ディ、ィ、ィングルだ。」先生が訂正しました。「そう、サラと結婚するとは、あの人も、むこうみずだ。おかしな世の中だ――かわいそうなサラ！　――かわいそうなディングルさん！　――いやはや。」

その夜おそく、グリンブルドンの縁日が終わると、団長のブロッサム氏は、パドルビーの先生のおうちにやってきました。

灯火(ともしび)の光で、芝生の草を食べているボクコチキミアチを見せてもらった団長は、先生といっしょに図書室にもどってきて言いました。

「あの動物をいくらで売ってくれますか？」

「いやいや、あれは売り物じゃない」と、先生。

「なにを言っているんです」と、団長。「あなたが飼っていたってしょうがないでしょう。あなたは、どう見たって見世物師じゃないですからね。二十ポンドでどうでしょう。」

「だめです」と、先生。

「三十ポンド」と、団長。

それでも、先生はことわりました。

「四十ポンド——五十ポンド」と、団長は言いました。それから、どんどん値をつりあげて、はたで聞いていたマシューがおどろいて目をひんむいてしまうほどの値段をつけました。

「むだですよ」と、ついに先生が言いました。「あの動物といっしょに私をサーカスに入れてください。それがだめなら、あきらめてください。私は、ずっときちんと世話をしてやると、あの動物に約束したのです。」

「どういうことです?」と、団長。「あの動物は、先生のものなんでしょう?　だれに約束したんですって?」

「あの動物は、だれのものでもありません」と、先生。「あれは、私のためにここに来てくれたんです。私は、あの動物、ボクコチキミアチと、約束をしたのです。」

「なんですって!　——ばかを言っちゃいけません」と、団長。

マシュー・マグは、先生は動物のことばを話せるのだと説明しようとしましたが、先生はだまっていなさいと合図をしました。

「ですから」と、先生はつづけました。「私もいっしょにサーカスに入れてくれないなら、この話は、なしです。」

すると、団長は、そんな約束はできないと、ことわりました。団長がぼうしかけからぼうしを取って立ちさってしまうと、マシューは大いにがっかりして、悲しくなりました。

ところが、団長は、先生が考え直して、あきらめてくれるものと期待して出て行ったのです。十分もしないうちに、団長は玄関のベルを鳴らし、もう一度話しあうためにもどってきたと言いました。

そして結局のところ、団長は、すべて先生のご希望どおりにしましょうと言ってくれました。ボクコチキミアチとその一行は、自分たち専用の新しい箱馬車(キャラバン)をもらえて、サーカス団といっしょに旅をするけれど、まったく自由に好きな暮らしをしてよいということになったのです。もうけたお金は、先生と団長で山分けすることになりました。ボクコチキミアチが休日がほしいときは、いつでも休みにしてやり、ボクコチキミアチがほしがれば、どんな食べ物でも団長が用意することになりました。

細かなことに至るまですっかり約束ができると、団長は「あすにも、ここに箱馬車をよこしましょう」と言って、帰る身じたくをしました。

「ところで、」団長は、玄関のドアの前でふと立ち止まって言いました。「あなたのお名前は？」

先生は自分の名前を言いそうになりましたが、サラのおねがいを思い出しました。

「ああ、そうですね、ジョン・スミスとお呼びください」と、先生。

「わかりました、スミスさん」と、団長。「あすの午前十一時までに、みなさん、準備しておいてください。では、おやすみなさい。」

「おやすみなさい」と、先生。

ドアがしまるやいなや、家のあちこちにかくれて聞き耳を立てていたダブダブ、ガブガブ、ジップ、トートー、それに白ネズミが、みんな玄関ホールに飛び出してきて、声をかぎりにおしゃべりをはじめました。

「やったぁ！」ガブガブが、ぶうぶう鳴きました。「ばんざい、サーカスだ！」

HAPPY!

「まったく」と、マシューは、先生に言いました。「先生、なかなか商売じょうずじゃないですか！　ブロッサムさんに、すっかり言うことを聞いてもらいましたよ。あの人は、チャンスを逃したくなかったんですね。話がだめになったと思ったとたん、すぐさまもどってきたじゃないですか？　あっしらをダシにして、大もうけをするつもりですよ。」

「かわいそうな、おうち。」ダブダブが、いとおしそうに、ぼうしかけにハタキをかけながら、ため息をつきました。「またすぐお別れすることになるなんて！」

「やっほー！」ガブガブがうしろ足で立って、鼻の先に先生のぼうしを立ててバランスをとりながら言いました。「ばんざい、サーカスだ！　――あしたから！　――ぶう！」

第四章　先生の正体がばれる

翌朝かなり早くから、ダブダブは家じゅうのものを働かせました。十一時に出発準備ができているためには、七時までに朝食を食べ終えて、食卓を片づけなければいけないと言うのです。

実のところ、勤勉な家政婦であるダブダブは、箱馬車(キャラバン)がやってくる数時間前に家の戸じまりをすませて、みんなに玄関先の石段で待つようにさせたのでした。でも、先生だけは、ずっといそがしくなさっていました。というのも、国じゅうあちこちから、さまざまな病気を先生に治してもらおうとやってきていた動物たちを、ぎりぎりまで診ていらしたからです。

ついに、外で見張りをしていたジップが、お庭に集まっていたみんなのところへかけもどってきました。

「馬車が来たよ。」ジップは、はあはあ言いました。「どこもかしこも赤と黄色だ。すぐ角まで来ているよ。」

そこで、みんなはわくわくして、荷物を持ちはじめました。石段を急いでおりていくとちゅう、ガブガブの荷物のひもが切れて――カブの包みでした――まるく白い野菜がそこらじゅうに転がってしまいました。

とうとうやってきた馬車は、たしかに美しいものでした。窓や、ドアや、えんとつがついていて、まるでロマ民族の大型箱馬車（キャラバン）のようでした。はでな色がぬられていて、まったくの新品でした。

でも、馬はちがいました。かなりのおじいさん馬だったのです。先生は、こんなによぼよぼで、つかれはてた動物を見たことがないと言って、馬とお話をはじめました。そして、その馬がサーカスで三十五年も働いているとわかりました。もう、うんざりです、と馬は言いました。名前はベッポです。先生は、ベッポはもう引退をして静かな暮らしをするべきだと、団長に話そうと思いました。

箱馬車（キャラバン）は新しかったにもかかわらず、ダブダブはすっかりおそうじをしてから、荷物をなかに入れました。先生の寝具は、洗濯屋に出す衣類の包みのようにしてシーツにくるんでありましたが、それを絶対汚さないようにと、ダブダブは細心の注意をはらいました。

動物たちや荷物がすべてなかに収まると、先生は、これでは重すぎて、年寄りの馬が引っぱるのはあまりにもたいへんではないかとひどく心配して、うしろから押して

手伝おうとしました。ベッポは、「だいじょうぶ、ひとりでやれます」と言いましたが、先生は「これ以上重たくなってはいけない」と、なかへ乗りこもうとしませんでした。そして、外からボクコチキミアチが見えないようにドアをしめ、カーテンをとじると、みんなはグリンブルドンへむけて出発しました。箱馬車（キャラバン）を運転してきた御者が運転席にすわり、先生とマシューはあとから歩いてついていきました。

パドルビーの市場をぬけていくとちゅう、御者は店でなにかを買うために停（と）まりました。店の外で待っているあいだに、箱馬車（キャラバン）のまわりに人だかりがして、どこへ行くのか、なかになにがいるのかと知りたがりました。得意絶頂のマシューは言いたくてしかたありませんでしたが、先生はマシューになんにも言わせませんでした。

グリンブルドンの縁日に着いたのは午後二時ごろで、裏門からサーカスのかこいのなかへ入りました。なかには、一番えらいブロッサム団長その人が、みんなを歓迎しようと待ちかまえていました。

箱馬車（キャラバン）をあけると、先生が連れてきた、へんてこな動物たちがごちゃごちゃいたので、団長はかなりびっくりしたようでした。とりわけ、ブタにおどろいていました。でも、そんなことはどうでもよくなるほど、ボクコチキミアチが来てくれたのをよろこびました。

団長は、すぐに「演台」と呼ぶ場所へみんなを案内しました。今朝作らせたばかりだと言います。見るとそれは、先生が初めて団長に話しかけたときのあの台と似ていて、地面から一メートルほど高くなっていました。台の上には、板と布で仕切られた部屋がありました。階段であがって数歩のところにある部屋の入り口にはカーテンがつってあって、お金を払ってなかに入らないかぎり、なかが見えないようになっていました。

台の前面には、こんな看板がかけてありました。

ボクコチキミアチ!

アフリカのジャングルからやってきた、

頭がふたつある、

おどろくべき動物をごらんあれ!

入場料　六ペンス

赤と黄色の箱馬車(キャラバン)(ボクコチキミアチ以外の、先生と仲間たちがそこに住むことになりました)は、「演台」のうしろにおかれました。ダブダブはただちにベッドをととのえたり、なかを整理したりして、おうちのようにしてくれました。

団長は、すぐにボクコチキミアチをショーに出してほしがりましたが、先生はことわりました。パドルビーからはるばるやってきたのだから、どんな野生動物だって休息が必要だと言ったのです。ボクコチキミアチはおくびょうな動物ですから、お客にじろじろ見られるようになる前に、サーカスのやかましさになれるようにしてやりたいと考えたのです。

団長はがっかりしましたが、折れるしかありませんでした。そして、サーカスのなかを案内し、いろいろな出演者たちに紹介しましょうと言ってくれたので、動物たちは大よろこびしました。そこで、ボクコチキミアチを演台にある新しいおうちに引っ越しさせて、干し草や水がちゃんとあって、寝るところもきちんとしていることを確認してから、パドルビーの一行は、えらいアレクサンダー・ブロッサム団長の案内のもと、サーカス見物に出かけたのでした。

主なショーは、一日に二回しかありませんでした。かこいのまんなかにある大きなテントで、午後二時と夕方六時半におこなわれるのです。それ以外に、あちこちの小さなテントや演台でやっている見世物を見るには、たいてい追加料金を払わなければなりません。そのうちのひとつとして、これから先生の演台が仲間入りするわけです。ふしぎな見世物がいろいろありました。射的小屋、なぞなぞ、密林の野人、ひげ女、回転木馬(メリーゴーラウンド)、力じまん、ヘビ使い、動物小屋などです。

団長は先生と動物たちを、まず動物小屋に連れて行きました。みすぼらしい三流の見世物で、たいていの動物は、汚れていて、つらそうでした。先生は、すっかり悲しくなってしまい、このことで団長とけんかをはじめるところでしたが、マシューが耳もとでささやきました。

「そんなにすぐにめんどうを起こしちゃだめですよ、先生。しばらくお待ちなさい。サーカスの動物を相手にするなら先生がいなくちゃならないと、団長にもすぐわかります。そしたら、団長はなんでも先生の言うことを聞きますよ。今、けんかをおっぱじめちまったら、あっしらはたぶん、お払い箱だ。そしたら、どうしようもなくなっちまう。」

これはよい忠告だと、ドリトル先生は思いました。そこで、とりあえず、おりの鉄格子ごしに、動物たちに「あとでなんとかしてあげるから」と、ささやくだけにしておきました。

ちょうど、みんなが動物小屋に入ったとき、きたならしい身なりの男が田舎の見物客の一行を案内しているところでした。毛皮がふわふわした小動物のおりの前で、男はこう呼ばわりました。

「こちらが、みなさま、パタゴニアの森からやってきた、有名なハリガリです。しっぽで木からぶらさがります。さあ、次のおりへお進みください。」

先生は近寄って、「有名なハリガリ」なるものをのぞきこみました。ガブガブが、あとから続きます。

「なんと、」と、先生。「こいつは、アメリカによくいるオポッサムじゃないか。カンガルーのように、あかちゃんをおなかの袋で育てる有袋類の一種だ。」

「どうして、ゆったり類だってわかるの、先生?」と、ガブガブ。「おなかに、あかちゃんなんていないよ。ひょっとしたら、ゆったり類じゃなくて、せかせか類なんじゃないの?」

「そして、こちらにいるのは、」と、さっきの男が、次のおりの前に立って声をはりあげました。「世界最大のゾウ。これほど大きなゾウが、つかまえられたことは、ありません。」

「こんな小さなゾウは、見たことがないがな」と、先生はつぶやきました。

それから、団長が「次の見世物のところへ行きましょう。ヘビ使いのプリンセス・ファティマです」と言って、せまくて、いやなにおいのする動物小屋をぬけて、外へ連れ出してくれました。

ずらりとならんだおりの前を通るとき、先生は、悲しそうにまゆをひそめて、うなだれていました。というのも、いろいろな動物たちが、偉大なドリトル先生だとわかって、「どうか立ち止まって声をかけてください」と、合図をしていたからです。

ヘビ使いのテントに入ってみると、ちょうどそのときは、ほかのお客がおらず、先生たちだけでした。小さな舞台の上で、プリンセス・ファティマが大きな鼻におしろいをはたきながら、ロンドンなまりで、ぶつぶつ、ののしっていました。いすの横には、ヘビがにょろにょろ、いっぱい入っている大きな浅い箱がありました。マシュー・マグは、そのなかをのぞきこんで、あっと息をのんで、おびえ、テントの外へ逃げようとしました。

「だいじょうぶだよ、マシュー」と、先生が呼び止めました。「びっくりしなくてよろしい。おとなしいヘビだから。」

「おとなしいったぁ、どういうことさ？」プリンセス・ファティマが、先生をにらみつけながら、鼻を鳴らしました。「こりゃ、インドのキング・コブラだよ。世界一おっかないヘビなんだ。」

「そんなものじゃない」と、先生。「これは、アメリカ産の黒ヘビだ。毒はない。」先生は、一匹のヘビののどをくすぐりました。

「さわるんじゃない！」プリンセス・ファティマは、どなって、いすから立ちあがりました。「さもないと、てめえのどたま、かち割るよ。」

このとき、団長が割って入って、かっとなっているプリンセスに、「こちらはスミスさんだ」と、紹介しました。そのあとの会話は（プリンセスはまだかっかとしていて、ほとんどなにも言いませんでしたが）、ヘビ使いのショーを見ようとお客が入ってきたために中断されました。団長は、先生の一行をすみへ連れていき、ささやきました。

「このヘビ使いは、すばらしいんですよ、スミスさん。私がかかえている連中のなかでも最高です。まあ、ごらんなさい。」

うしろのカーテンのかげで、だれかがたいこをたたき、笛を吹きました。すると、プリンセス・ファティマは立ちあがり、箱からヘビを二ひき持ちあげ、自分の首や腕にまきつけました。

「んだば、みなしゃん、もっと前へ寄ってくんしゃい。」プリンセスは、お客にそっと呼びかけます。「ぞじたら、もっとよぅ見えっから――はい、よろし！」

「なんで、あんな話しかたをしてるの？」ガブガブが先生にささやきました。

「しぃ！　たぶん東洋人の話しかたをしているつもりなんだよ」と、先生。

「ほかほかジャガイモの話しかたって感じだけどね。」ガブガブが、ぶつぶつ言いました。「あのおばさん、太って、ぶよぶよしてるもの。」

先生があまり感心していないのを見てとった団長は、一行をべつの見世物小屋へ連れ出しました。

力じまんの男の小屋へ行くとちゅうで、ガブガブは、ちょうど上演中の「パンチとジュディ」の人形芝居に目をとめました。舞台では、犬のトービーがパンチ氏の鼻にかみつくところをやっていました。ガブガブは夢中で見入ってしまい、みんながガブガブを引きはなそうとしてもだめでした。実のところ、サーカスにいるあいだ、ガブガブは「パンチとジュディ」ショーを一番の楽しみにしたのです。ショーがはじまるときは、いつも見にきていました。ストーリーはいつも同じで、ガブガブはどのせりふもすっかりおぼえてしまったにもかかわらず、ちっともあきなかったのです。

となりの小屋では、たいへんな人だかりがして、力じまんの男がものすごい重りを持ちあげるのを見て、みんながあっけにとられていました。このショーには、たねもしかけもありませんでした。ドリトル先生は、大いに感心して、いっしょになって拍手をしたり、あっけにとられたりしました。

力じまんの男は正直そうな男で、たくましい筋肉をしていました。先生は、すぐにこの男が好きになりました。男の芸のひとつは、舞台にあおむけに寝て、足先で巨大なダンベルを持ちあげ、やがて両足を宙につき出すというものでした。ダンベルが落ちたりしたら大けがをしますから、力がいるだけでなくバランスをとる必要もあります。

その日、男がショーの最後に両足をまっすぐつきあげ、人々が感心してざわついていると、とつぜん、ミシミシという、すさまじい音がしました。舞台の板の一部が折れてしまったのです。あっという間に大きなダンベルは男の胸の真上に落ちてきました。

　人々は悲鳴をあげ、団長が舞台に飛び乗りました。ふたりがかりで、ようやくダンベルを男の体から取りさりましたが、それでも男は起きあがりません。目をとじて、真っ青な顔をして、じっと横になっています。

「医者を呼べ。」団長がマシューにどなりました。「急げ！　けがをして、意識がない。医者を、早く！」

　でも、ドリトル先生がすでに舞台の上にあがって、けがをした男の横にひざまずいている団長を見おろすように立っていました。

「場所をあけてください。私が診ます。」先生は静かに言いました。

「あんたになにができるっていうんだ？　ひどいけがなんだ。ほら、呼吸がへんだ。医者を呼ばなきゃ。」

「私は医者です」と、ドリトル先生。「マシュー、箱馬車(キャラバン)へ行って、私の黒い診察かばんを取ってきてくれ。」

「あんたが医者だって！」団長は、立ちあがりながら言いました。「スミスだと名乗ったときは、ドクター・スミスだとは言わなかったじゃないか。」

「もちろん、お医者さんさ。」人だかりのなかから、声が聞こえました。「イギリス西部で一番の医者として知られたときもあったもんだ。よく知ってらぁ。ドリトルってんだ。湿原のほとりのパドルビーのジョン・ドリトル先生だ。」

第五章　先生、がっかり

先生が診てみると、力じまんの男のあばら骨が二本、ダンベルで折れてしまっていました。しかし、これだけがっしりした体つきをしていれば、すぐに回復するだろうと先生は言いました。けがをした男は、自分の箱馬車(キャラバン)のベッドに寝かされ、すっかりよくなるまで先生は日に四度診察をし、マシューがそこに寝泊まりして看病をしました。

力じまんの男(芸名はヘラクレスでした)は、ドリトル先生にとても感謝して、先生が大好きになりました。そして、あとでみなさんもおわかりになるように、先生の力になってくれたのです。

サーカス入団初日の夜、先生はベッドに横になりながら、ヘビ使いのファティマを敵にまわしてしまったけれど、力じまんのヘラクレスは味方になってくれる、と思いました。

もちろん、湿原のほとりのパドルビーの風変わりな医者だとばれてしまった今となっては、もはや正体をかくしてもしかたありません。やがて、サーカス仲間から「先生」とか「センセ」と呼ばれるようになりました。ヘラクレスが大いにすすめたので、ひげ女から道化師に至るまで、みんながちょっとした病気のことで、いつも先生のところへやってくるようになりました。

次の日、ボクコチキミアチは、初めてショーに出演しました。押すな押すなの大人気でした。頭がふたつある動物なんて、これまでサーカスでも見たことがありませんから、どっとお客がつめかけて、お金を払って一目見ようとしたのです。

はじめのうち、ボクコチキミアチはどぎまぎして、恥ずかしさに死にそうになって、じろじろ見られるのはいやだと、一方の頭をワラのなかにずっとかくしていたので、人々は、なんだ、頭はひとつしかないじゃないかと言いました。そこで先生は、どうか両方の頭を見せてやってくれないかとおねがいしました。

「君は、みんなのほうを見なくていいんだ」と、先生は言いました。「君にほんとうに頭がふたつあることを見せてやりさえすればいい。お客には背中をむけていればいいんだ――どっちの頭もそっぽをむいていればいい。」

ところが、ふたつの頭がはっきり見えているときでさえ、一方の頭はいんちきだろうなどと言うおろかなお客がいました。そして、どちらか剥製（はくせい）になっているのではないかと、おくびょうな動物を、かわいそうに、棒でつついたりしました。

ある日、ふたりの田舎者がそういうことをするものですから、ボクコチキミアチはいやがって、ふたつの頭を同時にピッとあげて、田舎者たちの足を角でつきました。それで、ふたりは、この動物はどこもかしこも本物で、血が通っているのだと思い知ったのです。

やがて、マシューがヘラクレスの看病からはずれると（マシューの奥さんが看病をすることになりました）、先生は、ボクコチキミアチがいやな見物客からいじめられないように、マシューに見張りに立ってもらうことにしました。かわいそうにボクコチキミアチは、はじめの数日ひどい目にあいましたが、どれほどお金がもうかったかをジップから教えてもらうと、ドリトル先生のためにがんばろうと決心したのでした。

しばらくすると、ボクコチキミアチは、人間なんて大したことはないと思うようになりました。見物客の間のぬけたような、ぽかんとした顔にもなれてきて、こわがるどころか、逆に見さげたように、両方の頭でツンとして見返してやりました。見物客には、そうするのがふさわしいと思ったのです。

ショーの時間のあいだ、先生は演台の前のいすにすわって、六ペンスを受け取りながら、入ってくるお客にほほ笑みかけていました。まるで、先生のおうちにやってきたなつかしいお友だちと会うかのように、にこにこしていたのですが、実のところ、ずっとむかしの知りあいと再会もしたのでした。リウマチにかかったおばあさんや、ジェンキンズさんといった、パドルビーの知りあいがいたのです。

　ダブダブは、気の毒に、大いそがしになりました。というのも、家事をこなさなければならないうえに、先生に目を光らせておかなければならなかったからです。目をはなしていると、先生は子どもをただで入れてしまうので、ダブダブはなんどもお小言を言いました。

　毎日の終わりには、団長のブロッサム氏がやってきて、お金を山分けにしました。算数の得意なトートーは、計算をするとき、いつも先生がきちんと分け前をもらっているか気をつけました。

　ボクコチキミアチは大人気でしたが、船乗りに船の代金を返せるだけのお金をかせぐのに、かなり時間がかかりそうだということは、サーカスをはじめてすぐにわかりました。そのうえ、先生自身と動物たちが暮らしていくだけのお金をかせがなければならないのですから、たいへんです。

　それで先生は、ひどくしょげてしまいました。というのも、サーカスにはいやなことがいっぱいあったので、早くさよならしたかったからです。先生のショーは、あくまで正直な見世物でしたが、サーカスにはいんちきもたくさんありました。たとえば賭け事などは、遊ぶ人が損をするように仕組んであります。いんちきが大きらいな先生は、そんなずるい人たちといっしょにいることがいやだったのです。

でも、先生が一番心配だったのは、動物たちの暮らしぶりでした。たいてい、どの動物たちも、ひどい暮らしをしていました。サーカスに入団した初日の夜、お客が帰って、場内がすっかり静かになると、先生は動物小屋にもどって、動物たちに話しかけました。どの動物もなにかしら不満をかかえていました。おりをきれいにしてもらえないとか、運動ができないとか、おりがせますぎるとか、エサがちがうといったことです。

すっかり話を聞いた先生は、大いに怒って、すぐに団長専用の箱馬車(キャラバン)へ行って、変えなければならないことを、なにからなにまで団長にはっきりと言いました。

団長は先生が話し終えるまでじっと聞いていて、それから笑いました。

「いやですね、センセ」と、団長。「今おっしゃったようなことをぜんぶやるくらいなら、サーカスなんて、やめたほうがましですよ！　破産してしまいます。え、馬に年金をやって引退させる？　ハリガリを故郷へ帰す？　毎日おりをそうじする？　特別なエサを買う？　若いおじょうさんの通う学校みたいに、動物たちを毎日散歩に連れ出す？　ばかを言っちゃいけません！　いいですか。この仕事を、センセはなんにもご存じない――なんにも、ね？

私はセンセの要求をぜんぶのみましたよ。センセのショーは、センセの好きなようにやっていいってことにしました。でも、そのほかは、私のやりかたで、やらせてもらいます。いいですね？　よけいなおせっかいは、ごめんだ。力じまんの男がけがしただけで、もうたいへんなんですよ。センセの日曜学校みたいな考えにつきあって、一文なしになるのはごめんだ。話はこれまでです。」

先生はがっかりして、団長のもとを去り、自分の箱馬車（キャラバン）へ帰ってきました。階段のところでマシューが夕暮れどきのパイプをくゆらせていました。近くには、年寄り馬のベッポが、月に照らされたわずかな草を食（は）んでいました。

「いい夜ですな」と、マシュー。「心配そうな顔をなさってますね、先生。どうかしましたか？」

「ああ」と、先生は階段にすわったマシューのとなりに、しょぼんとこしをおろしました。「なにもかもだめだよ。動物小屋の状態をよくしてくれと団長に話してきたんだが、ちっとも言うことを聞いてくれない。もうサーカスは、やめようかな。」

「なに、言っているんですか」と、マシュー。「まだ、はじまったばかりじゃないですか、先生！　団長は、先生が動物語を話せることさえ知らないんですよ！　サーカスはひどいものだと決めつけちゃいけません。先生が、新しいサーカスをやりゃいいんですよ。清潔で、正直で、特別で――世界じゅうのだれもが見に来るようなサーカスをね。でも、まず、お金を手に入れなくっちゃ。そうかんたんに、あきらめちゃだめですよ。」

「いや、むだだよ、マシュー。こんなところでは、私はなにもできないし、ここで動物たちがつらい目にあっているのは、見るにしのびない。サーカスになんて来るべきじゃなかったんだ。」

そのとき、年寄り馬のベッポが、先生の声を聞きつけ、近づいてきて、先生の耳に、いとおしげに鼻づらを押しつけました。

「やあ」と、ドリトル先生。「ベッポ、私は君の役には立てそうにないよ。申しわけないが、サーカスをやめようと思う。」

「でも、先生」と、老いた馬は言いました。「先生は、わしらのただひとつの希望なんじゃ。今日だって、〃口をきく馬〃——というのは、大きなショーに出ている馬じゃが——あいつが、先生がいらしてくださってほんとによかったと、ゾウと話しておったのじゃ。しんぼうしてくだされ。なにもかもあっという間に変えるわけにはいかんのじゃ。先生がいらっしゃらんようになってしもうたら、わしらの望みは断たれてしまう。でも、先生がいてくだされば、きっと先生は、いつかサーカスをちゃんとしたやりかたで動かしてくださる。先生がいっしょなら心配はせん。ただ、いてくださるだけでいいのじゃ。それに、よろしいか、やがて〃ドリトル・サーカス〃と呼ばれる新しいサーカスが、世界一になる日がやってくるじゃろうて。」

しばらく先生は、だまっていました。馬との会話がわからなかったマシューが、いらいらと、先生が話しだすのを待っていました。

ついに、先生は立ちあがって、箱馬車のなかへ入りかけました。

「それで、」と、マシューは心配そうに言いました。「ここにいるんですね？」

「そうだ、マシュー」と、先生。「そうせざるをえんようだ。おやすみ。」

その週末、グリンブルドンの縁日が終わったので、サーカスは、となり町へ行くことになりました。長い旅に出るためにサーカスをたたんで荷造りするのは、たいへんな仕事でした。日曜日まるまる一日、場内はせわしなくなりました。あちらこちらで、どなって指示を出す男たちが走りまわっています。大きなテントも小さなテントも取りはずされ、まるめられました。演台はばらばらに分解され、箱馬車に積まれました。陽気に見えた広い場所は、またたく間に、味気のない、ちらかった場所になってしまいました。

先生の動物たちにとっては、新鮮なおどろきでした。ダブダブはいっしょになって大さわぎをして荷造りをしていましたが、ほかのものたちは、ただわくわくして、その目新しさを思いきり楽しんでいました。

とくにおもしろかったのは、出演者たちがサーカスの衣装をぬいで、旅行用の服に着がえたことでした。だれがだれだか、すっかりわからなくなるので、ガブガブは面くらいました。道化師は顔にぬってあったおしろいを落としましたし、りっぱな衣装をぬいだプリンセス・ファティマは、お出かけ用の服を着た、きちんとした家政婦さんのように見えました。密林の野人は、白いえり(カラー)をつけ、ネクタイをしめ、とても自然に話しました。

それから、長い箱馬車(キャラバン)の行列となって、サーカスは旅に出ました。目的地のとなり町は、八十キロ先です。もちろん馬はゆっくり進みますから、一日では行けません。夜は、道ばたか、どこかちょうどいい空き地があればそこで、キャンプをしてすごすことになります。ですから動物たちは、日中、車輪のついたおうちから田園をながめて楽しみ、暗くなればどこであれ、放浪者のように野宿できるのでわくわくしました。ジップは、道ばたのどぶのネズミを追ったり、ときにはキツネのにおいを追って牧場を走ったりして、大いにゆかいな思いをしました。旅はゆっくりしていましたので、ちょっとした冒険をいろいろやっても、いつだってみんなに追いつくことができたのです。ガブガブは、今日泊まるのはどんなところかを言い当てるのが、なによりも楽しみでした。

馬車を停(と)めて野宿することは、みんな大好きだったようです。道ばたのたき火にやかんがかけられると、だれもが陽気になって、話がはずみました。ジップの友だちになった道化師の犬スウィズルと、人形芝居「パンチとジュディ」の犬トービーは、夜、行列が止まると、いつもすぐにかけつけて、先生の仲間にくわわりました。この二匹も、ドリトル先生が見世物をなさったり、先生自身のサーカスを運営なさったりすることに大いに賛成しているようでした。そして、犬のサーカス暮らしにどんなおもしろいことがあるか話をしてみんなを楽しませるか、さもなければ、ほんとにドリトル・サーカスができたら完璧だと思うと先生に言いつづけたのでした。

人間が千差万別であるように、犬にもいろいろな性格のちがいやタイプのちがいがあり、実のところ、人間以上にちがうのだとドリトル先生はいつもおっしゃっていました。このことを証明するために先生は本をお書きになったほどです。『犬の心理学』という本です。たいていの学者たちは、そんなことを書くのは頭がおかしいやつだけだと、本の悪口を言いましたが、それは単にその本を読んでもわからなかったという事実をかくすための口実にすぎませんでした。

たしかに道化師の犬のスウィズルと、人形芝居の犬のトービーは、かなり性格がちがっていました。スウィズルは、一見したところ、ありきたりの雑種ですが、たいへんなユーモアの持ち主でした。あらゆることを冗談にしてしまうのです。それは、職業柄――お客を笑わせる道化師を手伝っているから――なのかもしれませんが、やはりこの犬の哲学でもあるのです。

スウィズルは、まだ子犬のときに、この世の中のものなんて、なにひとつ、まじめに考える価値などないと思ったのだと、先生とジップに一度ならず語って聞かせたものでした。それでも、冗談の名人なものですから、とても冗談になりそうもないことでも――自分を笑いものにするようなことでも――冗談にしてしまえるのです。

先生がのちにネズミ・クラブを創設したとき、動物たちのためにマンガ雑誌を印刷したらどうかと思いついたのは、スウィズルのユーモアのセンスのおかげでした。その雑誌は、『地下食料庫生活』とか『地下室ユーモア』と題され、暗いところに住んでいるものに軽いお楽しみを提供してくれました。

もう一匹のトービーは、友だちのスウィズルと正反対の、とてもまじめな白いトイ・プードルでした。一番トービーらしいところと言えば、手に入れるべきものはすべて手に入れてやろうと決めているところでした。でも、わがままなわけではありません。けっしてそんなことはありません。こうしたさばさばして、ぬけめない性格は、たいていの小犬につきものであり、体が小さいぶん、よけいにずうずうしくなるものなのだと、先生はいつも言っていました。

ドリトル先生の箱馬車(キャラバン)に初めて遊びにきたときなどは、トービーは、先生のベッドにあがりこんで、気持ちよさそうにしていたものです。ダブダブが、怒りまくって、トービーを追い出そうとしましたが、トービーは動こうとしませんでした。ベッドは先生のものであって、先生は気になさっていないようだと言うのです。

それからというもの、トービーがやってきて夕方のお話にくわわるときは、トービーはいつもそこに陣取るのでした。ただずうずうしいだけで、自分だけの特権を手に入れてしまったわけです。トービーはいつも特権を求め、たいてい手に入れてしまうのです。

でも、トービーとスウィズルに同じ点がひとつありました。それは、二匹とも、この世で一番えらい人だと思っているジョン・ドリトル先生とお友だちだ、という誇りを持っていることです。

ドリトル先生の一行が初めて町から町へ移動する旅に出たある晩のこと、行列はいつものように道ばたで止まりました。すぐ近くに古めかしい、りっぱな農場があったので、ガブガブは、ブタ小屋にブタがいるかしらと見に行ってしまいましたが、それ以外の先生の家族はみなそろって、やかんを火にかけて、まるくなっていました。しばらくすると、トービーとスウィズルがやってきました。寒い夜でしたので、戸外で火をたく代わりに、ダブダブは箱馬車(キャラバン)のなかのストーブを使うことにし、みんなはその火をかこんで、おしゃべりをしていたのです。

「ニュースをお聞きになりましたか、先生？」

トービーが、ベッドに飛び乗りながら言いました。

「いいや」と、先生。「なんだい？」

LOVE!

「この次の町で——アシュビーっていう、とても大きな町ですが——そこで、ソフィーがぼくらとおちあうんですよ。」

「ソフィーというのは、いったいだれかね？」先生は、ストーブの裏からスリッパを取り出しながらたずねました。

「先生がいらっしゃる前に、サーカスを出たオットセイです」と、スウィズル。「曲芸をするんです。鼻の先でボールのバランスをとったり、水中で芸をしたりします。病気になったので、ひと月ほど前、団長さんがあとにおいていったのですが、もう元気になったので、ソフィーの飼い主がアシュビーでおれたちと合流して、サーカスにもどってくるんです。ソフィーって、ちょっとおセンチなメスですけど、ゆかいな子ですから、きっと先生も気に入りますよ。」

サーカスの一行がアシュビーの町に着いたのは、水曜の夜九時ごろでした。翌朝早くにサーカスの門を開かなければなりませんでしたから、夜じゅう、ゆらめく炎の光で、人々はいそがしくあちこちにテントを立てたり、小屋を建てたり、曲芸をする場所に木片をしいたりしました。ボクコチキミアチの演台が組み立てられ、先生の動物たちがおやすみなさいを言ったあとも、だれひとりとして眠りませんでした。というのも、地面には木づちで杭が打ちこまれていくので始終ゆれていましたし、あたりには、さけび声が満ちていて、働く人たちの熱気がこもっていたからです。そうこうするうちに、アシュビーの空に夜明けのうすい光が広がり、一夜にしてできあがったサーカスの町を明るく照らしました。

少しも眠れなかったドリトル先生は、サーカス生活になれるのはたいへんだと思いながら、よっこらしょっとベッドから起き出しました。朝食のあと、先生は、マシューに演台の番をまかせ、その曲芸オットセイのソフィーに会いに出かけました。

第六章　アラスカから来たソフィー

　ソフィーの飼い主は、ほかの見世物師と同じく、このころまでには、自分の受け持ちのショーの準備をすませていました。オットセイのソフィーは、空中ブランコをしてみせるピント兄弟と、〝口をきく馬〟のあとに、大きなテントで一日二回、曲芸をするのが日課でしたが、それ以外は、一日じゅう、ボクコチキミアチのように、自分の小屋で芸を見せるのでした。そこには、水そうがあって、三ペンス払ってくれるお客のために、魚を追いかけて飛びこんでみせるのです。

　その日の朝——まだかなり早く——ソフィーの飼い主が戸外の階段で朝食を食べていると、先生が小屋に入ってきました。なかには、三・六メートルほどのはばの水そうが地面にはまっていました。そのまわりには、お客が曲芸を見られるように手すりのついた高台がありました。一・五メートルもある、りっぱなアラスカ・オットセイであるソフィーは、すべすべの皮膚と、かしこそうな目を持ち、水のなかをむっつり、ごろごろと動いていました。先生がオットセイ語で話しかけると、だれがやってきたのかわかって、ソフィーはわっと泣きだしました。

「どうしたんだね」と、ドリトル先生はたずねました。

オットセイは、泣いてばかりいて、答えません。

「おちつきなさい」と、先生は言いました。「泣きじゃくってはいかん。まだ病気が治っていないのかな？　元気になったと聞いているが。」

「ああ、はい。あれはもういいんです。」ソフィーは涙ながらに言いました。「あれは、ただ、おなかの調子がおかしかっただけです。いつだってくさりかけた魚を食べさせられるんですもの。」

「では、どうしたのかね？」と、先生。「なぜ泣くのかね？」

「うれしくて泣いたんです」と、ソフィー。「ちょうど先生がいらしたとき、あたしを助けてくださるのは、世界でドリトル先生ただひとりしかいないって思っていたところだったんです。もちろん、先生のことは、郵便局の鳥たちから聞いたり、『月刊北極』を読んだりしてすっかり存じあげております。実際、先生にお便りをさしあげたこともあるんですよ——潜水して泳ぐ泳ぎかたについて論文をお送りしたのは、あたしなんです——おぼえていらっしゃるかしら？　『アラスカ式うねり泳ぎ』——ぬき手を二度切る泳ぎかたです。先生の雑誌の八月号に掲載されました。『月刊北極』をおやめになったとき、みんなほんとにがっかりしました。オットセイのあいだでは、ものすごく人気があったんです。」

「それで、何が問題なのかね？」と、先生はたずねました。

「そうでした」と、ソフィーは、またどっと泣きながら言いました。「もう、うれしくて、うれしくて、そのことをすっかり忘れておりました。だって、入っていらしたとき、ふつうのお客さんだと思ったんですもの。でも先生がオットセイ語をお話しになったとき――しかも、アラスカ地方のオットセイ語でしたわね――わかったんです、ジョン・ドリトル先生だって。あたしのお会いしたい、世界でたったひとりのおかた、ジョン・ドリトル先生！　あたし、ありがたくて、もう――」

「よし、よし！」と、先生。「またはじめなさんな。どうしたのか、話してごらんなさい。」

「はい」と、ソフィー。「こういうことなんです。実は、あたし――」

そのとき、外で物音がしました。バケツの音です。

「しぃ！　飼い主が来る。」先生は、すばやくささやきました。「君の芸をつづけていなさい。私が動物と話せることは、ばれないほうがいい。」

床そうじをしに入ってきた飼い主が見たところでは、ソフィーはたったひとりのお客のために、とびはねたり、水にもぐったりしていました。そのお客は、太った小男で、つぶれたシルクハットをかぶっています。飼い主は男をちらりと見て、仕事にかかりましたが、お客はとくに変わったところのない、まったくふつうの人に思えました。

飼い主が床そうじを終えて、またすがたを消すと、ソフィーはつづけました。

「サーカスが海辺の町ハットレーで興行をしておりましたとき、あたし、病気になりましたものですから、サーカスはあたしたちをおいて先へ行き、あたしと飼い主——名前はヒギンズと言います——は、その町に二週間とどまることになりました。

さて、ハットレーには遊歩道の近くに、ほんの小さなものですが、動物園がございます。そこには、人工の池がありまして、オットセイやカワウソが飼われていました。ある日、ヒギンズは、そこのオットセイの飼い主と話をしまして、あたしが病気だと言いましたところ、あたしに仲間がいたほうがいいだろうということになりまして、あたしは病気が治るまでその池に入れられ、ほかのオットセイたちといっしょになったのでございます。

そのなかに、ベーリング海峡の、あたしと同じ故郷からきた年上のオットセイがおりまして、そのオットセイがあたしの夫について、とても悪い知らせを教えてくれました。あたしが人間につかまってからというもの、夫はがっかりして、エサを食べなくなってしまったそうなのです。群れのリーダーだったのですが、あたしが連れさられると、夫は心配のあまりやせ細り、ついに代わりにべつのオットセイがリーダーに選ばれました。夫は、もう死にそうなのだそうです。」

ソフィーはまたさめざめと泣きだしました。

「それもそのはずで、あたしどもはおたがいに心から愛しあっているのです。夫はとても大きくて強く、夫と言い争いをしようとするオットセイなど、群れにいませんでしたが、あたしがいないと夫はもう、どうすることもできず――あかんぼう同然なのです。なにもかもあたしをたよりにしておりました。そして今や――夫がどうなってしまったのかわかりません。あまりにひどい――ひどい話です！」

「まあ、ちょっと待ちたまえ」と、先生。「泣かないで。どうすればよいと思うね？」

「あたしは夫のもとへ行くべきなのです。」ソフィーは、水中からあがってきて、ひれを左右にひろげて言いました。「夫のそばにいてやらなければなりません。夫は群れのりっぱなリーダーであり、夫にはあたしが必要なのです。ハットレーで、逃げだそうと思いましたが、機会はありませんでした。」

「ふむ！」先生は、つぶやきました。「ベーリング海峡までは長い道のりだ。どうやって、そこまで行くつもりかね？」

「ですから、先生にお会いしたかったんです」と、ソフィー。「陸の上では、もちろん、あたしはなかなか進めません。ハットレーで逃げだせたら、よかったんです。そしたら、もちろん、」ソフィーは力いっぱいしっぽで水を打ったので、水そうの半分の水がこぼれました。「いったん海に出られたら、あっという間にアラスカまで行ってしまいますもの。」

「そうだね」と、先生は、ブーツをふって水を出しながら言いました。「君は、泳ぎはとてもじょうずだものね。ここから海までどれぐらいあるのかな？」

「百六十キロほどです」と、ソフィー。「ああ、どうしましょう！　かわいそうなスラッシー！　あたしのかわいそうなスラッシー！」

「かわいそうな、だれだって？」先生はたずねました。

「スラッシーです」と、オットセイ。「夫の名です。かわいそうなスラッシーは、なにもかもあたしにたよっていたんです。どうしましょう？　どうしたらよいのでしょう？」

「まあ、お聞き」と、ドリトル先生は言いました。「君をこっそり海に出してやるのは、容易なことではない。むりとは言わないが、よくよく計画を練る必要がある。もしかすると、君をべつの方法で――堂々と――自由にする手があるかもしれない。その一方で、鳥の使いを送って、君のご主人に、奥さんはだいじょうぶだから心配するなと言ってやろう。その使いが、君のご主人がどんな調子か、われわれに教えてくれるだろう。さあ、元気を出したまえ。ほら、君の芸を見に、お客さんがやってきたよ。」

子どもたちの一団をひきいた学校の女の先生が、飼い主のヒギンズにつきそわれて入ってきました。ヒギンズは、太った小男がこっそりほほ笑みながら立ちさるのを見ました。やがて、子どもたちは、水そうのなかの大きな動物の曲芸に大よろこびして笑いました。ヒギンズは、これほど元気で楽しそうなソフィーを見たことがなかったので、もうすっかり病気が治ったのだと思いました。

第七章　北からの使い

その夜おそく、先生はトートーを連れて、またオットセイのソフィーに会いにやってきました。

「さて、ソフィー。」水そうのところまで来ると、先生は言いました。「このフクロウは私の友だちでね。アラスカのどこに君のご主人がいるのか説明してやってほしいんだ。そうしたら、海岸まで行って、そこで北西へむかうカモメに君のことづけを運ぶようにたのんでくれる。紹介しよう、ソフィー、こちらはトートー。私の知るかぎり、最もかしこい鳥だよ。とくに算数が得意だ。」

フクロウが手すりにとまると、ソフィーは、どうやって夫スラッシーのところへ行けるかをくわしく話し、夫への長く、愛情をこめた伝言を、つむぎだしました。ソフィーが語り終えると、トートーが言いました。

「ブリストルに行ってみようと思います、先生。一番近い海辺の町ですからね。港にはいつも、たくさんカモメがいますから。そのなかの一羽にこの伝言を託して、目的地までリレーをしてもらいましょう。」

「それはいい、トートー」と、先生。「だが、できれば急いでほしい。私のために特別がんばって目的地まで一気に、ひとりで運んでくれる海鳥を見つけられたら、そのほうがいいのだが。」

「わかりました。」トートーは、飛びたつ準備をしながら言いました。「私が帰ってきたとき入れるように、箱馬車の窓をあけておいてください。夜の二時よりもおそくなるでしょう。行ってまいります！」

それから、先生は、自分の箱馬車へもどり、『動物の泳ぎかた』と題した先生の新しい本の最後のところを書き直しました。ソフィーが、よい泳ぎかたについてたくさんヒントをくれたので、さらに三章書きたす必要がでてきたのです。

先生は執筆に夢中になって時間がすぎるのを忘れていましたが、午前二時と三時のあいだに、ふと、夜の鳥であるトートーが目の前のテーブルにとまっているのに気がつきました。

「先生、」ほかの動物を起こさないように、そっとトートーは言いました。「だれに会ったと思います？　スティーブン岬の灯台の明かりが消えたと警告しにきてくれたカモメを、おぼえていらっしゃるでしょう？　あのカモメにブリストル港でばったり会ったんですよ。あのなつかしい船に郵便局があったころから一度も会っていませんでしたが、あのカモメだと一目でわかりました。だれかにアラスカまで伝言を運んでほしいのだと話しますと、私をよこしたのが先生だと知って、よろこんで自分が引き受けましょうと言ってくれました。でも、どんなにがんばっても、帰ってくるまで、五日はかかりますって。」

「すばらしい、トートー、上出来だよ！」と、先生。

「私は金曜に、もう一度ブリストルに行ってみます」と、トートー。「金曜になっても、まだカモメが帰ってこなければ、来るまでそこで待ちましょう。」

翌朝、ソフィーに、伝言が運ばれたことを伝えると、ソフィーはとてもよろこびました。さしあたって、カモメが帰ってくるまでにやるべきことは、なにもなくなりました。

木曜日（トートーがブリストルへまた行こうと計画していた日の前の日）、先生のおうちの動物たちは箱馬車（キャラバン）のテーブルをかこんで、人形芝居の犬トービーが語るお話をみんなで聞いていました。一番どきどきする場面にさしかかって、トービーが息を切らして間をあけたとき、窓をそっとトントンとたたく音がしました。

「うひゃぁ！　こわいよぉ！」ガブガブはベッドの下にもぐりこみました。

先生は立ちあがって、カーテンをあけ、窓を開きました。窓わくにとまっていたのは、何か月も前、先生が郵便局船に寝泊まりしていたころ、夜に知らせを持ってきてくれたあのカモメでした。今、カモメは、雨風に打たれてぼろぼろになって、まるで死にかけているようでした。先生はやさしく窓わくからカモメを持ちあげ、テーブルの上に横たえました。動物たちは、だまって近寄り、カモメを見つめて、つかれきった鳥が口をきくのを待ちました。

「ドリトル先生。」とうとうカモメは言いました。「ブリストルでトートーと待ちあわせしている場合ではありません。すぐにお知らせしなければと思いました。ソフィーのいた群れはひどいことになっています――かなりひどいです。それもこれも、ソフィーが連れさられ、夫のスラッシーがリーダーでなくなったためです。

今年はかなり早く冬がきました――それもまあ、なんという冬でしょう！　あの吹雪！　山のように雪が吹きつけ、いつもより何か月も早く海が凍ってしまい、ぼくも寒くて死にそうでした――カモメはかなりの低温にも耐えられるんですけれどね。

天気が悪いときは、群れのリーダーというのはたいへん重要になります。羊のように、まとまって移動したり生活したりする動物はみんなそうですが、体の大きな、がんじょうなリーダーが、群れをひきいてやらなければなりません。魚のとれるところや寒さをしのげるところへみんなを連れていかないと、たいへんなことになります。ほんと、どうしようもなくなってしまうのです。

さて、スラッシーがふさぎこんで以来、次々と新しいリーダーが出てきたのですが、どれも役立たずでした。群れでは、けんかだの、ちょっとした革命だのがしょっちゅう起こっていました。そうこうするうちに、オットセイは、魚がとてもよくとれる場所からセイウチやアシカに追い出されたうえ、イヌイット〔エスキモー〕の猟師たちにつかまると殺されてしまいました。毛皮猟師に絶対つかまらないようにするには、仲間を危険から守る知恵のある、よきリーダーが必要でした。スラッシーは、牡牛のように強い、とてもよいリーダーだったのですが、今や愛する妻をうばわれたために、氷山の上でぼうっとして、めそめそ泣いているだけなのです。同じくらい美しいメスは何百といるのですが、スラッシーが会いたいのはソフィーだけ。どうしようもありません。

群れはもう、ばらばらになりそうです。スラッシーがリーダーだったときは、北極圏で一番のりっぱな群れだったそうですが、今となっては、とりわけひどい冬のせいで、絶滅寸前です。」

カモメがその長い話を終えたあと、まるまる一分間、箱馬車のなかは、しんとしました。

とうとう、ドリトル先生が言いました。

「トービー、ソフィーはブロッサム団長のものかね、飼い主のヒギンズのものかね?」

「ヒギンズのものです、先生」と、小犬が言いました。「ヒギンズは先生と同じようなことをしています。団長のために大テントの会場でオットセイの芸を見せる代わりに、場内で演台をただで使わせてもらっていて、そこでかせいだ分は自分のものとしているんです。」

「いや、それは、私と同じではない」と、先生。「大きなちがいは、ボクコチキミアチは自分からここに来ているが、ソフィーはむりやりここに連れてこられたということだ。猟師が北極に行って、勝手に動物をつかまえ、こんなふうに家族をばらばらにしたり、群れや動物の社会をめちゃくちゃにしたりしてしまうのは、まったくもってけしからん――恥ずかしいことだ！　トービー、オットセイというのは、いくらぐらいするものかね？」

「値段はいろいろです、先生」と、トービー。「でも、リバプールで、ソフィーをつかまえた者から買い取ったとき、ヒギンズは二十ポンド払ったそうです。ソフィーが言ってました。芸は、ここに着く前に、船の上でしこまれたんです。」

「うちの貯金箱には、いくらあるかね、トートー？」先生はたずねました。

「先週の入場料ぜんぶが入っています」と、フクロウが言いました。「ただし、一シリング三ペンス使いました。三ペンスは先生の散髪代。一シリングは、ガブガブのセロリ代。」

「で、総額いくらになるのかね？」

算数の得意なトートーは、頭を一方にかしげて、左目をとじました。計算するときは、いつもそうするのです。

「二ポンド七シリング。」トートーはつぶやきました。「引くことの一シリング三ペンスは――ええっと――つまり――総額二ポンド五シリング九ペンスです。」

「なんてこった！」先生はうめきました。「ソフィーを買い取るのには、その十倍は必要だ！　だれかお金を貸してくれる人はいないだろうか？　今回ばかりは、人間の医者であればよかったと思うよ。開業していたころは、患者からお金を借りることができたからね。」

「私の記憶がたしかなら、」と、ダブダブがつぶやきました。「先生からお金を借りていたのは、患者さんのほうでしたけどね。」

「たとえ先生にお金があったとしても、団長がだめだって言いますよ」と、犬のスウィズル。「ヒギンズは契約を、つまり約束をしているんです。一年間、サーカスといっしょに旅をするって。」

「よかろう」と、先生。「こうするしかない。あのオットセイは、あの人たちのものではない。北極圏の自由な住民だ。そこへ帰りたいなら、帰してやろうじゃないか。ソフィーを脱出させるのだ！」

その夜、みんなが休む前に、先生は、カモメが持ってきた悪い知らせをしばらくのあいだソフィーにはないしょにすることを動物たちに約束させました。ただ心配させるだけだから、先生がソフィーを海に放ってやるまで教えないほうがいい、ということでした。

それから、夜中すぎまで、先生はマシューとともに、ソフィー脱出の計画を練りました。最初、マシューは、その考えに反対しました。

「だって、先生。見つかったら、逮捕されちまいますよ。飼い主からオットセイが逃げるのを助けてやるだなんて！　そういうのを、どろぼうって言うんです。」

「そんなことは、これほども――」（先生は指をぱちんと鳴らしました。）「気にならない。好きなように呼ばせておけ。逮捕されてもかまわん――見つかるならな。もし裁判ざたになるなら、少なくとも、私は野生動物の権利についてひとこと述べる機会が持てるというものだ。」

「だれも聞いちゃくれないですよ、先生」と、マシュー。「感傷的な変わり者と思われるだけです。ヒギンズが楽に裁判に勝つでしょう。所有権とか、そういうことを言ってね。あっしには先生の言い分はわかるけど、裁判官にはわかりませんよ。いなくなったオットセイの代金としてヒギンズに二十ポンド払えって言うでしょうね。払えなかったら、牢屋行きですよ。」

「かまわん」と、先生はくり返しました。「しかし、いいかね、マシュー。君がこれはよくないことだと思うなら、君をひきずりこみたくはないのだよ。うまくやるためには、人をあざむくことも必要だ。それで君をめんどうにまきこむようなことになったら、たいへん申しわけない。すっかり手を引きたいというのであれば、今そう言ってくれたまえ。だが、私としては、もう決心はついている。ソフィーはアラスカへ行くんだ。たとえ私が牢屋に入るとしてもな――べつにどうってことはない。牢屋なら入ったことはある。」

「あっしもでさ」と、マシュー。「カーディフの町の牢屋に入ったこと、ありますか？　まったくもって、あそこはひどかった！　牢屋のなかでも最低だ。」

「いや」と、先生。「アフリカの牢屋にしか入ったことはない――今のところはね。それでもじゅうぶんひどいもんだ。だが、本題にもどろう。私の力になってくれんかね？　法律違反だということは承知の上だ――法律がまちがっているとは思うが。いいかね、もし君が私の犯行に手を貸すことで良心がとがめたとしても、私は怒ったりしないからね。」

「良心がとがめるだって、てやんでえ！」マシューは、窓をあけて、夜の闇につばをはいて言いました。「もちろん、手を貸しますよ、先生。あの苦虫をかみつぶしたような顔のヒギンズには、あのオットセイになんの権利もありゃしねえんだ。ありゃ、自由な海の生きもんだからな。そいつに二十ポンド払ったってえのは、あいつがばかだったんだ。先生の言うとおりですよ。このサーカス稼業じゃ、あっしら相棒だ。こいつは、おもしろいいたずらだぜ。あっしは冒険好きだって言ったでしょ？　やってやろうじゃねえですか！　あっしがこれまでにやったことにくらべりゃ、曲芸オットセイを逃がすなんて大したことじゃねえ。さっきも言ったカーディフの牢屋に入ったのは……なにをやらかしたからだと思いますか？」

「見当もつかんね」と、先生。「ちょっとした手ちがいだろう。さて、ほんだ――」

「ちょっとした手ちがいなんかじゃねえんでさ、」と、マシュー。「あっしは――」

「まあ、それは、もういいよ」と、先生は、すばやく言いました。「だれだって、まちがいは、やらかす。」

「まちがいでもないんだ」と、マシューはつぶやきましたが、先生はつづけました。

「この――えっと――計画を、私といっしょにやることをほんとうに後悔しないなら、その方法を検討しよう。団長がうたがわないように、私が数日サーカスを留守にする必要があるだろう。やらなければならない仕事があるとか言って――それは、ほんとうのことだ。その仕事をしにいくわけではないがね。ただ、私とソフィーが同じ晩に消えたらあやしまれるだろうから、私が先に行って、君がうちの見世物の世話をし、それから、一日か――できれば二日――して、ソフィーが消えることにしよう。」

「ソフィーもやっぱり仕事で出かけるんでしょうね」と、マシューがくすくす笑って言いました。「先生がいなくなったあと、水そうからソフィーを出すのは、あっしの仕事ってわけですか?」

「そうだ。もしよければ」と、先生。

「よろこんでやりましょう」と、マシュー。

「すばらしい!」と、先生。「サーカスから出たら、私とどこで落ちあうか、前もってソフィーと決めておこう。それから——」

「それから、先生の仕事が本格的にはじまるってわけだ。」マシュー・マグは笑いました。

第二部

第一章　脱出計画

オットセイのソフィーの脱出計画は、もちろんサーカス団の人たちには完璧（かんぺき）に秘密にされていましたが、サーカスの動物たちには、ジップやトービーやスウィズルを通して、いつしか知られるようになりました。脱出する日の何日も前から、動物小屋でも、馬小屋でも、先生の箱馬車（キャラバン）でも、この話でもちきりでした。

仕事でサーカスを数日留守にすると団長に言ってきたドリトル先生が、箱馬車（キャラバン）に入ってみると、動物たちがテーブルのまわりでひそひそと話していました。

「で、先生」と、階段にすわっていたマシューが言いました。「団長に話してきましたか？」

「ああ」と、先生。「話したよ。だいじょうぶだ。今晩出る。どうもこそこそして、うしろめたい気分だ。正々堂々とやれたらよかったのだが。」

「そんなことしたら、まず勝ち目はありませんよ」と、マシュー。「あっしは、悪いとは思わない。」

「ねえ、先生」と、ジップ。「サーカスの動物たちは、先生の計画にえらく興味を持っているんです。なにかお手伝いできることはないかって。ソフィーが逃げるのは、いつですか？」

「あさってだ」と、先生。「ここにいるマシューが、小屋の鍵をはずす。でも、いいかね、マシュー、鍵をいじっているところをだれにも見られないようにしてくれよ。つかまったりしたら、ほんとうにそれこそ、にっちもさっちもいかなくなる。鍵をいじるのは、いたずらどころか、重罪になるからね。気をつけてくれたまえよ。」

「まかせといてください、先生。」マシューは得意そうに胸をはりました。

「鍵についちゃ、あっしはコツを知っているんですよ。むりやりじゃなく、そっとやるんです。」

「ソフィーを逃がしたら、すぐにその場を立ちさってくれ」と、先生。「そうすれば、君は一切この件と関わりがなくなる。いやはや、こそこそした陰謀みたいで、いやだな。」

「あっしは、わくわくして楽しいですよ」と、マシュー。

「おれもだ」と、ジップ。

「見世物小屋での最高の手品になりますよ」と、スウィズル。「さあて、お立ち会い。世界で有名な手品師ジョン・ドリトルが、生きたオットセイをみなさまの目の前で舞台の上から消してみせます。アブラカダブラ、ちちんぷいぷい、ちょちょいのちょい――はい、消えました！」

スウィズルは、うしろ足で立って、ストーブのうしろにお客がいるつもりでおじぎをしました。

「いやまあ」と、先生。「うしろめたい気はしても、悪いことをしているとは思わんよ。ソフィーを奴隷のようにしている連中には、なんの権利もないのだ。くだらん連中をよろこばせるために、きたない水の入ったおけに飛びこんで魚をとれと言われたら、いったいどんな気がすると思うかね？」先生はマシューにたずねました。

「とんでもねえこった！」と、マシュー。「あっしは魚は大きれえなんだ。泳ぐのもごめんだ。だけど、ねえ、先生。ソフィーとどこで落ちあうか、決めたんですか？」

「ああ」と、先生。「サーカスのかこいから外に出たらすぐに――おっと、ソフィーの小屋のドアだけではなく、サーカスのかこいの裏門をあけておくのも、忘れないでおくれよ――そこから外に出て、通りを横切るとすぐ空き家がある。そのならびに小さな暗い路地があって、私はその路地でソフィーを待つ。いやはや、すべてうまくいくといいが！　ソフィーにとっては、ものすごく大切なことだ――そして、アラスカのオットセイたちにとっても。」

「それから、どうなさるんですか？」と、マシュー。「ソフィーがその路地まで来たら。」

「うむ。あんまり先まで細かく決めてもしかたがないからね。とにかく、ブリストル海峡へ行こうと思っている。ここから海までの最短の近道だ。そこへ出さえすれば、ソフィーはだいじょうぶだ。だが、海までまっすぐ行っても百六十キロ近い。しかも道中見つからないようにしなければならないから、たいへんな旅だ。しかし、取りこし苦労をしてもしかたがない。いったんサーカスからぶじに逃げだせたら、もうだいじょうぶだと思うよ。」

先生のお気に入りの動物たちは、この冒険におともをしたがりました。ジップは、とりわけ連れていってほしいと、いっしょうけんめいたのみました。しかし、みんなの助けをぜひ受けたいと思いながらも、ドリトル先生は、そっくりそのまま動物たちみんなを残していったほうが、あやしまれずにすむだろうという気がしていました。

そこで、ソフィーと最後に話をした次の夜、先生は――仕事で――出発しました。留守のあいだに入り用なわずかのお金をマシューに預けて、そのときあったお金のほとんどを持っていきました。出かけたと言っても、仕事で出かけたふりなので、ただとなり町まで、乗合馬車で行っただけのことでした。そのころは、鉄道もあるにはあったのですが、まだめずらしいものだったのです。小さな町から町へ旅するようなときは、そんなむかしながらの方法がとられていました。

となり町に着くと、先生は宿屋に部屋をとり、ずっとそこにいました。二晩して、暗くなってからアシュビーへもどり、町の裏側から入って、人通りのまばらな道を通り、ソフィーと待ちあわせをする路地までやってきました。

先生の動物たちは、ソフィー脱出計画でとくに役目を与えられていませんでしたが、自分たちでできることはなんでもしようと思っていました。あとでわかることですが、実際、いろいろとやれることがあったのです。決められた時刻が近づいてくるのを待つあいだ、みんなは、刻一刻と、はらはらわくわくしました。（ガブガブなどは、見るからにそわそわして、たいへんでした。）

十時ごろ、サーカスが終わりに近づくと、トートーはどこもかしこも見晴らせる動物小屋のてっぺんに陣取りました。合図があったら動物小屋のなかで大さわぎを起こすように、ゾウや一部の動物たちと取り決めをしていたのです。必要とあらば、人々の注意を引きつけて、オットセイがそっと逃げだせるようにするためです。ガブガブは、団長を見張る役を引き受け、団長専用の箱馬車（キャラバン）の下に身をひそめました。

満月の夜で、サーカスの明かりが消えたあとも、まだかなり明るく見えました。明るすぎるからできれば脱出を延期したいぐらいでしたが、アラスカ・オットセイたちの現状を考えれば、できるだけすぐソフィーを逃がさなければならないと先生にはわかっていました。

　さて、団長がかこいのすべての門に鍵をかけ、箱馬車(キャラバン)に寝に帰って一時間ほどすると、マシューはボクコチキミアチの小屋からそっとぬけ出して、ぶらぶらと場内を歩きだしました。ジップも、べつになにをするわけでもないというそぶりで、少しはなれてそのあとをつけました。

　みんなもうベッドに入っているようで、マシューは、だれにも会わずに、先生が言った門のところへ来ました。だれも見ていないことをたしかめながら、マシューはすばやく鍵をはずして、門を少しあけておきました。それから、ソフィーの小屋のほうへぶらぶらと歩いていきました。ジップは門を見張るためにその場にとどまりました。

　一分もしないうちに、サーカスの守衛さんがランプを持ってやってきました。ジップは、ぞぞっとふるえました――守衛さんは門をとじ、鍵をしめてしまったのです。ジップは、ネズミを追ってかこいの近くのにおいをかいでいるふりをしながら、守衛さんがいなくなるのを待ちました。それから、マシューをさがしてソフィーの小屋へ走りました。

　さて、事態は、マシューが思っていたほどかんたんではありませんでした。オットセイの水そうのある小屋に近づくと、その階段にすわってタバコを吹かしながら月を見ているヒギンズのすがたが遠くから見えたのです。そこでマシューは、テントのかげにかくれて、飼い主がベッドへ行くのを待ちました。

ヒギンズが寝る場所は、ここから一番遠い、団長のとなりの馬車であることをマシューは知っていました。ところが、ずっと見張って待っていると、ヒギンズがいなくなるどころか、べつの人影がやってきて——守衛さんです——階段にいっしょにすわって、おしゃべりをはじめました。やがてジップが、テントのかげのマシューのにおいをかぎつけてやってくると、マシューがあけた門がまたとじられて鍵をしめられてしまったと、けんめいに伝えようとしました。

ところが、マシューはどうにもわかってくれなかったのです。マシューはマシューで、じりじりしながら、ソフィーの小屋の階段にすわったふたりが立ちさってくれないか、早く人影がなくなってオットセイを逃がせる時が来ないかと一時間あまり待つことになりました。


一方、サーカスの外の暗くてせまい路地で待つドリトル先生は、「おそいなあ、どうしたのだろう」と思いながら、ぼんやりとした月明かりでなんとか懐中時計を読もうとしていました。

とうとうマシューは、このふたりは、寝ないのだなと思いました。そこで、ぶつぶつと小声で悪態をつきながら、テントのかげからさがると、奥さんのシアドーシアをさがしに出ました。

自分の箱馬車にもどってみると、奥さんはロウソクの明かりでくつ下をかがっていました。

「よぉ！　――シアドーシア。」マシュー・マグは窓ごしにささやきました。「聞いてくれ。」

「きゃあ！」奥さんは、針と糸を落として息をのみました。「びっくりしたわ、マシュー！　だいじょうぶ？　オットセイは、逃げたの？」

「いや、まずいことになった。ヒギンズと守衛が、階段のところで話しこんでいるんだ。あそこにいられちゃ、ドアに近づけない。行って、やつらをどっかへ連れてってくれないか？　テントが飛ばされたとかなんとか言ってさ。なんでもいいから。なんとかしねえと、やつら一晩じゅうあそこにいるよ。」

「わかったわ」と、シアドーシア。「ショールをとってくるから待ってて。ふたりをここへ連れてきてココアでも飲ませましょう。」

たよりになるシアドーシアはさっそく出かけて、ヒギンズと守衛さんをマシューの馬車へ呼びこんで、もてなしました。夫もすぐにまいりますから、とシアドーシアは言いました。

人がいなくなると、マシューは急いでオットセイの小屋への階段をあがり、器用な指でまたたく間に鍵をはずしました。ドアをあけると、そこにはソフィーが、長旅に出るしたくをすっかりととのえて待っていました。うなるような声でお礼を言うと、ソフィーはよちよちと月明かりのなかへ出て、階段をずるりとすべりおり、もぞもぞと門のほうへ進みました。

ジップはもう一度、マシューに、こまったことになったことを伝えようとがんばりました。しかし、マシューは、犬があせってほえているのを、よろこんでほえているのだとかんちがいし、自分が今晩やるべき仕事はちゃんと終わったと思って、奥さんがココアをふるまっているところへ帰ってしまいました。

そのあいだに、ソフィーは苦労しながら門までずるずる進んで、鍵がしまっていることに気づきました。

そのときまでにジップはかこいをぐるりとまわって、ソフィーが通れるぐらい大きな穴はないかさがしていましたが、見つかりませんでした。かわいそうにソフィーは、水そうから脱出しながら、結局、サーカスのかこいのなかから逃げられなくなってしまったのです。

そこまでのなりゆきは、すべて、動物小屋の屋根にとまった、まんまるの鳥がじっと見つめていました。耳のさとい、夜目のきく、算数の得意なフクロウのトートーは、いつもよりはっきりと目をさましていました。ジップがまだ、ソフィーが通れそうな穴がないかと必死で走っていると、やがて頭上に羽ばたきの音がして、フクロウがそばにおりてきました。

「たのむから、ジップ」と、トートーはささやきました。「おちついてくれ。さもないと、だいなしだ。そんなに走りまわったって、どうにもならない。ソフィーをかくしておくれ——テントのすそとか、どこかに押しこむんだ。あれをごらんよ、まるでここがグリーンランドであるかのように、月明かりのなかで横になっているじゃないか！　だれかがやってきて、見つかったら、お手あげだ。門がしまっちまったことをマシューが気がつくまで、かくしておくんだ。急げ——だれかがやってくるぞ。」

トートーが動物小屋の屋根の自分の持ち場へ飛びもどると、ジップはソフィーのところへかけつけ、あわただしく短いことばで状況を説明しました。

「こっちへ来い」と、ジップ。「このテントのすその下に入るんだよ——そうだ——うへえ！　あぶねえ！　だれかのランプが動いてる。さ、じっとして動くんじゃねえよ。おれが『いい』と言うまで待っていろ。」

サーカスのかこいのむこうの暗い路地では、ドリトル先生がもう一度時計を見て、つぶやいていました。

「いったい、どうしたんだろう？　来ないのだろうか？」

マシューが自分の箱馬車（キャラバン）で守衛さんやヒギンズといっしょにココアを飲みはじめて何分もしないうちに、守衛さんがテーブルから立って、見まわりをしなくてはならないと言いだしました。マシューは、ソフィーが逃げるのにできるだけ多くの時間がなければいけないと心配して、守衛さんをとどめようとしました。

「おや、どうぞ、もう一杯ココアをめしあがっていってください！」と、マシュー。「静かな町ですからね。どろぼうなんていませんよ。パイプをつめて、もう少しおしゃべりをしましょう。」

「いや」と、守衛さん。「そうしたいのはやまやまだが、仕事だからね。一晩じゅう見張っていろというきびしい命令を団長から受けているんだ。団長がやってきて、おれが働いていないのが見つかったら、大目玉をくらっちまう。」

どうがんばっても引き止めておくことはできず、守衛さんはランプを持って出て行ってしまいました。

しかし、ヒギンズはとどまりました。マシューと奥さんは、ヒギンズに政治や天気のことを楽しく話しながら、今にも「ソフィーが逃げたぞ」とサーカスじゅうの人に警告するさけび声が聞こえるだろうと思っていました。

ところが、守衛さんは、小屋のドアがあいて、なかがからっぽになっているのを見つけると、さけばずに、マシューの箱馬車にかけもどってきました。

「ヒギンズ、」守衛さんはどなりました。「おまえのオットセイがいなくなったぞ！」

「いなくなっただって！」と、ヒギンズ。

「いなくなっただってぇ！」と、マシュー。「そんな、ばかな！」

「ほんとだよ」と、守衛さん。「ドアがあいて、なかはからっぽだ。」

「なんてことだ！」ヒギンズは飛びあがってさけびました。「いつもどおり、ドアはしめたはずだがな。でも、かこいの門がみなしまっているなら、遠くには逃げられない。すぐに見つかるはずだ。行こう！」

そして、箱馬車を飛び出しました。マシューとシアドーシアも、とても心配しているふりをしながら、すぐあとを追いました。

「おれはもう一度、門を見てくる」と、守衛さん。「だいじょうぶなはずだが、念には念を入れろだ。」

それから、ヒギンズと、マシューと、シアドーシアは、オットセイの小屋へかけつけました。

「なるほど、ドアがあいている。」マシューが言いました。「なんておかしなことだ！」

「なかへ入ってみよう」と、ヒギンズ。「水そうの底にかくれているのかもしれない。」

三人は、なかへ入り、マッチの明かりで暗い水そうのなかをのぞきこみました。

そうこうしているうちに、守衛さんがまたすがたを見せました。

「門はだいじょうぶだった」と、守衛さん。「どれもみなしまって、鍵がかかっている。」

そこでついにマシューは、まずいことになったと気がつきました。ヒギンズと守衛さんがランプで水のなかを調べているあいだに、マシューは奥さんになにごとかをささやき、こっそりと外へ出て、裏門へ走りました。シアドーシアがふたりをできるだけ引き止めていてくれることを祈りながら。

実のところ、シアドーシアは、その役目をもののみごとにつとめたのです。やがてヒギンズが言いました。

「水の底には、なにもいない。ソフィーは、逃げたんだ。外をさがそう。」

そして、ふたりの男がまわれ右をして出て行こうとしたとき、シアドーシアがさけびました。

「あれは、なに？」

「あれって、どれだ？」ヒギンズがふりかえりました。

「あそこ——下のほう。」シアドーシアは、きたない水を指さしました。「なにか動いたような気がしたの。ランプを近づけてくださらない？」

守衛さんは水そうのふちから身をのりだすようにしゃがみこみ、そのとなりでヒギンズは、目をこらしました。

「なんも見えねえ」と、守衛さん。

「あ～れぇ！　頭がくらくらするわ！」シアドーシアはさけびました。「助けて。水に落ちちゃう！」

どっしり太ったシアドーシアは、しゃがんだふたりの上に、とつぜん、ふらふらと、たおれかかりました。

すると、ドボーン！　ドボーン！　──灯油ランプもろとも落ちたのは、シアドーシアではなく、ヒギンズと守衛さんでした。

第二章　サーカスでの〝動物たち大はしゃぎの夜〟

先生の動物たちのうちで、シアドーシアが、ふたりの男をわざとうっかりソフィーの水そうへつき落としてしまった場面を見ていたのは、白ネズミだけでした。そののち数週間というもの、白ネズミは、ヒギンズがまるで魚を追うオットセイみたいに水へ飛びこみ、空気を吸いにあがってきたのだと言って、そのようすを動物仲間におもしろおかしく語ったものでした。

動物たちから見ると、これほどあわただしく、おもしろかったサーカスの夜はありませんでした。水に落ちたふたりの男たちが助けを求めて、てんやわんやの大さわぎがはじまり、これがたっぷり三十分はつづいて、結局、アシュビーの町じゅうの人たちが目をさましてしまったのです。

まず、さけび声を聞きつけたブロッサム団長が、自分の箱馬車(キャラバン)から飛び出してきました。すると、階段の足もとに、どこからともなくブタがあらわれ、団長の足のあいだにかけこんで、団長はたおれて鼻をぶつけました。さわぎのあいだじゅう、ガブガブはしょっちゅう物かげから飛び出してきては、団長を転ばせてばかりいました。

次に、ヘビ使いのファティマが、片手にロウソクを、片手にかなづちを持って、寝室から出てきました。階段を二段もおりないうちに、奇妙なアヒルが頭上を飛んできて、羽であおいでロウソクをふっと消してしまいました。ファティマはかけもどって、ロウソクをつけ直して、また助けにかけつけようとしましたが、また同じことが起こりました。ガブガブが団長にしたように、ダブダブのせいで、ファティマはてんてこまいになったのです。

それから、団長の奥さんが、部屋着をはおって、やってきました。そこには、人に砂糖をねだるくせのある年寄り馬のベッポがいました。奥さんは馬のわきをすりぬけようとし、ベッポはおぎょうぎよく道をあけました。でも、そのときベッポは、奥さんの足にできた魚の目をひどくふんだので、奥さんはギャアギャアわめいて寝室へもどり、二度と出てきませんでした。

動物たちは、あれやこれやの手を使って、多くの人を押しとどめましたが、サーカス団全員のめんどうは見られません。やがて、守衛さんとヒギンズが「助けて」とさけぶ声を聞きつけて、大勢の人がソフィーの小屋へやってきました。

そうこうするうちに、マシュー・マグはかこいの門をもう一度あけました。でも、あたりを見まわしても、ソフィーが見つかりません。実のところ、ソフィーの居場所を知っているのは、ジップとトートーだけだったのです。しかし、大勢の人が門の近くのオットセイ小屋へかけつけてくるものですから、ジップはソフィーにかくれ場所から出てこいとは言えずにいました。

団長の部下たちがどんどんやってきて、人だかりが大きくなりました。ランプもいくつか、現場に持ってこられました。どうしたんだと聞く者も、それに答える者も、だれもがさけんでいました。団長は、ガブガブのせいで六度もどろのなかにたおれたものですから、だれかれかまわずなぐりつけ、怒りくるった牡牛のようにほえていました。ざわめきと混乱は、ひどいものでした。

ついにヒギンズと守衛さんが、水そうから引きずり出され、灯油と魚のにおいをぷんぷんさせながら、オットセイさがしに参加しました。

守衛さんもみんなも、ソフィーが近くにいるはずだと確信していました――そのとおりでした。ソフィーがかくれていたテントは、小屋から十メートルもはなれていなかったのです。しかし、ソフィーが出て行くはずだった門もまた、かなり近いところにありました。

ソフィーを逃がせるように、早くみんながどこかに行ってくれないかとジップが思っていると、ヒギンズがやわらかい地面にあとを見つけたとさけびました。すると、たくさんのランプが差し出され、ソフィーがかくれている場所までつけたあとをたどりはじめました。

　幸いにして、あまりに多くの足あとが同じところを行き来していたので、ひれのあとはわかりにくくなっていました。しかし、マシューがわざとちがう方向へみんなを引っぱろうとしても、みんなは、じわりじわりと正しい方向へ進んでしまいました――夫思いの妻である、あわれなオットセイが、心臓をどきどきさせながら、かくれているテントのほうへ。

　路地でじっと待っていたドリトル先生は、サーカス内でさけび声がしているのを聞き、ソフィーが小屋からぬけ出したことを知りました。しかし、時はどんどんすぎていくのに、ソフィーが待ちあわせの場所に来ないため、先生の不安は百倍にもふくれあがりました。

　ジップの心配もたいへんなものでした。ジップがオットセイをかくした場所へ、みんなはどんどん近づいてきます。かわいそうに、ジップは、もうだめだと思いました。

　しかし、ジップは、算数の得意なトートーのことを忘れていたのです。サーカスのかこいのなか、遠くはなれた動物小屋の屋根の上で見張りながら、小さなフクロウは、将軍の目で戦場をながめていました。サーカス団の人たち全員が起き出してオットセイさがしに参加し、もうだれもやってこないことをたしかめるまで待っていたのです。名人級のうまい手を打とうというときに、思いもよらないところからじゃまが入ってはたまらないからです。

ふいに、トートーは動物小屋の壁にある通気口へ飛んで行って、そっとホーホーと鳴きました。ただちに、聞いたこともないようなすさまじいさわぎが、動物小屋のなかで起こりました。ライオンがほえ、オポッサムがさけび、野牛のヤクがうなり、ハイエナが遠ぼえをし、ゾウがらっぱのような鳴き声をあげ、床をバリバリとふみくだいて、たきぎのようにしてしまいました。動物たちのたくらんでいた大作戦が、ついに実行にうつされたのです。

動物小屋から遠いほうの敷地のすみにいた人々は、じっとして、耳をすましました。

「ありゃ、いったい、なんだ？」団長がたずねました。

「動物小屋からだね？」だれかが言いました。「ゾウが逃げだしたんじゃないか。」

「わかった」と、べつのだれかが言いました。「ソフィーだよ。動物小屋に入りこんで、ゾウをおどろかせたんだ。」

「そうだ」と、団長。「やれやれ、それなのに、こんなところをさがしているなんて！　動物小屋へ行こう！」団長はランプをつかむと、走りだしました。

「動物小屋へ！」人々はさけびました。やがて、みんなむこう側へ走っていって、だれもいなくなってくれたので、ジップはよろこびました。

いいえ、ひとり残っています。マシュー・マグです。くつひもを結ぶふりをして、そこにとどまっています。そして、ジップがかけだして、小さなテントのかげに消えたのを見ました。

「それ！」と、ジップ。「急げ、ソフィー！　――泳げ！　飛べ！　なんでもいい！　門から出るんだ！」

　ぴょんぴょこ、どすどす、ソフィーはいっしょうけんめい進みました。そのあいだ、ジップが急げとどなり、マシューが門をあけておきました。ついに、オットセイが通りへはい出し、通りのむこうの空き家のそばの路地へ消えていくのをマシューは見とどけました。マシューは、また門をしめると、地面についたソフィーのあとをふみ消しました。それから、門によりかかって、ひたいの汗をぬぐいました。

「やれやれ！」マシューは、ため息をつきました。「おれのやったことにくらべりゃ、オットセイを逃がすなんて大したことじゃねえなんて先生に言っちまったが、とんでもねえ！」

　背後で、コツコツと、門をたたく音がしました。ふるえる手で、もう一度あけてみると、そこにはおまわりさんが立っていて、小さなランプがベルトのところで光っていました。マシューの心臓は止まりそうになりました。マシューは、おまわりさんがあまり好きではなかったのです。

「おれは、なんもしてねえ！」と、マシューは言いはじめました。「おれは――」

「なんのさわぎかね？」と、おまわりさんはたずねました。「町じゅうの人を起こしてしまったぞ。ライオンでも、逃げたのかね？」

　マシューは、ほっと、ため息をつきました。

「いえ」と、マシュー。「ゾウがちょっとめんどうを起こしましてね。ロープに引っかかって、テントをたおしたんです。今、直しているところですから。心配ありません。」

「なんだい、それだけのことかね？」と、おまわりさん。「世界の終わりでも来たのかと、みんな言っているよ。じゃ、おやすみ！」

「おやすみなさい、おまわりさん！」マシューは門をしめました。マシューがあけておいた、この裏門がしまるのは、これで三度めです。マシューは、動物小屋へむかいながら、そっと「おまわりさんのみなさん、ごくろうさまです」と言いました。

　こうしてようやく、待ちぼうけを食って、いらいらと心配しながら、空き家のそばの路地で待っていたドリトル先生は、れんがの道をやってくる独特の足音――足音というより、ひれ音――を聞きました。それは、ぬれたじゅうたんでパタパタと地面をたたき、じゃがいもの入った袋をひきずるような音でした。それを聞いて、先生はうれしくなりました。

「ソフィーかい？」先生は、ささやきました。

「はい。」オットセイは、先生のいるほうへ、からだを引きずりながら言いました。

「よかった！　どうしてこんなに時間がかかったんだい？」

「あのう、門のところでごたごたがあったんです」と、ソフィー。「町から出たほうがよくありませんか？　ここはあまり安全ではないように思うので。」

「今はむりだ」と、先生。「サーカスが起こしたさわぎのせいで、町じゅうが目をさましてしまった。今、通りを横切ったりはしないほうがいい。さっきも、そこの路地のはしをおまわりさんが通っていった──幸い、君がここに飛びこんだちょうどあとだったが。」

「では、どうするのですか？」

「しばらくはここにいなければならない。今飛び出すのはむちゃだ。」

「でも、ここまで人がさがしに来たら、どうすることも──」

そのとき、ランプを持ったふたりの人が、路地のはしで立ち止まり、少し立ち話をして立ちさりました。

「そのとおりだ。」先生はささやきました。「ここも安全ではない。もっといい場所を見つけなければ。」

さて、この路地の一方は高い石の塀で、反対側は高いれんがの塀でした。れんがの塀は、空き家の裏庭をかこっていました。

「あの古い空き家に入れたらいいのだが」と、先生はつぶやきました。「あそこなら、ずっと――町のさわぎがおさまるまで――安全にかくれていられるだろう。あの塀をこえるよい方法を思いつかないかい？」

オットセイは、塀の高さを目ではかりました。

「二メートル半。」ソフィーはつぶやきました。「はしごがあれば、こえられるのですが。あたし、はしごのぼりの訓練を受けたんです。サーカスでやってみせるんです。ひょっとして……」

「しっ！」先生がささやきました。「おまわりさんのランプがまた光った。ああ、ありがたい。行ってくれた！　そうだ、もしかすると庭に果樹園用のはしごがあるかもしれない。ここで待っていておくれ。私がもどるまで、ぴたりと身をふせて待っているんだよ。」

それから、ドリトル先生は、まるまる太っているにしては軽々とした身のこなしで、少しうしろにさがってから、塀にむかって走っていってジャンプしました。指が塀の上にひっかかりました。よいしょと体をあげて、片足を塀にかけ、反対側の花だんに軽やかに飛びおりました。お庭のすみには、月明かりのなか、物置と思われるものが見えました。先生は、その戸口へそっとしのび寄り、戸をあけて、なかに入りました。

手さぐりをした先に、からの植木ばちがさわって、音をたてました。しかし、はしごは見つかりません。草かり機、芝かり機、くま手など、いろいろな道具はあるのですが、はしごがありません。しかも、こう暗いと、見つかりそうもありません。そこで先生は、そっと戸をしめると、きたならしいクモの巣だらけの小さな窓に上着をかけて、外に明かりがもれないようにしてから、マッチをすりました。

するとと、ありました。頭上の壁に立てかけられているのは、ちょうどいい長さの果樹園用のはしごでした。すぐに、先生はマッチを吹き消し、戸をあけて、はしごをかついでお庭へ出ました。

先生は、はしごを足場のよいところに立てると、それをのぼって、塀にまたがりました。それから、はしごを引きあげ、反対側にまわして、はしごを路地へと下ろしました。

それからドリトル先生は、塀のてっぺんにすわったまま（ずんぐりむっくりのハンプティ・ダンプティそっくりでした）、下の暗い路地へささやきました。

「さあ、のぼっておいで、ソフィー。上でささえているから。上まで来たら、塀の上で私のとなりにすわりなさい。はしごを庭側に、おき直すからね。さあ、あわてないで。ゆっくり。」

ソフィーがバランスをとる訓練を受けていたのは、ほんとうに幸運なことでした。人間その夜ほど、すばらしい曲芸は、サーカスでも見せたことがありませんでした。

が同じことをやったとしても、どんなもんだと得意に思ったことでしょう。

　ソフィーにはわかっていました。ここでおちつきを失ったら、自分の自由も、夫の幸せも、だめになってしまうのだと。もう今にもだれかが路地にやってきて、見つけられてしまうのではないかと、こわくてこわくてしかたがありませんでしたが、人間に教えこまれた技を使って名演技をすることで、人間の手から逃れて、最後にしっぺがえしをしてやれるのですから、ソフィーの胸は高鳴りました。

　しっかりと、一段、一段、重たい体を上へあげていきます。はしごは、幸いなことに、塀の高さよりも長かったので、先生ははしごをあまり急なかたむきではなく、のぼりやすい、なだらかな角度にすることができました。オットセイの重みで、はしごは折れそうにたわみました。先生は、塀の上から、どうか折れませんようにと祈りました。果樹園用のはしごですから、枝を切るために、てっぺんはかなり細くなっています。その、オットセイの前ひれが入りきらないほどの部分が、なんともむずかしい場所でした。そして、その危なっかしいところから、三十センチしかない塀の上へソフィーはずんぐりとした重い体をうつさなければならず、しかも、ソフィーが塀の上にいるあいだに先生ははしごの位置を変えなければならなかったのです。

　しかし、サーカスで、ソフィーははしごをのぼるだけでなく、せまいところでバランスをとる訓練も受けていました。先生が前のめりになって、皮膚のゆるんだところをつかまえて、持ちあげてやったので、ソフィーはなんとか、塀の上にずりあがり、先生のとなりで、まるでどうということはないかのようにやすやすとバランスをとったのです。

それから、ソフィーが月に照らされた彫像そっくりに動かないでいるあいだ、先生は、はしごを引きあげて、ぐるりとまわして――自分のシルクハットをはたき落としてしまいましたが――お庭側へ、ふたたび、はしごを下ろしました。

おりるときも、ソフィーはまた技を見せました。はしごに横むきに体を乗せ、下まですべりおりたのです。のぼるのよりも速かったですし、すべって幸いだったのは、先生が芝生にはしごを下ろすやいなや、さっきの路地から声が聞こえたからです。ぎりぎり間にあってお庭に入ったというわけです。

「ありがたい！」足音が行ってしまうと、先生は言いました。「間一髪だったよ、ソフィー！　これでもう、しばらくはだいじょうぶだ。ここまでは、だれもさがしに来るまい。おやおや、君はカーネーションをふみつけているよ。こちらの砂利道へ来たまえ。それでよろしい。さあ、物置で休むかい、それとも家に入るかい？」

「ここでじゅうぶんです」と、ソフィーは芝生の上でごろごろしながら言いました。

「外で寝ましょう。」

「いや、そういうわけにはいかん」と、先生。「まわりの家を見てごらん。庭にいた

ら、朝日に照らされて、上の窓から見つけられてしまう。物置で寝ることにしよう。私は物置のにおいが好きだし、空き家の玄関をこじあけなくてもすむからね。」

「階段をのぼらずにすみますしね」と、ソフィーは物置のほうへ急ぎながら言いました。「階段はきらいです。はしごならまだしも、階段はこまるんですよ。」

物置のなかには、うっすらとした月明かりで、古い麻ぶくろがいくつかと、大量の干し草があるのが見えました。こうした材料を使って、ふたりは気持ちのいいベッドを作りました。

「でも、ほんと、自由になれてうれしい！」と、ソフィーは、大きなすべすべした体をのばしながら言いました。「眠たいですか、先生？　あたし、どうにも眠くてしかたありません。」

「じゃあ、おやすみ」と、先生。「私は、寝床に入る前に、庭を散歩してみるよ。」

第三章　荒れはてたお庭

どんなお庭でも大好きな先生は、パイプに火をつけて、物置を出て、月明かりのなかへぶらぶらと歩いて行きました。この空き家の、花だんも芝生も手入れされていないようすを見て、先生は、パドルビーの自分の美しいおうちはどうなっているだろうかと思いました。ここは、どこもかしこも、雑草だらけです。ドリトル先生は、花だんに雑草が生えているのが、がまんできませんでした。バラの木の根もとから少し雑草をぬくと、その奥では、とてもすてきなラベンダーのしげみをおおわんばかりに、うっそうと雑草がしげっていました。

「おやおや！」先生は、つま先歩きで、そろそろと物置に引き返して、くわとバケツを取りました。「こんなすてきな場所がほったらかしになっているとは、なげかわしい！」

しばらくすると、先生は、せっせと月明かりで雑草ぬきをしていました——まるでお庭が自分のものであり、千キロ以内にいかなる危険もないかのように。

「なにしろ、」と、先生はタンポポでバケツをいっぱいにしながら言いました。「この場所を使わせてもらっているんだから――代金を払わずに。家主さんに、せめてこれぐらいのお礼はしなきゃ。」

雑草ぬきを終えると、先生は、芝かり機を出して芝をかりたかったのですが、となり近所を起こしてしまうと思ってやめました。

一週間後、家主がその家を自分のおばさんに貸したとき、おばさんは「お庭をきれいにしていてえらいわね」と手紙を書き送ったので、家主はキツネにつままれた思いになりました。

夜おそくまで大いに働いた先生は、寝床へもどって、ふと、おなかがすいていることに気がつきました。藤(ふじ)の東屋(あずまや)の背後にリンゴの木が見えたことを思い出して、先生はまたお庭へ出ました。でも、リンゴの実は見つかりませんでした。すでに収穫されたか、さもなければ、いたずらっ子たちにとられてしまっていたのです。日がのぼってからではお庭のなかを動けないとわかっていた先生は、野菜はないかとさがしました。しかし、やっぱりありません。そこで、あすは一日なにも食べない日になりそうだと思いながら、先生はようやく休みました。

翌朝、オットセイのソフィーは起きてすぐ、こう言いました。

「まあ！　一晩じゅう、なつかしい海の夢を見ていましたわ。ひどくおなかがすいちゃった。なにか食べる物はありませんか、先生？」

「ざんねんながら、ないね」と、先生。「朝めしぬきだ――それからお昼もね。日中、ここを出て行かないほうがいい。でも、暗くなったら、私ひとりで出て行って、ニシンかなにか、お店から買ってこよう。しかし、今晩おそくにでも、みんなが君をさがすのをあきらめてくれたら、私たちはいっしょに外へ出て、海へ進むことができるんだが。」

ソフィーはけなげに、じっとたえました。しかし、日がのぼるにつれ、ふたりとも、むしょうにおなかがすいてしかたがありませんでした。午後一時近く、ソフィーがふいに言いました。

「しぃ！　今の、聞きました？」

「いや。」物置のすみにタマネギはないかとさがしていた先生は言いました。「なんだね？」

「路地で犬がほえています――お庭の塀のむこう側です。ベンチの下から出ていらっしゃれば、聞こえますよ。まあ！　今度は犬を連れてあたしを追っているのじゃないでしょうね。そうなったら、万事休すです。」

先生は、植木鉢がのっている台の下からはい出てきて、戸口のところへ行って耳をすましました。塀のむこうから、用心深くそっとほえている犬の声が聞こえます。

「なんてこった！」先生は、つぶやきました。「あれは、ジップの声だ。なんの用だろう？」

物置から遠くないところ、塀の近くに、一本のナシの木が枝をひろげて立っていました。お庭のまわりの家々の窓からだれも見ていないことをたしかめて、先生は急いで木の下へ行きました。

「どうした、ジップ？」先生は呼びかけました。「なにがあった？」

「そちらへ入れてください。」ジップはささやき返しました。「塀をこえられないんです。」

「むりだよ」と、先生。「戸口もないし、私が外へ出たら人に見られるよ。」

「ロープをバケツにつないでください」と、ジップはささやきます。「そいつを塀ごしに、木のかげから投げてくだされば、おれがバケツに入ります。おれがほえたら、ロープを引いて、おれを持ちあげてください。急いで！　この路地で見つかりたくないんです。」

そこで先生は、物置にはってもどり、種まきに使うひもを見つけ、そのはしに庭仕事用のかごを結びつけました。

木陰にもどると、先生は、ひものはしをにぎったまま、かごを塀のむこうに投げました。

やがて、路地からワンという声が聞こえたので、先生はひもをひっぱりました。かごが塀の上まで来たところで、ジップの頭が見えてきました。

「ひもをひっぱったまま、木に結んでください。」ジップはささやきました。「それから、上着をエプロンみたいにひろげてください。それでおれが投げるものをキャッチしてください。」

先生は言われたとおりにし、ジップはかごの中味を先生へ投げました。それはハム・サンドイッチ四切れ、牛乳一びん、ニシン二尾、かみそり、石けん、そして新聞でした。それから、ジップは、からになったかごを芝生に投げてよこしました。

「さ、今度はおれを受け止めてください」と、ジップ。「上着をぴんとひっぱっといてくださいよ。いいですか？　一、二の、三！」

「なんてこった！」犬がジャンプして、上着にうまく着地すると、先生は言いました。「おまえ、サーカスに出られるね。」

「いつか、そのうちにね。」ジップは、どうでもよさそうに言いました。「ここのどこにかくれていらしたんです？　地下室ですか？」

「いや。あそこの物置だ」と、先生はささやきました。「そっと、すばやく移動しよう。」

一分後、ふたりはぶじに物置に入り、ソフィーはニシンにかぶりつき、先生はおいしそうにハム・サンドイッチを食べていました。

「おまえはすばらしいよ、ジップ。」先生は、口いっぱい、ほおばりながら言いました。「でも、どうして、われわれがここにいるとわかったんだ？　しかも、食料をほしがっているって？　ふたりとも、腹がへって死にそうだったんだ。」

「ええ、」ジップは、オットセイにニシンをもう一尾投げてやりながら言いました。「ソフィーが門から出たあと、サーカスのなかでは、さわぎがつづいてましてね。団長とその部下が一晩じゅう捜索をしていました。あちこちの窓から人が顔をつき出していましたから、町じゅうの人がこのさわぎでかなりめいわくをしているようです。トートーはとても心配して、くり返し言うことにゃ、『先生が町を出ようとなさらなきゃいいんだが。そんなことしたら絶対つかまっちまう。今はかくれていなきゃいけない』ってわけです。そこで、一晩じゅう、おれたちは起きていて、先生とソフィーがつかまってサーカスにひきずりもどされるんじゃないかって、ずっと待っていました。で、朝になっても、先生はつかまらない――おれの知るかぎり、だれも先生がこの事件に関わりがあるとは思っていません。でも、サーカス団のやつらは朝になってもまださがしつづけていて、トートーはいらいらと心配ばかりしてるもんだから、おれは言ってやりました。

『先生がまだアシュビーにいらっしゃるかどうか、すぐに教えてやらあ。』

で、おれは調べに出たんです。じめっとした朝で、においをかぐには最高でした。

おれは、すぐ、町の外をぐるりとまわりました。先生が飛んで消えたんじゃなければ、外に出るとき、どこかににおいを残しているはずです。ところが、どこにも先生のにおいのあとがなかった。そこで、トートーのところへ行って、こう言いました。『先生はまだアシュビーにいるよ――風船で空に消えたんじゃなけりゃ。』『よろしい』と、やつは言いました。『では、先生はどこかにぶじにかくれていらっしゃるんだ。先生は頭がいい……ところも、ある……からね。さて、先生をさがしておくれ。そして、もどってきて、私に居場所を教えておくれ。そのあいだ、私は先生の食料を用意しておこう。先生もオットセイもおなかがすいているだろう。きのうのお昼から、なにも食べていないだろうからね。しかも、今晩おそくまで今いるところにかくれていなきゃいけない。』

というわけで、今度は、おれは町のなかをかぎまわって、先生が乗合馬車を降りたところから先生のにおいを追っていったんです。においは、思ったとおり、遠まわりの裏道を通って、あそこの暗い路地へつづいていました。ところが、おどろいたことに、そこで、ぷつっと、とだえているんです。においが消えちまってる。ソフィーのにおいも、そこまでだ。ネズミの穴にもぐったわけでも、空を飛んだわけでもないのだから、おれはしばらく、すっかりめんくらいましたよ。

するとと、ふいに、塀ごしに、タバコのけむりがにおってきたんです。おれは、先生がどんなタバコを吸うか知っていますからね。先生がお庭にいらっしゃるってわかったわけです。それにしてもふたりとも、よくあんな塀を飛びこえましたね。」

先生は、ふたつめのサンドイッチにかぶりつきながら笑い、ソフィーさえも、そのなまぐさいひげをひれの甲でふきながら、にっこり笑いました。

「塀を飛びこえちゃいないよ、ジップ」と、ドリトル先生。「あそこにあるはしごを使ったんだ。でも、だれにも見られずに、どうやってこんなに食料を用意したんだい？」

「たいへんでしたよ」と、ジップ。「ほんとに。トートーとダブダブがサンドイッチを作り、おれたちがヒギンズの魚のバケツからニシンをかっぱらってきたんです。牛乳はいつもの牛乳屋さんが荷馬車まで運んでくれました。それからトートーが、先生はきっと新聞をお読みになりたいだろう――一日じゅう、ここにいなきゃならないなら、ひまつぶしに――って言うもんだから、先生がときどき読んでいらっしゃる『モーニング』紙を選んだんです。すると、白ネズミが、先生はひげそりをなさりたいだろうから、かみそりと石けんを忘れちゃいけないと言いました。で、ぜんぶ、入れました。それで重くなってしまって、一度じゃ運べませんでした。だから、二度に分けて、路地のごみ箱のかげに最初の荷物をかくしておいて、ふたつめの荷物を運んだんです。

一度めのとき、おばあさんに呼び止められましてね――荷物が目立たないように新聞紙にくるんでいたものですから、『おやまあ』って、おばあさんが言うんです。『ご主人に新聞を運んでいるえらいワンちゃんがいるわ！　いらっしゃい、いい子ね！』って。おれは、さっとかわして、おばあさんから逃げました。そしたら、二度めに荷物を運んできたとき、またばかなやつに会いました――今度は犬です。ソフィーのためにおれが運んでいたニシンのにおいに引き寄せられて、大勢、あとを追ってきたんです。おれは、やつらをまくために、町を大まわりして、一度ならず荷物をなくしかけるところでした。最後には、荷物をおろして、やつらがたばになってかかってくるのと戦ったんです――ほんとうに、たいへんでしたよ。」

「まったく！」先生は、最後のサンドイッチを食べ終えて、牛乳をあけました。「おまえたちのような友だちがいてくれて、うれしいよ。かみそりのことを思いついてくれて、ほんとうにありがたかった。あごのあたりが、ひどくごわごわしてきたからな――ああ、でも水がない。」

「牛乳を使うしかありません」と、ジップ。「待って！　ぜんぶ飲んではだめです。そこまで考えて持ってきたんですよ。」

「ふむ。」先生は、半分飲んだ牛乳びんをおいて言いました。「なるほど。牛乳でひげをそったことはないが、肌には、よさそうだな。君は飲まないね、ソフィー？　要らないね。よし。さて、これで、腹ごしらえはすんだ。」

それから先生はえり（カラー）をはずして、ひげをそりはじめました。

そり終わると、ジップが言いました。

「じゃあ、おれはもう行きます、先生。できるだけ早く箱馬車（キャラバン）にもどって、先生のようすをみんなに教えるって約束しているんです。先生が今晩うまく脱出できなかったら、あすの同じ時間に、また、もう少し食べ物を持ってきます。町の人たちは、かなりおちついてきました。でも、ヒギンズと団長は、あきらめちゃいません。だから、気をつけてください。ここなら安全で、居心地もいいでしょう。すぐに出て行ってつかまっちまうより、二日、いや三日ほどここにいたほうがいいかもしれません。」

「わかった、ジップ」と、先生。「気をつけるよ。来てくれて、ありがとう。みんなによろしく。」

「あたしからも」と、ソフィー。

先生は物置の戸をあけながら、つけくわえました。

「トートーたちに、みんなの協力を心から感謝していると言ってくれたまえ。」

それから、先生とジップは、またナシの木までこっそりと行き、先生はその枝によじのぼったあと、ジップをかごに入れて、塀のむこうへやり、ひもをゆるめて、路地へおろしてやりました。

そのあと数時間、なんのさわぎもありませんでした。ときどき、路地やまわりの通りをさがす人々の声が聞こえましたが、ふたりの逃亡者は、心地よい午後をすごしました。先生は新聞を読み、ソフィーはもの思いにふけりながらベッドでごろごろしていました。

あたりが暗くなってくると、新聞が読めなくなりましたので、先生とソフィーはひそひそ声で、計画を話しました。

「今晩、逃げることができると思いますか、先生?」ソフィーがたずねました。「もう、夜には捜索も打ち切られているでしょうね?」

「そうだといいが、」と、先生。「すっかり暗くなったら、庭に出て、なにか聞こえないか耳をすましてみよう。君が早く旅に出たいのはわかっている。でも、どうか、しんぼうしてくれたまえ。」

三十分後、先生は、はしごを持ち出し、お庭の塀のてっぺん近くまでのぼって、長いあいだじっと耳をすましました。

物置にいるソフィーのところへもどってきた先生は、首をふりました。

「まだずいぶんたくさんの人が、通りを動きまわっているよ」と、先生。「だが、サーカス団の人たちが君をさがしているのか、それともただ町の人が歩きまわっているのか、わからなかった。もうちょっと待ったほうがよさそうだ。」

「あらまあ!」ソフィーはため息をつきました。「このお庭より先に進めないんですか? かわいそうなスラッシー! 心配だわ。」

そして、ソフィーは物置の闇のなかで、そっとすすり泣きました。

さらに一時間がすぎたところで、先生はまた外へ出ました。今度は、はしごをのぼろうとしたところで、塀のむこうでジップがささやいているのが聞こえました。

「先生、そこにいらっしゃいますか？」

「ああ、なんだね？」

「いいですか！　ヒギンズと団長は、箱馬車（キャラバン）でどこかへ行っちまいました。団長はマシューのところへやってきて、しばらく帰らないからサーカスの仕事を少し引き受けてくれと言ったんです。トートーは、こいつは先生たちが町から逃げだす大チャンスだと考えています。一時間後に出発してください。そのころ、サーカスは一番にぎわっていて、みんな大いそがしになっていますから。いいですか？」

「ああ、わかったよ。ありがとう、ジップ。よろしい。一時間したら出発しよう。」

先生は時計を見ました。「団長はどっちの方角へ行ったかね？」

「東です。グリンブルドンのほうです。スウィズルがしばらくつけていって、帰ってきて教えてくれました。先生たちは西へむかってください。この路地のはしで左へ曲がり、それから次の角でまた左へ曲がれば、暗い裏通りに出ます。それをまっすぐ行けば、ダニッチ街道です。そこまで行けば、もうだいじょうぶです。そこは、あまり家がなく、ひろびろとした田舎です。この路地にサンドイッチをもう少しおいておきますからね。出てきたときに持っていってください。聞こえていますか?」

「わかったよ」と、先生はささやき、この吉報を持って物置へかけもどりました。

ソフィーは、その晩出発することになったと聞くと、しっぽで立ちあがり、うれしくて、ひれで拍手をしました。

「さ、いいかね」と、先生。「もし通りでだれかと出くわしたら——きっと、そうなると思うのだが——君は塀にもたれかかり、私がかついでいる袋のふりをしたまえ——私は、ちょっと休んでいる、というようすをする。できるだけ、袋に見えるようにがんばってくれ。わかったかい?」

「はい」と、ソフィー。「ものすごくわくわくします。ほら、ひれがふるえています。」

さて、先生は時計ばかり見て、予定の一時間がすぎるずっと前から、はしごの下で、用意をととのえて、じりじりしながら待っていました。

とうとう、もう一度時計を見ると、先生はささやきました。

「よし。もう出発してよかろう。私が先に行くよ。そうしたら、君がのぼるとき、はしごをおさえてあげられるからね。このあいだと同じように。」

ところが、かわいそうなソフィーのねがいどおりにはなりませんでした! 先生がはしごを半分のぼったところで、怒った犬たちの低い遠ぼえが、いっせいに聞こえてきたのです。

ドリトル先生は、まゆをひそめて、はしごの上でじっとしました。たくさんの犬がいっしょになってほえる声が近づいてきます。

「なんでしょう？」ソフィーが下からふるえる声でささやきました。「ジップや、仲間の犬ではないですね。」

「ちがう。」先生はゆっくりとはしごをおりました。「ソフィー。たいへんだ。あれは、猟犬ブラッドハウンドのほえ声だ――においを追っている。そして、やってくるぞ――こちらへ！」

第四章　猟犬のリーダー

ジップは、お庭の塀ごしに先生と会話をしたあと、箱馬車(キャラバン)にいる友だちのところへもどり、これでようやくなにもかもうまくいくと思っていました。

ジップとトートーがテーブルの下でおしゃべりをし、ダブダブが家具のほこりをはたいていると、とつぜんトイ・プードルのトービーが息を切らして飛びこんできました。

「ジップ」と、トービーはさけびました。「たいへんなことになった！　やつら、ブラッドハウンドを連れてきた。団長とヒギンズが出て行ったのはそのためだったんだ。となり村にブラッドハウンドを育てている人がいたらしいんだ。箱馬車(キャラバン)に乗せて連れてきた——六匹も。有料橋を通って町に入るところを、見かけたんだ。ぼく、走っていって、犬たちに話しかけようとしたけど、箱馬車(キャラバン)のガタゴトいう音で聞こえなかったらしい。あの犬たちがソフィーにけしかけられたとしたら、もうソフィーはつかまったも同然だよ。」

「ちくしょう！」ジップはつぶやきました。「そいつらは今どこだ、トービー？」

「わからない。ぼくが最後に見たのは、市場を通っていくところだった。全速力でこちらへむかってた。ぼくはできるだけ速く、おまえに知らせに飛んできたんだ。」

「わかった」と、ジップは立ちあがりました。「ついてこい。」

ジップは夜の闇へ飛び出しました。

「連中は、オットセイの小屋からにおいをたどるだろう。」サーカスの敷地内を走りながら、ジップはトービーに言いました。「そこで連中に会えるかもしれない。」

しかし、小屋にブラッドハウンドはいませんでした。

ジップは地面に鼻をつけ、一度だけくんくんしました。

「くそぉ！」ジップはささやきました。「やつら、もうここに来て、においを追ってるぞ。ほら、聞こえる。あそこでうなっている。来い！　路地まで競走だ。まだ間にあうかもしれない。」

そして、まるで白い矢のように門へつっぱしったものですから、かわいそうな小型犬のトービーは、おくれをとって、ぱたぱたした耳を風でなびかせながら、なんとか追いつこうとしました。

路地にかけつけると、そこはあたり一面、男たちや犬やランプでひしめいていました。団長もいて、ヒギンンズも、犬の飼い主もいました。男たちが話をしてランプをふっている一方で、六匹の巨大な、ほおのたれた猟犬たちは、長い耳と血走った目をして、地面のにおいをかぎ、路地のあちこちを走って、においがどこにつづいているか見つけようとしていました。ときどき、鼻をあげて、大きな口をあけて、月にむかって低い遠ぼえをひびかせていました。

このころには、近くの家の裏庭にいる犬たちが、遠ぼえに応えて、ほえていました。混んだ路地に走りこんだジップは、捜索にくわわっているふりをしました。一番大きなブラッドハウンドがリーダーだろうとあたりをつけ、ジップはその犬のとなりに行きました。そして、目と鼻を地面にむけたまま、犬語でささやきました。

「くずどもを連れて、ここから出ていけ。これには先生が――ジョン・ドリトル先生がかかわっていらっしゃるんだぞ。」

ブラッドハウンドは止まって、ジップを見くだすようにながめました。

「のら犬め、なにさまのつもりだ？　おれたちはオットセイを追っているんだ。ばかなことを言うんじゃない。ドリトル先生は、船旅に出ているはずだ。」

「そうじゃない。」ジップは、ぼそぼそ言いました。「先生は、あの塀のむこう側にいらっしゃる。ここから二メートルとはなれていないところだ。先生は、そのオットセイを海に連れていって、このランプを持った連中から、逃がしてやろうとしていらっしゃるんだ――それを、おまえら、ばかどもがじゃましやがって。」

「信じられんな」と、リーダー。「おれが最後に聞いたところでは、先生はアフリカ旅行をなさっていた。おれたちは、つとめをはたさなきゃならん。」

「あほう！　ぼんくら！」ジップは、すっかりかんしゃくを起こして、うなりました。「ほんとのことを言ってるんだ。てめえの長い耳を引っこぬいてやろうか。この二年間、犬小屋でぐうすか寝てたんじゃねえのか。先生はひと月以上前にイギリスにお帰りになってるんだ。今じゃ、サーカス団といっしょに旅をなさっていらっしゃるんだ。」

しかし、高度な訓練を受けた専門家が（自分の職業以外のことでは）、頭がかたいことがあるように、ブラッドハウンドのリーダーには、なにを言っても話が通じませんでした。先生が海外旅行中ではないと信じようとしないのです。この犬は、捜索にかけては有名な記録を持っていて、一度においをつかんだら、えものをつかまえそこなったことはありませんでした。たいへんな名声の持ち主で、それを誇りにしていました。ばかな話を持ってくる、なまいきな犬などに、ごまかされたりしないのです――そんなやつなど、相手にするわけがありません。

かわいそうに、ジップは絶望してしまいました。ソフィーが乗りこえた塀のにおいを猟犬たちがかぎはじめているではありませんか。オットセイが近くにいて、その魚くさいにおいが強くたちこめているかぎり、この大型犬たちがこのあたりを決して立ちさらないことは、ジップにはわかっていました。塀のむこうにオットセイがかくれているとヒギンズが気がついて、この古い家やお庭をさがさせるのは、もはや時間の問題でした。

まだ言い争っているうちに、ジップにある考えが浮かびました。ジップは、ブラッドハウンドたちからはなれ、においをかぐふりをしながら、何気なさそうに路地のはしまで行きました。あたりには、いろいろな犬の鳴き声がひびきわたっています。ジップは頭をそらして、いっしょに鳴きました。しかし、ジップがさけんだのは、塀のむこうの先生へのメッセージだったのです。

「このばかどもは、おれの言うことを信じてくれません。たのむから、先生がここにいることをやつらに言ってください――ワンワン！　ワオー！」

すると、べつの犬のほえる声が、お庭から聞こえてきて、その夜のけたたましい犬の鳴き声にくわわりました。そのさけびは、こんな意味でした。

「私だ。ジョン・ドリトルだ。どうか、立ちさってくれないか。ワンワン！　ワンワン！」

その声を聞いて――団長とヒギンズには、あたりにこだまするほかの鳴き声と変わりなく聞こえたのですが――六匹のブラッドハウンドは、みな地面から鼻をあげ、十二の長い耳をぴんと立てて、身じろぎもせずに、耳をすましました。

「あらら！」リーダーがつぶやきました。「先生だ。えらい先生、ご本人だ。」

「言ったろ？」ジップがリーダーにすり寄りながら、ささやきました。「さあ、この人間どもを南へ——町の外へ、さっさと連れていってくれ。そして、朝まで走りつづけてくれ。」

それから、犬の飼い主は、優秀なリーダーがふいにぐるりとむきを変えて、路地から飛び出すのを見ました。ほかの犬たちもそれにつづいたので、飼い主はよろこびました。

「よし、団長さん。」飼い主は、ランプをふりながら、さけびました。「また、においをかぎつけました。さあ、あとをつけましょう、あとを！　足が速いですからね。おくれないで！　——走って！」

たがいにぶつかり転げるようにして、三人の男たちは猟犬を急いで追いました。ジップは、さわぎを正しい方向へ導くために、思いっきりほえて、追跡にくわわりました。

「犬は、通りを南へむかっています」と、飼い主がさけびました。「これで、あなたのオットセイは見つかりますよ、だいじょうぶ。ああ、大した犬だ！　いったんにおいがわかったら、絶対まちがえることはないんです。さあ、ブロッサムさん。おくれないように。」

さっきまでぎゅうぎゅうづめだった小さな暗い路地は、あっという間に、がらんとして月明かりに照らされていました。

かわいそうなソフィーは、芝生の上でひきつったように泣いて、先生になぐさめられていましたが、お庭の塀の上にひょっこりすがたを見せたフクロウに目をとめました。

「先生！　先生！」と、フクロウ。

「ああ、トートー。どうしたね？」

「今です！　町じゅうの人たちが追いかけっこに出てしまいました。はしごを出して。急いで！」

二分後、けたたましくほえる猟犬たちが、丘をこえ、谷をこえて南へむかう大障害物競走へ団長とヒギンズを連れ出しているあいだに、先生はソフィーといっしょにそっとダニッチ街道を通ってアシュビーの町を出て、西のほうへ、海へとむかったのでした。

ずっとあとになって、ソフィーの奇妙なサーカス脱出がむかし話になったとき、ドリトル先生は、おうちの動物たちによく話したものでした。こっそりオットセイを連れ出して、百六十キロもかわいた地面の上を運ぶことがどんなにたいへんか最初からわかっていたら、それをやってみようという勇気があったかどうかわからない、と。

先生の動物のだれひとり同行しなかった、ソフィーとの冒険の物語の後半は、何年も何年もドリトル家の炉端で語られるお気に入りのお話となりました。動物たちはお食事中に楽しいお話がほしいときは、いつも先生にオットセイと逃げたお話をしてくださいとおねだりするのでした。ガブガブなどは、とりわけそのうちの一章に「グランチェスター行きの馬車」という題名をつけたほどです。でも、話をもとにもどしましょう。

ソフィーとドリトル先生がダニッチ街道をアシュビーの町なみが終わるところまで進むと、そこは田園が広がっていて、ふたりは、ほっとため息をつきました。町にいるときに一番おそれたのは、おまわりさんに会うことでした。ヒギンズはたぶん警察署へ行って遺失物がもどればお礼をすると言ったでしょうから、もしそうなら、町じゅうのおまわりさんが行方不明のオットセイに目を光らせていたにちがいないのです。

両側に生け垣のある道を進みながら、ソフィーのぜいぜいという息づかいと、とてものろくなった歩みから、こんなに少し陸地を行くだけでも、もうソフィーはへとへとなのだと先生はわかりました。でも、道のまんなかで止まるわけにはいきませんでした。

左手のひっそりとした畑のむこうに雑木林があったので、先生は、ひと休みするには居心地のよさそうなところだと思いました。そこで、寄り道をすることにしました。生け垣にソフィーがくぐれそうな穴を見つけ、その穴からソフィーを生け垣のむこうへ出してやり、雑木林までつづいているみぞのなかを通らせました。

雑木林の背の低い木々や黒イチゴがこんもりしげったところへくると、すばらしいかくれ場所だとわかったので、ふたりは、はって、しげみのなかへ入りました。そこは、およそ人がやってきそうにないところでした――やってくるとしても、ウサギを追って道に迷った狩人とか、イチゴつみの子どもぐらいでしょう。

サンザシやハリエニシダのぶあついおおいのなかで、ぜいぜい言いながらソフィーはどしんとたおれました。

「まあ、ここまでは、なんとかなったな」と先生が言いました。

「だけど、」と、ソフィー。「あたし、息があがってしまいました。オットセイは、こんなことをする動物じゃないのですよ、先生。どれくらい来たと思いますか?」

「二キロ半ぐらいだろう。」

「おやまあ! それだけですか? 海まで百六十キロ近くあるというのに! ねえ、先生、こうしたらいかがでしょう。川へ行くんです。川はいつだって海へ流れこみます。あたし、水のなかなら、馬が走るくらい速く泳げます。これ以上、街道を歩いたら、あたしのおなかに穴があいてしまいます。川へまいりましょう。」

「うん。そのとおりだ、ソフィー。だが、川はどこにあるかね? それが問題だ。パドルビーの近くなら、すぐにわかるのだが、このあたりの地理はさっぱりわからん。

地図を持ってくるべきだったな。人にたずねたりはしたくない――ともかく、今はまだ、だめだ。私は、ここよりも何キロもはなれたところで、仕事をしていることになっているのだからね。」

「では、動物にお聞きください」と、ソフィー。

「そうだ！」先生は大声を出しました。「なぜそれを思いつかなかったのだろう。さて、私たちのほしい情報を教えてくれるのは、どんな動物かな？」

「水辺の動物なら、なんでもよろしゅうございます。」

「そうだ。カワウソに聞いてみよう。イギリスで君たちに一番近い親戚は、カワウソだからね、ソフィー。君たちが海でやるのと同じように、カワウソは川を泳いだり魚をとったりする。さあ、ここで待っていなさい。私がカワウソを見つけてくるまで、ゆっくり休んでいるとよい。」

先生が雑木林にもどってきたのは、夜中の一時ぐらいでした。先生がなかに入ってくる枝の音で、ぐっすり寝ていたソフィーは目をさましました。

先生が連れてきたのは、ちょっとかわった動物でした。この動物はソフィーをよく見ようと、雑木林の下に生えた背の高いシダのあいだから、ぴょんぴょこ、ふしぎな美しい曲線を描きながらとびはねています。ソフィーがちょっとこわいくせに、とても興味があるらしいのです。

「おっきな動物だね、先生！」と、それはささやきました。「おいらの親戚？」

「まあ、厳密に言えば、こちらはひれ足のあるアシカ科で、君らはイタチ科だがね。」

「ああ、そいつはよかった。この動物、ひどくぎこちないんだもの。それにほら、うしろ足がない――なにかずんぐりしたものがあるきりだ。ほんとに、かまない？」

とうとうカワウソは、ソフィーがおとなしいとわかって、近づいてくると、この外国から来たオットセイと楽しくお話をしました。

「さて」と、先生。「先ほども言ったように、私たちはできるだけすみやかに、そっと海へ出たいのだよ。ソフィーは、小川をたどるのがよかろうと思っている。」

「ふうむ！」と、カワウソ。「そりゃ、おっしゃるとおりだけどね、このあたりはぜんぜん川がないんですよ。おいらがここにいるのは、ここにはカワウソを追う犬がいないからなんです。おいら、池に住んで魚をとってるんです。大した池じゃないけど、犬どもに追いかけられるよりはましです。このあたりに、まともな川はありませんよ――こちらさんが海まで泳げるような川は、ひとつもありません。」

「では、どうしたらよいかね」と、先生。

「さあてね」と、カワウソ。「おいら、旅はしないもんですからね。このあたりの生まれでして、おふくろはいつも、ここだけがイギリスでカワウソが安全に住める場所だって言っていました。だから、ここにいるんです――生まれてこのかたずっと。」

「それじゃ、お魚をとってきてくださらないかしら」と、ソフィー。「おなかがぺこぺこで死にそう。」

「ああ、いいよ」と、カワウソ。「コイは、食べる？」

「今は、なんでもいただくわ」と、ソフィー。

「わかった。おいらの池へ行ってくるから、ちょいと待っててておくれ。」カワウソは、そう言うと、むきを変えて、雑木林から飛び出して行きました。

　十分もしないうちに、カワウソは大きな茶色のコイをくわえてもどってきました。ソフィーはそれをむしゃむしゃと二口で食べてしまいました。

「野ガモにたのんだらどうですかね、先生」と、カワウソ。「やつら、エサを食べながら、川から海まで、どこまでも旅をするでしょ。しかも、いつも人目につかない静かな流れに沿って行きます。やつらなら教えてくれるでしょう。」

「うん。そのとおりだ」と、ドリトル先生。「だが、どこで野ガモに会えるかね？」

「かんたんですよ。やつら、いつも夜に飛んでいくんです。どこか高い丘にのぼって、耳をすましてごらんなさい。頭上を通りかかるのが聞こえたら、呼びかければいい。」

　そこで、ひそひそとおしゃべりしているソフィーとカワウソを雑木林に残して、先生は山の尾根をのぼって、月に照らされた空をぐるりと見わたせる高原に出ました。
一、二分もすると、遠くからかすかな、クヮクヮという、飛んでいる野ガモの声が聞こえてきました。やがて、はるか頭上に、Ｖの形をした小さな点の群れが、海のほうへむかっているのが見えました。

先生は、両手を口にそえてらっぱのようにして、上へ呼びかけました。群れは一瞬止まると、かたちをくずして、ぐるぐる下へ円を描きながら――用心しつつ――おりてきました。

やがて雑木林のなかでは、ソフィーとカワウソがおしゃべりをやめて、近づいてくる足音にじっと耳をかたむけていました。

かくれ場所へ入ってきたのは、ドリトル先生でした。両腕に一羽ずつ、緑と青があざやかなカモをじょうずにかかえていました。

先生が状況をカモたちに説明して、助言を求めると、カモたちは言いました。

「そうですね。一番近くて、オットセイが入れるぐらい大きいのは、キペット川です。ざんねんながら、ここからその川へ流れこむ小川のようなものはありません。キペット川のある谷へ行くには、六十五キロほど陸路を行かなければなりません。」

「ううむ！」と、先生。「こまったたな。」

「たいそうこまりました。」ソフィーは、うんざりしたように、ため息をつきました。

「かわいそうなスラッシー！　会いにいくのに、こんなにも時間がかかるなんて。こえていかなければならないというのは、どんな感じの土地なんですか？」

「いろいろです」と、カモたち。「丘あり、平地あり、畑あり、荒れ野ありです。いろいろなところをこえていかなければなりません。」

「なんてこと！」ソフィーはうなりました。

「川までは街道を行ったほうが楽でしょうね」と、カモたち。

「しかしね、」と、先生。「人に会って呼び止められると、こまるのだよ。だから、ダニッチ街道からぬけ出てきたのだ。このあたりじゃ、われわれの脱出のことを知っている人が多すぎる。」

「でも、」と、カモたちは言いました。「ダニッチ街道までもどることはありません。まあ、お聞きください。あの生け垣を西へ伝って行くと、べつの街道に出ます。イグルズビーからグランチェスターまでつづいている、とても古い街道で、乗合馬車が南北に行き来しています。その道ならアシュビーの町の人に出くわすことはまずないでしょう。その街道を六十五キロほど北へ行けば、キペット川に出ます。街道はトールボット橋のところで、川と交差しているんです――グランチェスターの町に入るちょうど手前です。」

「足が達者な人なら、大したことのない旅のようだが、」と、先生。「ソフィーにとってはそうではない。だが、そうするのが一番だろうな。グランチェスター街道を北へ、トールボット橋まで行き、そこからキペット川をくだる――そうだね？」

ら。」

「はい」と、カモたち。「グランチェスター街道に出たらもう、まちがえようがありません。川に着いたら、ほかの水鳥にたずねたほうがいいでしょう。キペット川は海へ流れこんではいますが、気をつけなければならないところが、あちこちありますから。」

「わかった」と、先生。「親切に、ありがとう。」

それから、カモたちは飛びさっていき、ドリトル先生は時計を見ました。

「今、午前二時だ。夜が明けるまでにあと三時間ある。ソフィー、ここであすの夕方までひと休みしたいかね、それともがんばって、夜明けまでに行けるところまで行ってみるかね？」

「がんばりましょう」と、ソフィー。

「よろしい」と、先生。「来たまえ。」

先生たちが生け垣に沿って街道のほうへ進んでいるあいだに、小さなカワウソは、ソフィーがつらい旅でがんばれるようにと、ひとっ走り行って新鮮なお魚のごちそうをたくさんとってきてあげました。一キロ半ほど進んで、細長い野原のはしまで来ると、カワウソはべつの生け垣にある穴を示し、ここをぬけたらちょうど街道に出ますと教えて、さよならを言いました。

穴からはい出してみると、そこはりっぱな街道でした。ひろびろとして、きちんと舗装され、夜の闇のなかへ、右へ左へ、果てしなくのびていました。

ふたりは右をむいて、北へ歩き出しました。ソフィーは、ふうっとあきらめのため息をつきました。

第五章　ペンチャーチからの旅人

「ああ、もう歩けない！　ああ、もうだめ！」

一時間ほど旅をしたあと、オットセイのソフィーが言いました。

「この道はさっきのと同じくらいかたくて、でこぼこして、じゃりじゃりしているんですもの。もうどれくらい来ましたかしら？」

「一キロ半ほどだ」と、先生。

ソフィーは、大つぶの涙を、街道の白いほこりの上に、ぼとぼとと落として泣きました。

「どんなにがんばっても一キロ半！　あたし、先生のひどいお荷物になっていますよね。」

「いや、そんなことはない」と、ドリトル先生。「元気を出しなさい。なんとかなるさ。川に着きさえすれば、あとは楽だ。」

「ええ、でも、川までまだ六十三・五キロもあります」と、ソフィー。「もうくたく、たです。」

　先生はソフィーを見おろし、たしかにかなりつかれているとわかりました。また休むよりほか、しかたありません。

「こちらにおいで」と、先生。「街道からはずれて。さあ、このみぞに横になりなさい。だれにも見られずに、休めるから。」

　かわいそうなソフィーは言われたとおりにし、先生は道しるべの板にこしをかけて、いっしょうけんめい考えました。できるかぎりソフィーをはげましてきたけれど、この調子では、とても川まで行けそうにありません。

　いったいどうしたものかと、ほとほとこまりはてていると、ソフィーがふいに言いました。

「あれは、なんの音ですか？」

　先生は顔をあげて、耳をかたむけました。

「馬車の音だ」と、先生。「そこにいれば安全だ。とおりすぎるまで、じっとしていなさい。みぞにいれば、見つからない。」

　ガタゴトという音が近づくと、やがて、街道の曲がり角のむこうから、明かりが見えてきました。すぐに、屋根つきの乗合馬車だなと先生にはわかりました。先生のところまでくると、御者は馬を停めて、呼びかけました。

「馬車をお待ちですかい？」

「あ……えっと……」先生は、口ごもりました。「乗合馬車ですか？」

「そうですよ」と、御者。

「どちらへ行くのですか？」先生は、たずねました。

「近場でしてね」と、御者。「ペンチャーチからアングルソープ行きです。お乗りになりますか？」

どう答えたらいいかとためらう先生の頭に、すごい考えがひらめきました。

「お客さんはたくさん乗っていますか？」先生は、たずねました。

「いや、ふたり――ご夫婦――だけです。眠っていなさる。ゆったりこしかけられますよ。」

とじたカーテンの奥にランプがぼんやりとついている客車は、先生のいる道しるべより少し行きすぎたところで停まっていました。御者のすわっているところからは、ソフィーのかくれている場所も、客車のうしろのドアも見えません。

「お客さんは、このあたりの人ですか？」先生は、声をひそめて聞きました。

「いえ、だから、ペンチャーチから来たんですってば。なにが知りたいんです？　乗るんだったら急いでください！　一晩じゅう、立ち話をしてるわけにはいかないんだ。」

「わかりました」と、先生。「荷物を持ってくるので待っていてください。」

「手を貸しましょうか？」

「いえ、いえ、いえ！　そこにいてください。ひとりでだいじょうぶです。」

それから先生は、馬車のうしろへまわり、ドアをあけました。奥のすみに、男の人と女の人が、頭を前にがくんと落として、眠っていました。ドアをあけたままにして、先生はみぞへ走り、ソフィーに腕をまわして、その重たい体をよいしょと、だきかかえました。

「しばらくはこれで進んでみよう。」先生は馬車へソフィーを運びながらささやきました。

「できるだけじっと、おとなしくしていてくれ。座席の下へ君を入れるから。」

馬車の床は地面より高く、ドアの下に鉄のステップが二段おりていて、そこから馬車にあがるようになっていました。なかをもう一度見ると、お客はまだ眠っているようでしたが、先生はものすごく重いソフィーをかかえてステップをあがるとき、転んで音をたててしまいました。すみの女の人が目をさまして、顔をあげました。先生は、首にソフィーのひれをくっつけたまま、なにも言えずに、目をみはりました。

「兄さん！」

それは、ディングル夫人、つまりサラでした。

夫人は、悲鳴をあげて気絶し、夫の腕のなかに、たおれました。馬が急に走りだしました。うわぁっと先生はバランスをくずしました。そして、ソフィーをひざの上に乗せて道のまんなかにすわりこんだ先生を残して、馬車は夜の闇のなかへ、ガタゴトと走りさってしまいました。

「あーあ！」先生は、ぐったりと起きあがりながら、ため息をつきました。「サラに見られてしまった！　世界じゅうにごまんと人がいるのに、よりにもよってサラだとは。いやはや！」

「でも、どうなさるおつもりだったのですか？」ソフィーがたずねました。「座席の下なんかに入れませんでしたよ。犬のかくれるすきまもありませんでした。」

「まあ、その、とっさの思いつきで、そうしただけなんだ」と、先生。「あれで数キロかせげたかもしれなかったのに――転んでサラを起こしさえしなければ。いまいましい！　だがね、ソフィー、馬車に乗るというのは一番よい手だと思うよ。ただ、もう少し工夫をしなければならん。慎重に計画を練ろう。考えようによっては、あれがサラだったのはよかった。私がオットセイを運んでいるのをだれかほかの人が見たら、うわさになって、追手がかかるだろう。だが、サラとそのだんなさんなら、私がサーカスにいるのをないしょにしたがって、なにも言わないだろうから、私たちは安全だ。さて、いいかね。ほら、東の空が白んできた。今日は、これ以上先へ行こうとするのはむりだ。だから、君をあの森にかくすことにして、私はひとりで、となり村に行って、なにか買ってくるよ。」

ふたりは街道を少し進んで、街道沿いの気持ちのよい森へ行きました。

森に入ると、ソフィーがよこになってかくれるのにちょうどいい場所がありました。

先生がそこにソフィーを休ませてから、街道を歩いて行きますと、近くの農場のオンドリがコケコッコーと朝日にむかって最初のときをつくりました。

三キロほど歩いて村に着くと、ツタにおおわれた、きれいな小さな宿屋がありました。「三人の狩人(かりうど)」という看板がかかっています。なかに入って、先生は朝食を注文しました。あの手入れのされていなかったお庭を出て以来、なにも食べていなかったのです。かなり年をとったウェイターが、ベーコンと卵を出してくれました。

食事がすむと先生はパイプに火をつけ、ウェイターとおしゃべりをはじめました。おかげで、グランチェスター街道を行き来する乗合馬車について、いろいろ知ることができました――ほかの馬車とどう見分けるか、何時ごろに通るか、いつも混んでいるのはどれか、などなどです。

それから、宿屋を出て、通りを歩いて、村のお店がならんでいるところまで来ました。洋服や服飾品をあつかっているお店がありました。先生はなかへ入り、ショーウィンドーにつりさがっていた女性用のマントの値段をたずねました。

「十五シリング六ペンスです」と、店番の女性が言いました。「奥さまは背がお高いのですか？」

「奥さま？」先生は、すっかりまごついてしまいました。「ああ、えっと、そりゃもちろん。あの……その……とにかく、長いほうがいい。ぼうしも、もらおう。」

「奥さまは、金髪ですか、黒髪ですか？」女性はたずねました。

「そのぅ……そのあいだかな」と、先生。

「こちらに、赤いポピーの花のついた、すてきなおぼうしがございます」と、女性。

「いかがでしょう？」

「いや、そいつは、はですぎる」と、先生。

「こうしたお花のついたおぼうしが、ロンドンでは今ちょうど流行なんでございますよ。こちらなどは、いかがですか？」

女性は、かざり気のない大きな黒いぼうしを出しました。

「こちらは、とてもお上品ですよ。私もこうしたぼうしをかぶっております。」

「そうだな。それをもらおう」と、先生。「それから、婦人用ヴェールを。厚手のやつをたのむ。」

「あら、ご家族にご不幸があったのですか？」

「いや、そういうわけではないが。かなり厚手のがいいんだ——旅行用のヴェールを。」

そこで店員は、ヴェールもいっしょに包んでくれました。先生は大きな包みをかかえて、すぐに店を出ました。次に、先生は食料品店へ行って、ソフィーのためにニシンの干物を買いました。この村で買える魚はそれぐらいしかなかったのです。お昼ごろ、先生は街道をもどりはじめました。

「ソフィー、」森のなかのオットセイのかくれ場所に着くと、先生は言いました。「いろいろ教えたいことがある。食べ物と服も買ってきた。」

「服ですって！」と、ソフィー。「服なんて、あたし、どうすればいいのでしょう？」

「着るんだ」と、先生。「ご婦人になってもらう――しばらくは、ね。」

「なんてこと！」ソフィーは、ひれの甲で、ひげをなでながら、うなりました。「どうして？」

「馬車で旅行ができるように」と、先生。

「でも、まっすぐ立って歩けませんよ。」ソフィーは、さけびました。「ご婦人みたいに。」

「わかっている。だが、まっすぐすわっていることはできるだろう――病気のご婦人みたいに。足が悪いことにすればいい。歩かなければならないところは、私がだっこする。」

「でも、顔はどうします？　かたちが、人間とちがいます。」

「ヴェールでかくす」と、先生。「ぼうしもかぶれば、ごまかせるよ。さあ、君に買ってきたこの魚を食べなさい。それから、着つけをやってみよう。グランチェスター行きの馬車は、夜八時ごろここを通るそうだ――つまり、夜行馬車の時間だ。あまり混んでいないから、その馬車に乗る。さて、トールボット橋まで四時間ほど乗っていることになるが、そのあいだ、君はしっぽの上にすわってじっとしていなければいけない。できるかね？」

「やってみます」と、ソフィー。

「とちゅうで、お客がだれもいなければ、しばらく横になることもできるだろう。馬車がどれくらい混むかによる。ここからトールボット橋まで停留所は三つだが、夜行馬車だからお客は多くないと思う――うまくいけばね。さて、この服を君に着せて、どう見えるかためしてみよう。」

　それから先生は、オットセイを着つけて、ご婦人のようにしました。丸太の上にすわらせ、ぼうしをかぶらせ、顔にヴェールをつけ、体をマントでおおいました。

　それから丸太の上に人間がすわっているかのような姿勢をとらせると、おどろくほど人間らしく見えました。ぼうしを深くかぶれば、長い鼻もすっかりかくれましたし、前にヴェールをかければ、まったくもって人間の女性の頭に見えたのです。

「ひげが外に出ないように気をつけてくれたまえよ」と、先生。「そいつはとても重要だからね。マントはかなり長いね――地面までたっぷりある――君がすわって、前をきちんと合わせていれば、暗いところではまったくわからない。ひれで前をおさえておくといい――そうだ。そうしていると、ひざの上で両手を重ねているかのように見える――そう、それでいい、すごいぞ！　そうしていれば、ご婦人の旅行客としか見えないよ――あ、気をつけて！　頭をぶるぶるふったら、ぼうしが落ちてしまう。あごの下でひもを結んでやるから、待ちなさい。」

「息はどういうふうにしたらいいんですか？」ソフィーは、顔の前のヴェールを風船のように吹きあげながら、たずねました。

「やめなさい」と、先生。「泳いで呼吸をしているわけじゃないんだ。しばらくしたら、なれるよ。」

「こんなかっこうで、じっとしていられませんよ、先生。背骨を反対に曲げてその上にすわっているんですよ。バランスをとるのがとてもむずかしいんです。はしごをあがるより、ずっとむずかしいです。すべって馬車の床にずり落ちたらどうなりますか？」

「座席は、この丸太より広く、もっとすわり心地がいいよ。それに、君をすみにすわらせて、私がそばにすわるから、君ははさみこまれる感じになる。もしすべりそうだったら、私に耳打ちしてくれ。そしたら、君をずりあげて、だいじょうぶなようにするから。すばらしいよ、君のかっこうは、ほんとうに。」

もう少し練習したのち、先生は、これならソフィーもご婦人の旅行客として通用すると思いました。その夜、街道のはしでグランチェスター行きの馬車を待つ先生のとなりには、分厚いヴェールをかけた女性がすわっていました。

第六章　グランチェスター行きの馬車

十五分ほど待ったところで、オットセイのソフィーが言いました。

「車輪の音が聞こえます。ほら、道のずっとむこうに明かりが見えます。」

「そうだね」と、先生。「でも、あれは私たちの乗る馬車じゃない。あれはトゥインバラ急行だ。緑と白の明かりがひとつずつついているからね。私たちの馬車は前に白い明かりがふたつある。生け垣のかげに少しさがっていなさい。マントをふんじゃだめだ。マントを汚してはいけないからね。」

トゥインバラ急行がガタゴトと通りすぎてしばらくすると、べつの馬車が来ました。

「ああ」と、先生。「これだ。グランチェスター行きの馬車だ。さあ、ここの道ばたにすわって、私が御者に合図するまで、じっとしていてくれたまえ。そしたら、君を持ちあげてなかへ入れるから。すみの座席が空いていることを祈ろう。ぼうしは、ちゃんとかぶっているね？」

「はい」と、ソフィー。「でも、ヴェールがあたしの鼻をひどくくすぐるんです。くしゃみが出ないといいのですけれど。」

「そうだね。」オットセイのくしゃみが牛のうなり声みたいであることを思い出しながら、先生は言いました。

　それから、ドリトル先生は道のまんなかに歩み出て、馬車を止めました。なかには三人のお客がいました——一番奥に、ふたりの男がいて、ドア近くに、おばあさんがいました。ありがたいことに、おばあさんのむかいの、すみの席が空いています。

　ドアをあけたままにして、先生はかけもどって、ソフィーを持ちあげ、馬車へ運びました。奥のふたりの男は、政治について熱心に話をしています。足の悪い女性が運びこまれて、すみの座席におちついたのを気にもとめません。しかし、ドアをしめて連れのとなりにすわった先生は、むかいのおばあさんが、足の悪い連れにひどく興味を持ったことに気づきました。

　馬車が出発し、先生は、ソフィーの足が長いマントの下から見えていないことをたしかめてから、ポケットから新聞を取り出しました。頭上のオイル・ランプがあまりにも暗くて文字が読めないにもかかわらず、先生は顔の前に新聞をひろげて、夢中で読んでいるふりをしました。

　やがて、おばあさんが身を乗り出して、ソフィーのひざをぽんぽんとたたきました。

「ねえ、あなた」と、おばあさんが、やさしそうな声で切りだしました。

「あっと、その」――先生は、ぱっと顔をあげて言いました。「この人は話せないのです……その、つまり……英語を。」

「遠くまで行かれるんですの？」おばあさんは、たずねました。

「アラスカまで」と、先生は、うっかり言ってしまって――「……つまり、いずれは、そこまで行きたいな、と。今は、グランチェスターまで行くだけです。」

どうか放っておいてくれないかとねがいながら、先生はまた新聞に顔をつっこみました。まるで、一字残らず読まなければ死んでしまうかのように。

ところが、親切なおばあさんは、かんたんには引きさがりません。しばらくして、もう一度、前のめりになって、先生のひざをつつきました。

「リウマチですか？」おばあさんは、ソフィーのほうへ首をふって、ささやきました。「乗るとき、あなたにだっこしてもらわなきゃならなかったでしょう、かわいそうに！」

「いや……べつに。」先生は、口ごもりました。「足が短すぎてね。歩けないんです。一歩も歩けない。生まれたときからそうなんです。」

「まあ！」おばあさんは、ため息をつきました。「お気の毒に。ほんとにお気の毒に！」

「ずり落ちそう。」ソフィーがヴェールごしにささやきました。「このままだと、床にずり落ちます。」

先生が新聞をしまって、ソフィーを持ちあげてすわり直させようとすると、おばあさんがまた言いました。

「なんてすてきなオットセイのコートをおめしなんでしょう！」

ソフィーのひざがマントから出ていたのです。

「ええ。温かくしておかなければなりませんから。」そう言うと、先生はせわしくマントをかきあわせました。

「あなたの娘さんですね？」おばあさんは、たずねました。

ところが、今度はソフィーが自分で口をききました。ほえるような大声がとつぜん馬車をゆらしました。ヴェールにくすぐられて、ついにくしゃみが出たのです。先生は思わず立ちあがりましたが、つかまえる間もあらばこそ、ソフィーは床へすべり落ちて先生の足のあいだに入りこみました。

「苦しんでるわ、かわいそうに」と、おばあさん。「気つけ薬を出してあげますから、待ってて。気を失ったのよ。私も旅をしていると、よく気が遠くなります。それに、この馬車はどうもひどいにおいがするでしょ。なんだか魚くさい。」

幸い、おばあさんは、あわただしく自分のハンドバッグのなかをさがしていました。そこで、先生はソフィーを持ちあげて席にもどして、自分もすわることができました。奥のふたりの男たちは、今やソフィーのことをじろじろ見ています。

「はい、どうぞ。」銀色のにおいびんを手わたしながら、おばあさんが言いました。

「ヴェールをあげて、鼻の下にかがせてあげなさい。」

「いえ、けっこうです」と、先生は急いで言いました。「眠るのが一番なのです。すみっこによりかからせて、ほら、こうして気持ちよくさせておきましょう——いやいや、おしゃべりはやめましょう。そうしたら、じきに眠るでしょうから。」

　とうとう先生は、小さなおばあさんにおせっかいをやめさせ、だまらせることができました。一時間半ほどは、なにごともなく馬車は進みましたが、むこうのすみにいる男たちは明らかにソフィーのことを変だと思い、あやしんでいるようでした。こちらをちらちらと見ては、ふたりでひそひそ話しているので、先生はとても不安になりました。

　やがて馬車は、馬を交代させるために村に寄りました。御者が客車のドアに顔を出して、「宿屋の庭に馬車を停めましたから、宿屋で夕食をおとりになるかたは、出発までの三十分のうちにすませてください」と、お客に言いました。

　ふたりの男は、馬車からおりるときに、ソフィーと先生をじろりと見て出て行きました。やがて、おばあさんも同じことをしました。今や御者もすがたを消していたので、馬車にはドリトル先生とソフィーだけになりました。

「いいかね、ソフィー。」先生がささやきました。「私は、あのふたりの男がどうも気になってしかたがない。君がご婦人ではないとうたがっているようだ。私は宿屋に入って、あのふたりがまだこの馬車に乗って行くのかたしかめるから、ここで待っていてくれ。」

それから、先生はふらりと宿屋のなかへ入っていきました。ろうかでウェイトレスと会ったので、食堂への行きかたをたずねると、ろうかの奥のついたてのむこうにある戸口を教えてもらいました。

「すぐにお夕食をお持ちします。」ウェイトレスは言いました。「なかへ入って、おすわりください。」

「ありがとう」と、先生。「ところで、たった今、馬車で着いて、なかに入ってきたふたりの男の人たちを知っているかな？」

「ええ、」と、ウェイトレス。「おひとかたは、この州の巡査さんで、もうおひとかたは、ペンチャーチ市長のタトルさんです。」

「ありがとう。」先生は、そう言うと、奥へ進みました。

ついたてのところで、食堂へ入る前に少したためらっていると、ついたてのむこうのテーブルから、ふたりの男たちの声が聞こえてきました。

「まちがいありません」と、ひとりが低い声で言っています。「あいつらは、強盗です。女に変装するなんて、古い手ですよ。分厚いヴェールをしていたでしょう？　きっと、例の悪党のロバート・フィンチです。つい先月も、トゥインバラ急行をおそったばかりです。」

「なるほど、そうだろう」と、相手。「すると、あの背の低い、ずんぐりした悪党が、相棒のジョー・グレシャムだな。よし、こうしようじゃないか——夕食後、もどって、なにも気がつかなかったふりをするんだ。やつらは、馬車がいっぱいになって、さびしい通りに出るまで待っているにちがいない。そして、ピストルをつきつけて、命がおしくば金を出せ！と言って、追手がかかる前に金を持って逃げちまうつもりだ。君は、旅行用のピストルを何丁か持っているかね？」

「はい。」

「よし。一丁よこしたまえ。さて、私がひじでつついて合図したら——君は男のヴェールを取って、顔にピストルをつきつけろ。私は、背の低いほうをつかまえる。それから馬車のむきを変えさせ、引き返して、村の牢屋へ入れよう。わかったな？」

先生がまだ聞き耳を立てているところへ、ウェイトレスが料理をいっぱいのせたおぼんを持って、またやってきて、先生の背中に手をかけました。

「どうぞ、お入りになって」と、ウェイトレス。「おすわりください。お夕食をお持ちしますから。」

「いや、けっこうです」と、先生。「あまりおなかがすいていないものですから。また外を散歩してみます。」

　幸いなことに、お庭に出てみると、だれもいませんでした。馬は馬車からはずされて、馬小屋に入れられていました。新しい馬はまだ馬車につながれていませんでした。先生はお庭を走って、馬車のドアをあけました。

「ソフィー。」先生は、ささやきました。「そこから出てきなさい。私たちは変装した強盗だと思われている。逃げよう――急いで――つかまらないうちに。」

　オットセイの重い体をだきかかえて、先生はソフィーといっしょに、よいしょ、よいしょと、お庭から出ました。時刻がおそかったので、街道にはだれもいませんでした。あたりはしんと静かで、宿屋の台所からお皿の音が聞こえるのと、馬小屋で馬を洗う音がするくらいでした。

「さて。」先生はソフィーをおろしました。「もうすぐだよ。ほら、ここは、村はずれだ。あの野原のむこうの生け垣をこえれば、もうだいじょうぶだ。私は先に行って、ぬけ道をさがすから、できるだけ急いでついてきてくれ。そのマントとぼうしを貸しなさい――よし。これで、楽に進めるだろう。」

　数分後、ふたりは高い生け垣をこえ、牧場の背の高い草にかこまれて、ひと休みしました。

「ふう！」ソフィーは、のびをしながら、ため息をつきました。「そのいやなマントとヴェールがないと、ありがたいです。ご婦人になるのは、こりごりです。」

「危ないところだった」と、先生。「私がなかへ入って、あの男たちが話しているのを立ち聞きしたのはよかったよ。あのふたりといっしょに馬車に乗っていたら、まちがいなく、つかまっていたところだ。」

「もう追ってはきませんか？」ソフィーは、たずねました。

「追ってくるかもしれんが、ここにいるとは思わないだろう。私たちを強盗だと思っていたんだからね。私たちが逃げたとわかるころには、時間がたっているだろうから、ずっと遠くまで逃げたと思ってくれるだろう。ここで馬車をやりすごせば、もう心配はない。」

「でも、」と、ソフィー。「だいじょうぶだとしても、旅がたいへんであることは変わりないように思えますけど。」

「だが、ずいぶん進んだよ」と、先生。「しんぼうなさい。なんとかなる。」

「どれくらい来ましたか？」と、ソフィー。

「あの村はショットトレイクだった」と、先生。「トールボット橋まで、あと二十九キロだ。」

「だけど、どうやって進むんです？　もう歩けません、先生。ほんとうに、むりです――二十九キロなんて。」

「しぃーい！　そんなに大きな声を出してはいけない。」ドリトル先生はささやきました。「あのふたりが、どこかで、私たちをさがしているかもしれない。なんとかなる――心配しなさんな。それに、川に着いたら、あとは楽だよ。まずは馬車をやりすごそう。動くのはそれからだ。」

「かわいそうなスラッシー！」ソフィーは、月を見あげながら、つぶやきました。

「今ごろ、どうしているかしら……また馬車に乗るんですか、先生？」

「いや、乗らんほうがよかろう。あのふたりが宿屋に伝言して、あちこちの御者が君のかっこうの女の人を見張るかもしれん。」

「ここで見つからないといいのですけれど」と、ソフィー。「あまりうまくかくれていない気がします。あら、まあ！　ほら……足音が！」

ふたりがかくれていた場所は、牧場のはしでした。街道からふたりをかくしてくれている生け垣とはべつに、牧場を区切るべつの生け垣が右手にあって、そのむこうから、ドシンドシンという足音が行ったり来たりしているのです。

「じっとしていなさい、ソフィー！」先生がささやきました。「ちょっとでも動いてはいかん。」

やがて生け垣の上の枝がゆれはじめ、ガサゴソと音がしました。

「先生。」ソフィーは、おびえてささやきました。「見つかってしまいました。だれかが、垣根をやぶってきます！」

しばらくのあいだ、先生はじっとしているべきか、逃げだすべきか、決めかねていました。もし相手が先生たちの居場所を知らないままさがしているのなら、じっと息をひそめていれば、もっと通りやすいところへ行ってしまうのではないか。先生はそう思ったのです。

ところが、枝のバリバリという音はますます大きくなります。もう目と鼻の先までせまっています。だれであれ、そこから入ることに決めたようです。ですから、ソフィーに耳打ちをして、先生は立ちあがって飛び出し、平原を走りだしました。かわいそうなオットセイは、先生のとなりをぴょんぴょこはねました。

ふたりはどんどん逃げました。うしろでメリメリと生け垣がこわれる音がし、だれかが追ってくる大きな足音がします。

追手がだれであれ、ふたりにどんどん近づいてきます。やがて、先生は、強盗とまちがわれて射殺されるといけないと思い、うしろをふりかえりました。

そこにいたのは——うしろからドタドタと走ってきていたのは——年寄りの農馬でした！

「だいじょうぶだ、ソフィー！」ぜいぜい言いながら、先生は立ち止まりました。「人間じゃない。こんなに、必死に、逃げることはなかった。いやはや、息が切れた！」

馬は、ふたりが立ち止まったのを見て、ゆっくりと歩き、月明かりのなか、ふたりに近づいてきました。とても老いて弱っているようでした。近づくと、馬がメガネをかけているではありませんか。ソフィーはおどろきました。

「なんてこった！」と、先生。「パドルビーの古い友だちだ。追いかけたりしないで、声をかけてくれたらよかったのに。今にも、うしろから、うたれるかと思ったよ。」

「ジョン・ドリトル先生のお声じゃのう？」先生の顔を近くからじろじろ見ながら、老いた馬は言いました。

「そうだ」と、先生。「見えんのかね？」

「ぼおっとしか見えんのじゃ」と、農馬。「この数か月でどんどん目が悪うなっての。先生からメガネをもろうたあとは、かなりずっとよかったけんど。ほいで、わしはべつの農家に売られて、パドルビーをはなれて、ここへ来たんじゃ。ある日、畑をたがやしちょるときに転んで、立ちあがってみると、メガネがおかしくなってしもうた。それ以来、目がほとんど見えんのじゃ。」

「メガネを貸してごらん。見てみよう」と、先生。「ひょっとしたら、度が進んだのかもしれん。」

それから、ドリトル先生は、老いた馬からメガネをはずし、月にかざして、レンズをのぞきこみ、あちこちひっくり返して見てみました。

「おや、これはなんと！」と、先生。「レンズがずれて、ねじれてしまっている。見えないわけだ！　むかし、君にあげた右のレンズはとても強いものだった。きちんと調整して使わなきゃいかん。すぐに直してあげよう。」

先生がフレームにはまったレンズをひねっているとき、馬は言いました。

「ひづめの世話をしてくれている鍛冶屋にメガネを持ってったんじゃが、鍛冶屋はふちをかなづちでたたいて、ますますひどくしてしもうての。わしは、ショットレイク村に連れてこられてからは、先生のところへ行けんようになってしもうたし、このあたりの獣医は、もちろん馬のことばがわからんのじゃ。」

「さあ、できたよ。」先生は、メガネを古い友だちの鼻にかけてやりました。「ずれないように、きつくしておいた。もうだいじょうぶだろう。」

「ああ、ほんとうじゃ。」

メガネをかけてみた馬の顔には、にっこりと笑顔が広がりました。

「先生がはっきり見える。おやまあ！　先生がくっきり――大きなお鼻もシルクハットも！　先生が見えてありがたや。いやぁ、月の光で、葉っぱも見える！　馬の近眼がどんなに不便かおわかりにならんでしょう。うっかりかんじまった野生のニンニクをはきだしてばかりで、まともに食事もでけんのじゃ……いやはや！　先生は、ほんとに、世界一の獣医さんじゃわい！」

第三部

第一章　強盗にまちがえられた先生

「今の君のご主人は、ちゃんとしているかね？」

先生は、牧場の草の上にこしをおろしながらたずねました。

「ええ、そりゃあ」と、老いた農馬は言いました。「いい人じゃ。でも、今年は、わしゃ、あまり、働かんかった。畑をたがやす若い馬たちがおって、わしは、いわば引退して――はんぱな仕事しかさせてもらえんのじゃ。なにしろ、わしゃ、もう三十九じゃからのう。」

「それは、ほんとうかね？」と、先生。「そうは見えないが――とてもそんな。三十九歳だって！　いやはや！　なるほど、今思い出した。君は、私がメガネを作ってあげたその週に三十六歳の誕生日をむかえたんだったね。君の誕生パーティーを開いてあげたのをおぼえているかい？――うちの裏庭で――ガブガブが熟れたモモを食べすぎたときのことを？」

「ようおぼえちょります。ああ、なつかしいのう！　ああ、パドルビーはよかった！

ところで、先生がお連れになっちょるその動物はなんじゃね？」草のなかでごそごそ動いているソフィーを見て、農馬はたずねました。「アナグマかね？」

「いや、オットセイだよ。紹介しよう。こちらは、アラスカ出身のソフィー。今、サーカスから脱出中でね。急いで国に帰らなければならない用事があるんだ。そこで、私が海に帰してやろうとしている。」

「しぃ！」と、ソフィー。「ほら、先生、馬車が通りすぎます。」

「やれやれ！」ドリトル先生は、道から光が消えると、つぶやきました。

「ここまで逃げてくるだけでも、」先生は馬のほうをむいて言いました。「たいへんだったんだよ。ソフィーはあまり歩けないし、かくしてやらなければならないからね。キペット川のトールボット橋へ行きたくて、ショットレイク村まで馬車で来たんだが、おりなければならなかった。どうやって旅をつづけようか考えていたちょうどそのときに、君があの生け垣のむこうから飛び出して、死ぬほどびっくりさせてくれたってわけさ。」

「トールボット橋へ行かれるんか？」老いた馬は言いました。「そりゃ、かんたんじゃ。いいかね。地平線の上にぽっかり出ているあの納屋が見えるかのう？　あのなかに古い荷車がある。馬具はないが、ロープなら山ほどある。あそこへ走っていって、わしを荷車につないで、そのオットセイを荷車に乗せれば、出発じゃ。」

「でも、君がめんどうなことになるだろう」と、先生。「ご主人の荷車をそんなふうに持っていってしまっては。」

「主人には、わかりっこありゃせん。」老いた馬は、メガネのむこうでニヤリとしながら言いました。「出るときに先生が牧場の門に、かけ金だけかけておいてくだされば、わしが荷車をひいて帰ってきたとき、もとどおりにもどしておける。」

「でも、ひとりきりで、どうやって荷車を体からはずすんだね？」

「かんたんじゃ。わしが申しあげるとおりにロープを結んでくだされば、歯でほどける。朝日がのぼる前に荷車をもどしに帰ってこにゃならんから、どこまでもお連れできるわけじゃないが、グランチェスター街道を十五キロほどいったところのレッドヒル農場に友だちがおって、わしみたいに夜は放し飼いにされちょるから、あとはそいつが連れてってくれるじゃろう。だれも起きてこんうちに持ち場にもどるのは、そいつならかんたんじゃ。」

「なつかしき友よ」と、先生。「君は、なんて頭がいいんだ。さっそく急ぐことにしよう。」

それから、みんなは、丘をのぼって、納屋へ行きました。なかには古い荷車がありました。先生は、それを引きずり出し、壁に輪っかになってかかっていたロープを取ると、飼い葉おけのなかに投げこまれていた古い馬の首当てを使って、馬具のように仕立てました。農馬が荷車を引く棒のあいだに入ると、ドリトル先生は、言われたとおりの結び目になるように気をつけながら、馬をロープにつなぎました。

それから、ソフィーを持ちあげて荷車にあげると、一行は門にむかって牧場を走りだしました。いよいよ出発しようというとき、先生が言いました。

「だが、もし、シルクハットをかぶっている私が荷車を走らせているところに、だれかと出会ったらどうするね？　なんだかあやしくないかい？　おや、ごらん。となりの畑にかかしがいる。あのぼうしを借りよう。」

「かかしをまるごととってきてくだされ。」老いた馬は、先生に声をかけました。「わしが帰るときに、御者に見せかける物が必要じゃからのう。御者なしに、田舎をうろうろしちょったら、人に止められちまうでな。」

「わかった」と、先生は言って走りだしました。

数分後、先生は、肩にかかしをかついで、のしのしと、もどってきました。それから、老いた馬が帰ってきたときに、かけ金を鼻で押しあげれば開くように、門に鍵をかけずにおいて、かかしを荷車に放りこんで自分も荷車によいしょと乗りました。

次に、かかしのぼろぼろのぼうしを取って、シルクハットの代わりに自分の頭にのせました。それから、御者席にすわると、ロープの手づなを持ちあげて、荷車の引き棒のあいだにいる友だちに「はいどう！」と呼びかけて、出発しました。

「ソフィー、いつでもマントとぼうしをさっとかぶれるようにしておいたほうがいいよ」と、先生は言いました。「だれかが、乗せてくれと言ってくるかもしれない。だれかを乗せざるを得ないことになったら、君はまたご婦人にならなければいけないからね。」

「ご婦人になるくらいだったら、ほかのどんなものにでもなりますわ。」ソフィーは、こそばゆいヴェールを思い出して、ため息をつきました。「でも、先生がそうおっしゃるなら、がんばります。」

こうして、かかしとオットセイをお客にして農場の荷車を走らせ、ドリトル先生は、奇妙な旅の第二段階をクリアしたのです。通りかかる人は少なく、だれも乗せてくれと言ってきませんでした。一瞬はらはらしたのは、馬のくらにピストルをつけた紳士が、とてもりっぱな馬に乗って近づいてきて、「ヴェールをつけた女を連れた男を見かけなかったか」とたずねたときでした。

先生は、ソフィーの上にかぶさるようにして荷車のへりにもたれかかって、かかしのぼうしを目深にかぶりました。

「数キロ前のとこで、ふたりづれが畑んなか入ってくのを見たけんど、」先生は田舎者のように話そうとがんばりました。「今ごろは遠いとこさ、はぁ、行っちまっただろなァ。」

「やつらだ。」男は、馬に拍車をかけながら言いました。「強盗のフィンチとグレシャムだ。やつら、ショットレイク村まで馬車に乗っていたが、逮捕寸前に、逃げやがった。なあに、つかまえてやる。じゃ、おやすみ！」

そして男は、街道をぱっかぱっかと、かけさっていきました。

「フィンチ氏には申しわけないことをした！」

老いた馬がのっそり動きだすと、先生は言いました。「氏の悪名を高めてしまったようだ。」

「ショットレイク村からこちらへ先生方をお連れできて、よかった、よかった」と、老いた馬は言いました。「今の男は、先生を見つけようと、これから町じゅう総出でさがさせるじゃろう。」

「ショットレイク村で見つけようとしてくれるぶんには、こちらは安全だ」と、先生。「いそがしくしてもらっていたほうがいい。だが、君が農場に帰るとき、めんどうにまきこまれないといいが。」

「いや、だいじょうぶじゃろう」と、老いた馬。「だれかに見られたとしても、わしがどうして荷車を引いているかだれにもわからん。わしのことはええのじゃ。なんとかする。」

しばらくすると、農馬は立ち止まりました。

「この右手がレッドヒル農場じゃ。ジョーを呼んでくるから、待っちょっとくれ。」

それから街道の横の生け垣に近づくと、農馬はそっと、いななきました。やがて、急いでやってくるひづめの音が聞こえ、ずっと若い馬がサンザシの上から、ぬっと顔をつき出しました。

「こちらにおられるのは、ジョン・ドリトル先生じゃ」と、農馬はささやきました。「トールボット橋まで急いでおられる。お連れしてもらえるかの？」

「もちろんです」と、若い馬は言いました。

「あんたの荷車を使ってくれ」と、農馬。「わしのは、主人が起きる前に納屋に返さにゃならん。このあたりに荷車かなにかないかね？」

「ええ。お庭に二輪馬車があります。四輪の荷車より速いです。先生、どうぞ生け垣のこちら側へいらしてください。お見せしますから。」

それから、夜が明けないうちにと急いで、二頭の馬は交代しました。貴婦人ソフィーは、農場の荷車から、おしゃれな二輪馬車へお乗りかえになりました。老いた農馬は、先生に心をこめてさようならをしたあと、自分の荷車の前席にすわったかかしを御者にして帰りました。ドリトル先生とソフィーもすぐに、かなり速いスピードで、反対方向のキペット川へむかって走りだしました。

農馬がひとりきりの帰り道にどんなことがあったのかという話を先生が知ったのは、

ずっとあとになって先生が農馬を訪ねて行ったときのことでしたが、それも今お話ししておきましょう。農場までの道のりを半分ほど帰ってきたとき、例のピストルを持った男が強盗のロバート・フィンチをさがして、グランチェスター街道をまだ行ったり来たりしていました。男は、「ああ、これはさっきの荷車だし、さっき話しかけた御者だ」と思って、荷車を止めて質問をしました。ところが、荷車の御者は答えませんでした。男は質問をくり返しましたが、御者はやはり動かないで、ひとことも言わずにすわったままです。ようやく、なにか変だなと思った男は、くらから身を乗り出して、御者の顔からぼうしを取りました。

その顔は、ワラとぼろきれでできていたのです！

男は、だまされたと知って、さっき会ったとき荷車に乗っていた男が本物の強盗だったのだと思い、このかかしの御者は、警察の目をくらますためのフィンチの頭のいい作戦なのだと合点しました。フィンチの数々のおどろくべき悪事に、またひとつ、とんでもない話がくわわりました――ひと晩にして、女の人に化け、かかしにも化けて、警察の目の前を通りすぎたのです！

まさにその夜、午前二時に、本物のロバート・フィンチが、百キロ以上はなれたところで、イプスウィッチ行きの馬車を止めて強盗を働いていたものですから、話はさらにこんがらがりました。いったいぜんたいどうやって、ほんのわずかの時間に、イギリスのあちらとこちらで悪さができたのか、今もって強盗の歴史上の大いなるなぞとなっていいます。まさにドリトル先生が言ったとおり、フィンチの悪名は高まったのです！

老いた馬が農場に着いてみると、だれもがたいへんな興奮状態にありました。みんな、ランプを持って野原をあちこち走りまわっているのです。

「かかしがなくなった！」「古い荷車もない！」「老いた馬もいないぞ！」と、大さわぎです。

農家の人たちは、車輪のあとを追って牧場を走りました。農馬が門に着くやいなや、ランプや銃を持った大勢が農馬をとりかこみました。そして口ぐちに、当てずっぽうを言ったり、ああしろこうしろと言いあったりして、ぺちゃくちゃ話しました。しかし、馬の持ち主は、馬が強盗に盗まれて荷車を引かされたのだと考えて、馬を責めることはありませんでした。そのあと長いあいだ、人々は牧場までやってきて馬を見て、「これが、フィンチに化けたかかしを引っぱってた馬だよ」と村じゅうでうわさしあったのでした。

一方、先生とソフィーは二輪馬車に乗って、トールボット橋のほうへ全速力で走っていました。例の馬上警官（この州の巡査の助手でした）が必死に追いかけましたが、先生たちはずいぶん先に出発していましたから、追いつけませんでした。

川に着くと、先生はソフィーを二輪馬車からおろして、橋から川へどぼんと落としました。レッドヒルの馬に、例の警官にまた会わないようにべつの道を通って農場に帰るように言ったあと、先生は橋のらんかんから土手へ飛びおりました。それから、ソフィーがよろこんでのどをゴロゴロ鳴らしながら川にもぐり、とちゅうでほしいだけ魚をつかまえながら進むのを追いかけて、先生は流れに沿ってすたこら走ったのでした。

第二章　川をくだって、海へ

つらかった旅は、期待していたとおり、楽になりました。ひとつには、見つかってしまうのではないかといつもハラハラしなくてもよくなったからです。もし川べりにだれかいたら、オットセイのソフィーは水にもぐってやりすごせばいいのですし、先生は糸をつけたヤナギの枝をつりざおにして、つりでもしているふりをすればよかったのです。

　けれども、まだ道のりは遠いのです。トールボット橋へ行くために北へ進んだので、西にある海岸のほうへは少しも近づいていなかったのです。

　キペット川が流れる田園地帯は、景色がいろいろ変わりましたが、いつも美しく、快適でした。菅(すげ)の葉の生いしげる平らな牧場のそばを流れるときは、川べりが沼のようになっていましたし、森へ流れこむと、岸にはハンの木がしげっていました。農場の牛や馬が水を飲むところもありました。こうしたところでは、だれかに見つかるといけないので、夜になるまで待つか、あるいは川が深ければソフィーは水中を泳ぎ、先生は街道をまわって、先で落ちあうこともできました。

オットセイにとって道行きが楽になっても、先生にとっては必ずしもそうではありません。何百という生け垣を乗りこえ、柵をよじのぼり、沼をわたらなければならず、そのため旅はつらく、ゆっくりしたものとなりました。ソフィーは、先生が追いつけるように、しょっちゅうスピードをゆるめ、何度もぶらぶらして待っていなければなりませんでした。

「ねえ、先生。」

二日めのなかばごろ、ドリトル先生が土手で休んでいるときにソフィーが言いました。

「先生は、もういらっしゃらなくてもかまわないのじゃないかしら。この調子なら、このあと、あたしひとりでもやっていけそうではありませんか？」

「そんなことはない」と、先生は横になったまま、頭上のヤナギを見て言いました。「川が海につながる前に、どんな難所があるかわかったものではない。野ガモが教えてくれたように、これより先に進む前に、だれかほかの水鳥に相談したほうがいい。」

ちょうどそのとき、きれいなサンカノゴイ〔サギ科の鳥〕が二羽、川のあまり遠くないところに降り立って、エサをついばみはじめました。先生が声をかけると、すぐに二羽は先生のそばにやってきました。

「どうか教えてくれないか」と、先生。「海に出るまで、川はあとどれぐらいあるかね？」

「曲がり角やうねりをぜんぶ計算に入れると」と、サンカノゴイ。「ざっと百キロです。」

「こりゃ、なんと！」と、先生。「それでは、まだ半分も来ていないということじゃないか。川は、どんなところを通るのかね？　こちらのオットセイが、川をずっと泳いで海に出たいと思っているのだが、とちゅう、人に見られたくはないのだよ。」

鳥たちは答えました。「あと十六キロほどは、すんなり行けますが、そのあと、オットセイが行くにはかなり危険な場所がいくつかあります。最初はホッブズ水車場です。高いダムや、堰（せき）や、それに大きな水車の車輪があって、流れがせき止められています。ホッブズ水車場手前で水からあがって、水車場の川下へ行ってまた水に入らなければなりません。」

「わかった」と、先生。「それは、できるだろう。だが、その次の問題はなんだね？」

「次は、町です。大きな町ではありませんが、川べりに機械工場があり、川の水はこの機械を動かすためにパイプのなかを流れるようになっています。オットセイがパイプのなかに流れこんでしまったら、機械のなかでばらばらになってしまいます。」

「なるほど」と、先生。「町は、陸路で行かなければならないな――暗くなってから。」

「右へまわってください。北まわりです。反対側には、機械を動かす人たちの家がならんでいますから。」

サンカノゴイたちは、説明をつづけました。

「そのあと、ずっと川を泳いでいけますが、海にだいぶ近づいたところでべつの町があります――港町です。家や橋が建てこんでいるところでは、川にはたくさんの小さな滝や急流がありますから、オットセイが泳いでいくことはできないでしょう。ですから、港町が見えたらすぐまた川から出て、町の北側にある人気(ひとけ)のない海岸へ進むのがよいでしょう。海岸まで遠くはありませんが、そのあたりの海岸はみな高いがけになっていますので、海岸までたいへんなのぼり坂です。つかまらずにぶじ港町を通りすぎたら、それで先生のご苦労は終わりとなります。」

「どうもありがとう」と、先生。「教えてくれて、たいへん助かった。さて、もう出発したほうがよさそうだな。」

それから、サンカノゴイたちはドリトル先生に「お気をつけて」と別れを告げて、自分たちの食事にもどりました。先生は川をすいすい泳ぐソフィーを追うようにして岸を進みました。ふたりがホップブズ水車場に着いたのは、ちょうど夕闇がせまってくるころでした。

先生があちこちの建物のまわりを調べて、どこもひっそりとして、だれもいないことをたしかめると、すぐにソフィーは川から出て、えっちらおっちら遠まわりして牧場をふたつ通り、水車用水路を越したところから、また川に入りました。そこでふたりは月がのぼるまで待ち、やがて、先生が岸を歩いていけるほど明るくなったところで、また先を急ぎました。

サンカノゴイたちが言っていた工場町が見えてくると、ドリトル先生は、だれかが通りかかったら水にもぐるようにとソフィーに言いつけて、自分のための食べ物を少し買おうと、町を探検しに行きました。

おそい時刻なので店はあらかたしまっていましたが、ようやくホテルでサンドイッチとくだものが買えました。お金を払うとき、もう持ち金がわずかしかないと気がつきました。実は、今買ったものの代金をぎりぎり払えるぐらいのお金しかなかったのです。でも、お金のことなど気にしない先生にとっては、どうでもよいことでした。そして、最後の二ペンスを使ってくつをみがいてもらうと――沼を歩いてきたので、おそろしくどろだらけだったのです――先生は、ソフィーが陸路で町を通れる道をさがしました。

ソフィーが歩かなければならない道のりはかなり長いものでしたが、先生は、あちこちの池や水びたしになった草地をつないで通っていく道を見つけ、そこから最後は町の反対側三キロほどのところでキペット川に流れこむ小川を通っていけばよいとわかりました。

　ソフィーのところへもどってくると、夜というより朝になりかけていたので、朝日がのぼる前に町をぬけるためには急がねばなりませんでした。

　ソフィーがぶじに町をぬけて、ふたたび川に入ったところで、ドリトル先生は先へ行く前に少し寝ておいたほうがいいと思いました。ソフィーもまた、できるかぎりがんばって先へ進みたがっていたものの、だいぶつかれていました。そこで、川ばたに巣をかけている小さなバン〔クイナ科の水鳥〕に番をしてもらって、ふたりとも眠ることにしました――ソフィーは木の切りかぶに頭をのせて水のなかで眠り、先生は岸辺のヤナギの木にもたれて眠りました。

　先生が目をさますと、日は高くのぼっていて、バンが先生のそでをひっぱっていました。

「牧場のむこうから牛の群れを追って農家のおじさんがこちらへやってきます」と、小鳥はささやきました。「先生のことは気にしないでしょうが、ソフィーを見のがすはずがありません。ソフィーに頭を水のなかへかくしておくように言ってください。汽笛みたいな大いびきをかいていて、私には起こせないのです。」

　先生がソフィーを水のなかにかくし、見つかる危険がなくなると、そのあとふたりはふたたび出発して、一日とひと晩じゅう、海にむかって進みました。

だんだんと風景が、これまでに見たこともないような景色に変わってきました。それまでは羊たちが芝を食む、ひろびろとした丘だったのですが、だんだん山がちになってきました。そして、とうとう翌日の夕方には、港町の明かりがチカチカしているのがむこうに見えました。町の両側の土地は、ブリストル海峡を眼下に見おろす高いがけにつながっています。

さらに川下へ進んでいくと、川の両側に、おそらくは町へとつづく街道がありました。そこを、港へむかう大型の乗合馬車や自家用四輪馬車がときどき走っていきます。

これ以上、川くだりをつづけるのはまずいと思ったふたりは、また川からはなれて――これが最後です――野原を横切ることにしました。

先生はソフィーにぼうしをかぶったままにさせ、いつでもマントをさっと着せられるようにしました。たくさんの道が交差していて、とちゅうに農家もあったからです。あと一キロ半ほど行けば、長い坂道のてっぺんに着いて、がけのむこうに海が見えてきます。丘のあちこちにある納屋に近づかないような道をえらびながら、ふたりはゆっくり着実に前へ進みました。この高原には、しょっちゅう石垣がありました。先生がとびこせるほど低い石垣なのですが、ソフィーにはとてもむりですから、先生はソフィーをかついでやらなければなりませんでした。

ソフィーは泣きごとを言いませんでしたが、丘をのぼっていくのは、ひどくこたえました。ようやくてっぺんの平たい高原に着いて、海峡から風が吹いてきて顔を打ったときには、ソフィーはすっかりくたくたになってしまい、もう一歩も歩けなくなってしまいました。

がけのはしまで、もう数メートルというところまで来ていました。近くの家から歌声が聞こえてきて、先生は、いよいよ旅も終わろうというときになって見つかってしまうかもしれないと不安になりました。そこで、かわいそうなソフィーがすっかり動けなくなってしまっている以上、最後はかついで行くしかないと思いました。

ソフィーにマントを着せていると、家のドアがあいて、ふたりの男が出てくるのが見えました。先生は急いでオットセイをだきかかえ、がけのはしのほうへ、よろよろと歩み寄りました。

「まあ」と、数メートル進んだとき、ソフィーがさけびました。「見て、海だわ！月の明かりに照らされて、なんて生き生きと、すてきにきらめいていることでしょう。とうとう海に来たのね、海に！」

「そう。これで一切の苦労は終わりだよ、ソフィー。」先生はよろよろと前へ進みながら、あえぎました。「アラスカについたら、仲間のみんなによろしくね。」

がけっぷちで、ドリトル先生は、ずっと下のほうで深い海がうずを巻いているのを、まっすぐ上から見おろしました。

「さよなら、ソフィー。」先生は息を切らしながらも、ようやく言いました。「さよなら、元気で！」

それから、最後の力をふりしぼって、ソフィーをがけの上からブリストル海峡へ放りこんだのです。

くるくると空中をまいながら、オットセイは下へ落ちていきました。吹きつける風のせいで、マントもぼうしも飛ばされ、あとからゆっくり、ひらひら落ちていきます。ソフィーが水面に落ちたとき、白いあわがソフィーをおおうようにはじけて、パシャンという音がやさしく聞こえてきました。

「やれやれ。」先生はハンカチでひたいをふきながら言いました。「ありがたい！ついにやったぞ。これでソフィーは海にたどり着いた。そしてマシューに言ってやれるぞ、私は牢屋に入れられないかった、と。」

そのとき、背筋がぞくぞくっとしました。どっしりとした手が、背後から先生の肩をつかんだのです。

第三章　治安判事サー・ウィリアム・ピーボディ

ゆっくりふりかえってみると、大きな男がドリトル先生の首根っこを押さえているのがわかりました。船乗りのような制服を着ています。

「どなたですか？」と、先生はたずねました。

「沿岸警備隊だ」と、男は言いました。

「なんの用ですか？　上着から手をはなしてください。」

「おまえは逮捕されたのだ。」

「なんの嫌疑で？」

「殺人だ。」

先生は、びっくりして、気を静めようとしつつ、さっき目に入った、あのさびしい家からほかの人が出てくるのを見ました。こちらに近づいてきたのは、男の人ふたりと女の人ひとりでした。

「つかまえたか、トム？」

「ああ。現行犯だ。」

「ありゃ、なんだった？」

「女だ」と、沿岸警備隊員は言いました。「こいつが女の人をがけから放り投げたところを押さえたんだ。ジム、ひとっ走り、署まで行って、ボートを出すように言ってくれ。まだ女の人を助けられるかもしれない。でも、だめかもな。おれは、こいつをぶた箱に連れていく。なにか見つかったら知らせに来るか、伝言をしてくれ。」

「きっとこの人の奥さんよ」と、女の人が言って、おそろしそうに先生をじっと見ました。「奥さんを殺すなんて！　妻殺しの『青ひげ』ってお話そっくり！　ひょっとしたら、コンスタンティなんとかから来たんじゃない、トム？　あそこではいつだって、妻が要らなくなると海に放りこむって言うじゃない。」

「いや、ちがう」と、沿岸警備隊員。「英語を話すからな。」

「じゃあ、なおさら、恥知らずよ」と、女の人。「そういった習慣があるところで育ったんじゃないんだったらさ。」女の人は、がけっぷちをのぞきこんで、身ぶるいをしました。「かわいそうにねえ！　見つかるかしら。あそこんとこの水の上になにか浮かんでいるように思えるんだけど。かわいそうに！　でも、これで苦労の人生も終わりね。こんなけだもののような男といっしょにいるより、ずっとましかもわからないわよ！」

「あれは、妻ではない。」先生は、むっとして言いました。

「じゃ、なんだね？」沿岸警備隊員はたずねました。「女だったぞ。おまえがだきかかえているのを見たんだ。」

この問いに対して、先生はちょっと考えてから、だまっていることにしました。こうして逮捕された以上、海に投げこんだのはソフィーであったことを結局は認めざるをえないでしょう。しかし、裁判所ですっかり話をするように強制されるまでは、だまっていたほうがよさそうです。

「だれだったんだ？」男はくり返しました。

それでも、先生はだまっていました。

「奥さんに決まってるわ」と、女の人。「この人、悪そうな目つきをしているもの。きっと、五、六人の奥さんをどこかにとじこめて、ひとりひとり殺そうっていうのよ。かわいそうに。」

「答えなくてもよろしい。」沿岸警備隊員は、とてもえらそうに、先生にむきなおって言いました。「職務上、おまえの発言は、おまえに不利な証拠となることもあると警告しておく。さあ、裁判所へ来い。」

先生にとって幸いなことに、このころにはもう真夜中もすぎていましたから、丘をおりて町に入ったときは、通りにはだれもいませんでした。女の人はいっしょに来ませんでした。先生と沿岸警備隊員は、だれにも会わずに裁判所に着いたのです。

となりの警察署に入ろうとしたところで、もうひとりの沿岸警備隊員のジムがソフィーのぬれたマントを腕にかけ、ぼうしを手に持って、仲間のトムのところへ走ってきました。

「死体はあがらなかったよ、トム」と、ジムは言いました。「でも、この服が、がけの下に浮かんでいた。ジェリー・バルクリーのやつに、まだボートで捜索をつづけてもらっている。おれは、君がこいつをほしいかと思って持ってきたんだ。」

「ああ、証拠品として必要だ。」トムは、受け取りながら言いました。「もどって、捜索をつづけてくれ。おれも犯人をとじこめたら、すぐに手伝いに行くから。」

それから、お気の毒な先生は、警察署に連れていかれ、名前や、さまざまな細かなことを大きな帳面に書きこまれたあと、パンと水を持たされて小さな石造りの牢屋に入れられ、あとはじっと考えごとをするよりほかありませんでした。

ガチャンという扉の音とガチャガチャというかんぬきの音がおさまると、ドリトル先生は、ひじのところにある格子入りの小窓から、うっすらと朝日がこぼれているのに気がつきました。

「あーあ！」先生は、むきだしの石の壁をじっと見ながら言いました。「また、牢屋だ！　うまくいったなんて、とんでもない。マシューは、この牢屋に入ったことがあるだろうか。」

朝日が壁の上のほんの一部を照らしたとき、先生は、前にそこにいた囚人が石をひっかいて、なにかの文字やら記号やらを書いたあとがあるのに気がつきました。先生はそこへ行って、調べてみました。そのなかには、とてもへたな字で「M・M」とありました。

「やっぱり」と、先生。「マシュー・マグもここに来たんだ。そのことをじまんに思っているようだが。いやはや――おかしな世の中だ。」

先生は、わたされたパンを半分にちぎって、二口、ほおばりました。とてもおなかがすいていたのです。

「こりゃ、おいしいパンだ」と、先生はつぶやきました。「焼きたてだな。看守に、どこで買ったのか聞いてみよう。ベッドも悪くないぞ。」

先生は、マットレスをたたきながら言いました。

「ひと眠りしよう。もうずいぶん長いこと、まともに寝ていないからな。」

それから、先生は上着をぬぎ、まるめてまくらにして、横になりました。

朝の十時ごろ、警視が背の高い白髪の紳士といっしょにやってきたとき、先生は大いびきをかいて、大の字になって寝ていました。

「ふむ！」老いた紳士は低い声で言いました。「あまり危険そうな人物には見えませんな、警視？」

「なんの、」警視は首をふって言いました。「犯罪者の生きざまとはこういうものですよ、サー・ウィリアム。かわいそうな妻を海に投げこんだあとに、こんなふうに眠れるんですからな！」

「しばらくふたりきりにしてくれますか」と、老紳士。「十五分ほどしたら、もどってきてください。ところで、私がここにやってきたことは、だれにも言わないように——今のところは。」

「わかりました、サー・ウィリアム」と、警視は言って出ていき、扉をしめました。

それから白髪の老紳士は、寝台のところへ行き、先生のおだやかな顔をしばらく見おろしました。

やがて、老紳士は先生の肩をそっとゆりうごかしました。

「ドリトル君。ほら——ジョン、起きたまえ！」

ゆっくりと先生は目をあけ、ひじをついて身を起こしました。

「ここはどこだ？」先生は眠そうに言いました。「ああ、そうだ。牢屋だった。」

それから、そばに立っている人をじっと見ました。そして、満面の笑みをたたえました。

「おやまあ！　こりゃ、サー・ウィリアム・ピーボディ」と、先生は言いました。

「いやはや、ウィリアムじゃないか！　なんだって、こんなところへ？」

「おまえさんのほうこそ、なんだってこんなところにいるのかね」と、老紳士。

「おどろいた！」先生は、つぶやきました。「十五年ぶりだ。ええっと。最後に会ったのは、大げんかしたときでしたね――おぼえてますか？　キツネ狩りはよいか悪いかって議論でしたね。もうキツネ狩りは、やめましたか？」

「いや」と、サー・ウィリアム。「わしは、まだ週に二日、狩りをしている。裁判の仕事やらなにやらいそがしくて、それぐらいしかできんのだ。五年前、治安判事となったのでな。」

「やめるべきです。」先生はとてもまじめに言いました。「すっぱり。あなたに言い分はあるでしょうが、キツネにとっちゃ、たまったもんじゃない。一匹のキツネを何十匹もの犬でいじめるなんて！　それに、なんだってキツネは狩られなきゃならんのです？　キツネにだって、あなたや私と同じく、権利がある。ばかげてますよ。大の大人が大勢馬に乗って、犬どもを引き連れて大さわぎして、たった一匹のあわれな野生動物をあちこち追いまわすなんて。」

老紳士は、先生の寝台にこしをかけて、そりかえって笑いました。

「あいかわらずだな」と、老紳士はくつくつ笑いました。「君のようなやつは、おらんよ。人殺しの罪で牢屋に入れられながら、わしが会いに来ると、まずはじめるのが、キツネ狩りの議論とは。ドリトル君、君は、わしが初めて君に会ったときから――君が虫メガネでカブトムシを調べていた、ちんちくりんの小学生だったときから――変わっていないな。いいかね。わしがここに来たのは、キツネの権利について議論するためではない。さっきも言ったように、わしは治安判事なのだ。一時間後に、君はわしの前に出て取り調べをうけねばならん。わしが知りたいのは、君へのこの嫌疑を、君はどう説明するのかということだ。妻殺しだと思われているのだからね。わしは、たまたま警察の調書に君の名前を見つけたのだ。むかしの君を考えれば、君と結婚するほど頭のおかしな女がいたら、君に殺されても文句は言えんだろうがね。だが、君に奥さんがいたなんて信じられんのだよ。どういうことかね？　女の人を海に投げこんだという話だが？」

「女の人ではありません」と、先生。

「では、なにかね？」

先生は足を見おろし、いたずらをしているところを見つかった小学生のようにもじもじしました。

「オットセイなんです。」とうとう、先生は言いました。「女の人の服を着たサーカスのオットセイなんです。ちゃんとしたあつかいを受けておらず、アラスカにいる仲間のところへ帰りたいと、逃げたがっていたので、手伝ってやったんです。アシュビーの町からずっと連れてくるのに、えらくひどい目にあいましてね。あやしまれないように旅するために、女の人のかっこうをさせました。サーカスの連中にあとを追われ、ようやくこの海岸に着いて、ふるさとの海まで泳いで帰れるようにオットセイを海に投げこんだところで、沿岸警備の人に見つかって、つかまってしまった――なにを笑っているんです？」

先生が話しているあいだずっと笑いをこらえていたサー・ウィリアム・ピーボディは、ついにおなかをかかえて大笑いをしました。

「君の奥さんだなんて聞いてピンときたんだよ、」ほんの少しおちつくと、サー・ウィリアムは、のどをひーひー鳴らしながら言いました。「どうもくさいなってね。ほんと、そのとおりだった。君は、魚のにおいがするよ。」

「オットセイは、魚のにおいがするものです。」先生はこまったように言いました。

「ずっとかかえて来たんですから。」

「こりないね、ドリトル君。」サー・ウィリアムは首をふって、目から笑い涙をぬぐって言いました。「さて、教えてくれ。この旅で、君はいっしょにかけおちしたご婦人といっしょにいるところを、どこまで人に見られているかね。なにしろ、妻殺しの嫌疑はきっと晴らしてやれるとは思うが、オットセイを盗んだ嫌疑を晴らすのは容易ではないかもしれないからね。ここまであとをつけられたと思うかね？」

「いえいえ。アシュビーを出たあとは、サーカスの連中にはつけられませんでした。そのあと、乗合馬車で逃げたとき、ショットレイク村で強盗とまちがえられ、ちょっとしたさわぎはありましたが。しかし、そのあとはうたがわれずにやってきて、ようやく……ついに……」

「ついにご婦人をがけから投げ落としたというわけだ。」サー・ウィリアムが、口をはさみました。「君がここへ連行されたのを知っている者は？」

「このあたりで知っているのは、沿岸警備隊員三人と女の人ひとりだけです。女の人は、たぶん、隊員の奥さんでしょう。牢屋に連行されたとき、通りはすっかりがらんとしていました。」

「まあ、なんとかなりそうだな」と、サー・ウィリアム。「嫌疑を取り下げてもらうまで、君はここにいなければならんが、そのあとは、さっさとここからはなれることだな。」

「でも、沿岸警備隊は？」先生がたずねました。「まだ死体をさがしているのではないんですか？」

「いや、もうあきらめたよ」と、サー・ウィリアム。「警備隊は、君の犠牲者のマントとぼうしを持ち帰ってきた。それしか見つからなかったのだ。そこで、君はただ古い服を海に捨てていたということにしようじゃないか——それは、まったくのうそでもないからね。わしが事態を説明すれば、うわさにはならんだろう。なったとしても、サーカスの人たちの耳には入らんだろう。だが、いいかね、ドリトル君。たのむから、もうサーカスの動物をここに連れてきて、がけから投げ落とすのはやめてくれないか？　そんなことをしょっちゅうやられては、説明のつけようがない。それに、君のせいでサーカスの興行がだめになる。わしが表むきは事件をおさめるから、それまでここにいなさい。そして、釈放されたら、この地方から出て行くんだ。わかったね？」

「わかりました」と、先生。「ありがとう。でも、ウィリアム、さきほどのキツネ狩りだが、もしあなたがキツネの……」

「いや」と、サー・ウィリアムは立ちあがりました。「今、その議論を再開するのはやめよう、ドリトル君。警視がもどってくる足音が聞こえる。この国にはキツネが多すぎるからね。少し数をおさえる必要があるんだ。」

「あなたのところの牢屋は、とてもすばらしいですよ、ウィリアム。」警視が扉をあけたとき、先生は言いました。「遊びに来てくれてありがとうございました。」

サー・ウィリアムと警視のすがたが見えなくなると、先生は運動のために、牢屋のなかを行ったり来たり歩きはじめました。自分が留守のあいだ、みんなはどうしているだろう、と思いました。三十分後、そう言えば、動物たちがサーカスを改良する話をしていたなあと考えていると、巡査部長がひどくていねいな物ごしで、扉のところへあらわれました。

「警視からよろしくとのことであります、先生」と、巡査部長は言いました。「このたびのまちがいは申しわけありませんでしたとのことです。ですが、我々の部署のせいではありません。逮捕したのは沿岸警備隊ですから。ほんとうに、おろかしい連中です。先生の嫌疑は、もう晴れました。どうぞ、どこへでもお好きなところへ行ってください。」

「ありがとう」と、先生。「もう行くことにします。この牢屋は、とてもいいですな。今まで入ったなかでも最高です。警視に、あやまっていただくにはおよびませんとお伝えください。とてもぐっすり休ませていただきました――換気が実によろしい。本を書くのに、ちょうどいい場所だ。じゃまが入らないし、風通しもよろしい。しかし、ざんねんながら、用事があるので、すぐに出て行かなければなりません。では、ごきげんよう。」

「さようなら、先生」と、巡査部長。「ろうかのつきあたりが、出口です。」

警察署の玄関先で、先生は立ち止まりました。

「なんてこった！」先生は、つぶやきました。「アシュビーへもどる馬車代がない。サー・ウィリアムが少し貸してくれないだろうか」

そこで、先生はまわれ右をして、警視の部屋へ行きましたが、治安判事は今日は狩りに出かけ、あすの朝までお帰りにならないと言われました。

もう一度、先生は警察署を出て行こうとしましたが、玄関先でまた立ち止まりました。

「どうせなら、食べ残したパンもいただいていこう」と、先生はつぶやきました。「私のパンなんだし……お金をまったく持たずにアシュビーに行くなら、パンがあったほうがいい。」

先生は急いで牢屋へもどりました。

すると、警官があと片づけをしていました。

「失礼」と、先生。「おそうじのじゃまをしたくないのだが、忘れ物を取りに帰ってきました。ああ、ここにあった……私のパン！　ありがとう。すばらしいパンですよ。」

そして、帰りに警視の部屋へ立ち寄って、警察署にパンを届けているパン屋さんの名前をたずねてから、ドリトル先生は食べかけのパンをかかえて、自由な旅へと出発したのです。

第四章　ナイトシェイドという名の母ギツネ

お金はないけれど楽しく、先生は港町を歩いて、やがて町の中央の市場にやってきました。北へ、南へ、東へとのびる大通りが三つ交わるところです。

町の公会堂はとても美しい古い建物でした。大したものだと思いながら見物したのち、先生は東へむかって進もうとしました。ところが、数歩も行かぬうちに、考えこんで立ち止まりました。来た道とはちがう道でアシュビーに帰ったほうがよいのではないか、と思いついたのです。

そこで先生は、むきをかえて、南へむかう道を進み、乗合馬車やショットトレイク村の宿屋で先生を見かけた人と会わないようにアシュビーへまわり道をしようとしました。

気持ちのよい朝でした。お日さまが照り、スズメがチュンチュンとさえずっていました。パンをかかえて道をのっしのっしと歩きながら、こんな天気だと、人生は楽しいものだと先生は思いました。

やがて、町の家並みもなくなって、ひらけた野山にやってきました。お昼ごろ、十字路にさしかかると、そこには、とてもきれいな小さな田舎道を指し示して「アップルダイクまで十六キロ」と書かれた道しるべが立っていました。「よさそうな道だ」と、先生はひとりごとを言いました。「しかも、方角もちょうどいい。アップルダイクという名前も気に入った。」

そこで、さっきの港町からあまり離れてはいませんでしたが、先生はアップルダイクへの田舎道を東へ進みました。

やがて、お昼にしようと思った先生は、パサパサのパンを食べるには、きれいな飲み水がほしいと思って、小川をさがしました。右手のほうに下り坂があって、その先は木々やしげみでおおわれたくぼ地になっていました。

「あそこに小川があるだろう」と、先生はつぶやきました。「この野山は、ほんとうにすてきなところだ。」

それから先生は、牧場の柵(さく)についたふみこし段をこえて、むこうのくぼ地へと進みました。

たしかに小川がありました。川岸は木陰になっていて、まさにおあつらえむきの、すてきなピクニック場となっていました。水を飲むと、先生は「ありがたい」とため息をついて、広がるナラの木の下の草にすわりこみ、パンを取り出して食べはじめました。

やがて、先生のまわりを一羽のホシムクドリがはねているのに気がつき、パンのかけらを投げてやりますと、ついばみます。一方のつばさがおかしくなっているので、よく診てみると、羽がタールですっかりくっついてしまっています。タールがかたまって、つばさが開かなくなっているのです。ドリトル先生がすぐに治してやると、鳥は飛びたっていきました。

お昼をすませた先生は、先を急ぐ前に、この気持ちのいい場所でしばらく休んでいきたくなりました。そこで、ナラの木の幹にもたれかかって、小川のせせらぎを聞くうちに、たちまち眠りに落ちました。

目がさめると、三匹の子ギツネを連れた母ギツネが、先生のお昼寝が終わるのをじっと待ってすわっているではありませんか。

「こんにちは」と、母ギツネが言いました。「私、ナイトシェイドと申します。もちろん、先生のおうわさは、かねがねうけたまわっております。でも、まさか、このあたりにいらっしゃるとは思いませんでした。はるばるパドルビーまで先生をお訪ね申しあげようかと思っておりましたが、このたびお会いできて、ほんに、うれしゅうございます。ホシムクドリが、先生がいらっしゃると教えてくれたのでございます。」

「やあ」と、先生は身を起こしました。「会えてうれしいよ。なにか、ご用かね？」

「私の三匹の子どものうち、」母ギツネは、有名な先生を前にしてたいへんかしこまっている、三匹のまるまるとした小さな子ギツネのほうに注意をむけました。「一匹の前足がおかしいのです。診てやっていただけないでしょうか。」

「いいとも」と、先生。「ここにおいで、ぼうや。」

「ちゃんと走れないのです。」母ギツネは、先生が子ギツネをひざの上において調べているあいだに言いました。「犬どもに追われると、この子がおそいために、みんな、命の危険にさらされます。ほかの子はりっぱに走れるのですが。なにがいけないか教えてくださいますか？」

「もちろんだよ。」先生は、今度は子ギツネの四本の足を持って、ひざの上でさかさにぶらさげました。「へんぺい足だな。それだけだ。足の裏のやわらかいところの筋肉が弱っている。そこがしっかりしていないと、地面をつかむことができない。朝晩、運動をさせてやりなさい。こんなふうに、つま先立ちをするんだ。一、二！　一、二！　一、二！」

先生は立ちあがって、お手本を見せてやりました。キツネなら足裏の筋肉をきたえ、人間なら土ふまずをきたえる運動です。

「毎朝、毎晩、二、三十回やらせれば、速く走れるようになるだろう」と、先生。

「どうもありがとうございます」と、母ギツネ。「うちの子たちになにかをきちんとさせるのには、いつも苦労しておりますの。タンポポ、先生のおっしゃったことをお聞きだね。毎朝、毎晩、三十回、できるだけ高くつま先立ちをするのですよ。へんぺい足の子は、うちに入れませんよ。うちじゃ、いつだって……あらまあ！　あの音！」

母ギツネはしゃべるのをやめました。美しい筆のようなしっぽが、まっすぐ立って、ふるえています。遠くをかぐように鼻先をのばし、見開いた目には、あわれな恐怖の表情が浮かんでいます。

一瞬の静けさをやぶって、北東へ広がる丘のむこうから、どんなキツネの心臓もこおらせるようなおそろしい音が聞こえました。

「角笛よ！」ガタガタとふるえる歯のあいだから、母ギツネは、ささやきました。「やってくるわ！　あ、あれは、か、狩りの角笛よ！」

おびえる動物を見ながら、ドリトル先生は、キツネ狩りを生涯にくむきっかけとなった事件を思い出しました。ある夕方、黒イチゴのしげみの下で、へとへとになって死にかけているキツネと出会ったときのことを。

角笛がまた鳴りひびき、母ギツネは、気の毒にあわてふためいて、子ギツネたちのまわりを走りまわりました。

「ああ、どうしましょう？　子どもたち！　この子たちがいなければ、きっと犬どもをだしぬけるのだけれど。ああ、こんな真っ昼間に、先生に会おうとして、この子たちを連れてくるんじゃなかったわ！　暗くなるまで待っていたら、先生が行ってしまわれるんじゃないかと思ったんだわ。それで、ブロード牧場からずっとここまで、はっきりくっきり、においをつけてきてしまった。しかも、ここは風上だわ。なんてばかなんでしょう！　どうしましょう？　どうしましょう？」

角笛が三度めに、さっきよりも大きく、近くで鳴ったとき、ワンワンという猟犬たちのけたたましい鳴き声がして、子ギツネたちはおかあさんのところへあわてかけより、おかあさんの下でちぢこまりました。

先生の顔にきっぱりとした表情が浮かびました。

「あれはどこの犬かね？」先生はたずねました。「知っているかい？」

「たぶんディチャム村の犬でしょう。ハラム農場のちょうどむこうに犬小屋があります。ひょっとするとバックリー丘のウィルツバラ村かもしれません。あそこの犬も、このあたりで狩りをすることがあるので。でも、きっとディチャムでしょう。このあたりで一番の犬たちです。先週も、私は追いかけられたんですが、フェントン峰のすぐ下を走っていたとき、姉が道を横切ったので、やつらは姉を追いかけはじめ……そして、つかまえたんです。また、角笛だわ！　ああ、こんな真っ昼間に子どもを連れてくるなんて、私、なんてばかだったんでしょう！」

「心配するな、ナイトシェイド」と、先生。「たとえディチャムとウィルツバラの犬が、たばになってかかってきても、今日は君をつかまえることはない……君の子どもたちもね。子どもたちに私のポケットに入るように言っておくれ……おいで、ぴょんと入りなさい……それでよし。さて、ナイトシェイド、私の上着の内側に入りなさい。そう、それでいい……ずっと奥の、背中のほうへまわってごらん。足としっぽを、おしりのポケットにつっこんで。それで、こうして前のボタンをとめると……ほらね？すっかりかくれてしまった。そこで息はちゃんとできるかい？」

「はい、できます」と、母ギツネ。「でも、見えなくなったってしかたありません。猟犬にかぎつけられます……そうやって私たちを追うんですもの……鼻でかいで。」

「わかっているさ」と、先生。「だが、人間にはかぎつけられない。犬のことは、私にまかせておきなさい。でも、人間に見られてはまずい。四匹とも、そこで石みたいにじっとしていてくれよ。なにがあっても、動いたり、逃げだしたりしてはだめだよ。」

こうしてドリトル先生は、キツネでぼこぼこにふくらんだ上着を着て、木のしげったくぼ地のなかの小さな空き地に立ち、ディチャムの狩りの一団が押しよせるのを待ちました。

犬のほえ声、人の呼び声、角笛、馬の走る音などがいりまじった音がどんどん大きくなってきました。かくれている場所の枝ごしにのぞいていると、やがて、丘の上に猟犬の先頭集団が見えました。しばらくのあいだ猟犬たちは立ち止まり、風のにおいをかいでいましたが、やがて、くぼ地の底をめがけて一直線に、全速力でかけおりてきました。丘のむこうには、のこりの犬たちもすがたを見せ、そのすぐうしろに、赤い服を着た男たちが足の速いりっぱな馬に乗ってあらわれました。

その狩人たちをひきいるキツネ狩りの総大将は、やせた白髪の老紳士サー・ウィリアム・ピーボディその人でした。サー・ウィリアムは、丘のとちゅうまでおりてくると、馬にまたがったまますぐうしろの灰色のメス馬に乗った男に呼びかけました。

「ジョーンズ、犬がやぶにむかっているぞ。われわれがとりかこむまで、先頭の犬に突入させるな。ほら、ギャロウェイが先に行きすぎだ。キツネをむこう側へ押し出してしまうぞ。──ギャロウェイに気をつけろ！」

すると、灰色のメス馬に乗った男ジョーンズは、長いムチをピシリと鳴らしながら前へ飛び出していって、呼びかけました。

「ギャロウェイ！　おい、ギャロウェイ！」

葉っぱのあいだからのぞいていた先生には、その先頭の犬がかなり近くに見えました。しかし、狩人の命令にしたがうようにみごとに訓練されているギャロウェイは、先生のいる木のしげみから数メートルのところでふっと足どりをゆるめると、ほかの犬たちに早く来いとほえながら、そこで足を止めました。

丘のむこうから、馬に乗った人たちが続々とやってきます。がっしりして足の短い馬に乗った太った牧師さんたち、駄馬に乗った田舎紳士、ほっそりとした高級サラブレッドに乗った淑女たち——近くに住む紳士淑女全員がやってきたようです。

「なんてこった！」先生は、つぶやきました。「こんな子どもじみたことってあるかね？ かわいそうな小さなキツネをつかまえようと、こんな大さわぎをして！」

長いムチを持った男たちの指示にしたがって、猟犬たちがやぶをぐるりとかこんでワンワンほえたて、人々はたがいに呼びあい、さけびあって、耳がおかしくなりそうなうるささです。

「つかまえるぞ」と、小馬に乗った農家の太ったおじさんがどなりました。「犬がぐるりととりかこんだ。なかにとじこめた。絶対しとめるぞ。ジョーンズが犬どもをやぶに放つまで待て。さあ、つかまえるぞ！」

「いやいや、そうは問屋がおろさない」と、つぶやいた先生の顔には、キッとした表情がもどっていました。「そうはいくものか。でぶっちょさん……今回ばかりは。」

犬たちは、あちこち走ってにおいをかぎまわり、やぶのなかに入って狩りにけりをつける許しをいらいらとまちこがれていました。

ふいに命令が出て、犬たちは、たちまち四方からやぶに飛びこみました。ドリトル先生は、ポケットを手でおさえて空き地に立ち、犬たちがどこから飛びこんできてもだいじょうぶなように身がまえていました。しかし、母ギツネがどの方角からここへ入りこんで、どこににおいを残したのかを知りませんでした。それで、あっという間に、四匹の重たい犬に背中にとびつかれ、地面にたおされて、もつれあいながらほえまくる猟犬たちの下じきになって、息がつけなくなりました。

先生は、四方八方、足をつっぱったり、手をふりまわしたりして、なんとか立ちあがりました。

「どきなさい！」先生は犬のことばで言いました。「狩りの連中をどこかよそへ連れていきたまえ。このキツネは私のものだ。」

自分たちのことばで話しかけられた犬たちは、押したおしてしまった小男がだれなのか、今や、はっきりとわかりました。

「これは、たいへん失礼いたしました、先生。」片方の目の上に黄褐色のぶちがある、がっしりとした体格のギャロウェイがあやまりました。「先生だとは、わからなかったものですから。うしろから飛びついてしまいましたので。おれたちがやぶの外にいるときに、なぜ声をかけてくださらなかったんです？」

「そりゃ、むりだろう。」先生は、ポケットをくんくんとかいでいるべつの犬を押しのけながら、いらいらと言いました。「できると思うかね――君たちがおろかにも、あんな大声でわめきちらしているというのに？　気をつけろ、狩人たちが来たぞ。ほら、私のにおいをかいだりするな。人間に見られたらどうする？　仲間をここから連れ出したまえ、ギャロウェイ、早く。」

「わかりました、先生。でも、先生のポケットにはキツネが一匹以上いるにおいがします。」

「一家全員いるんだ」と、先生。「私が飼うんだ。」

「一匹だけでも、いただけませんか、先生？」と、ギャロウェイ。「ずるがしこいやつでして。ウサギやヒヨコを食べたりするんですよ。」

「だめだ」と、先生。「わたさん。キツネだって、食べていかなきゃならんのだ。君たちは、エサを与えられているだろうが。行きなさい――さっさとしなさい。」

そのとき、サー・ウィリアム・ピーボディが着きました。

「こりゃ、たまげた！　ドリトル君！　まだこんなところにいたのかね？　キツネを見なかったかね？　犬がこのくぼ地へ追いこんだのだが。」

「見たとしても、教えてあげませんよ」と、先生。「キツネ狩りのことを私がどう思っているか、ご存じのくせに。」

「おかしなことだ！」犬たちがやぶのまわりを、よろよろ歩きまわっているのを見て、サー・ウィリアムはつぶやきました。「においがわからなくなったはずはないのだが。絶対ここだとばかりに走ってきたのに。ふしぎだな！　……ああ、なんてことだ！

わかったぞ。君のくさったような魚のにおいを追ってしまったんだ――オットセイのせいだ！　いやはや！」

そのとき、「猟犬たちがべつのにおいをかぎつけて南へ向かっている」と、狩人たちが声をあげました。馬からおりていたサー・ウィリアムは、馬に乗ろうと走りました。「おぼえておきたまえ、ドリトル君！」サー・ウィリアムはさけびました。「犬をとんでもないところへおびきよせたりして。君を牢屋にとじこめておくべきだったよ。」

やぶのなかに残っていた数匹の犬も今や影のように消えてしまっていました。子ギツネの一匹が先生のポケットで身動きしましたが、サー・ウィリアムはとうにやぶの外で馬にまたがっていました。

「なんてこった、また忘れた！」先生は、ぶつぶつ言いました。「お金をもらうんだった。――ちょいと、ウィリアム！」

それから、ドリトル先生は、ポケットにキツネをぎっしりつめたまま、狩りの総大将を追って、やぶから走り出ました。

「おーい、ウィリアム！」先生は、呼びかけました。「お金を貸してくれませんか？　アシュビーへ行くお金がないんです。」

サー・ウィリアムは、馬に乗ったままふりかえり、手づなを引きました。

「五ギニー、いや十ギニー貸してやろう、ドリトル君」と、サー・ウィリアムは言いました。「もし君がこのあたりから出て行って、わしの猟犬の鼻をおかしくするのをやめてくれさえするならね。ほら、お金だ。」

「ありがとう、ウィリアム。」先生がお金を受け取り、ポケットに入れると、お金は子ギツネの頭に乗っかりました。「いずれ郵便で返しましょう。」

それから先生は、狩人たちが声をあげて馬を走らせ、南の地平線へ消えていくのを、やぶのはしに立って見ていました。

「なんて子どもじみたスポーツだろう！」先生は、ぶつぶつと言いました。「なにがおもしろいのかね？　まったく、わけがわからん。大のおとながぎゃあぎゃあ大さわぎして、角笛を吹いて、馬に乗って野山を走りまわって――それも、たった一匹の小さな、かわいそうな野生動物を追いかけるためだとは！　まったくもって子どもじみている！」

第五章　ドリトル安全セット

さきほどのしげみのなかの小川のほとりへもどると、先生はポケットから子ギツネたちを出して、地面においてやりました。

「ジョン・ドリトル先生」と、母ギツネ。「これまで先生がいかに偉大な人かと話にはうかがっておりましたが、今の今まで、これほどすばらしいおかたとは存じませんでした。なんとお礼を申しあげてよいかわかりません。もう胸がいっぱいで……タンポポ、川に入っちゃだめよ！」

「礼にはおよばんよ」と、先生。「正直言って、なつかしいウィリアム・ピーボディをだましてやるのは、なかなかおもしろかった。だましておきながら、お金まで貸してもらってしまったがね。もう何年もキツネ狩りをやめるように説得しているんだ。犬たちがまちがえて私のにおいを追ってしまったと思っているようだ。」

「あの犬どもは、そうかんたんにはだませません」と、母ギツネ。「ひとりでしゃべっていたあの大きなギャロウェイっていうのは、おそろしいやつです。針のようにするどい鼻をしてます。あいつににおいをかがれたら、どんなキツネも、おしまいです。」

「でも、君は前に追いかけられて、逃げたんだろう？」先生は、たずねました。「必ずしも、えものを追いつめないこともあるからね。」

「そのとおりです」と、母ギツネ。「でも、天気の具合とか、ほんのちょっとした偶然がうまい具合に働いて、たまたま逃げられたにすぎません。もちろん、風はものすごく重要です。犬が風上にいる私たちのにおいをかいで、風上にむかって狩りをはじめたら、まず逃げられません……かくれ場所がそこいらじゅうにあったり、風上から風下へぐるりとまわりこむだけの時間のよゆうがあったりしたらべつですけれど。でも、たいていは見晴らしがよすぎて、まわりこんでいるうちに見つけられてしまうんです。」

「ふむ！」と、先生。「なるほど。」

「それに、たまに」と、母ギツネは続けました。「狩りがたけなわのうちに、風むきがかわってくれることもあるのですが、そんな幸運はまれです。でも、一度命拾いをしたことがあります。それは十月の、じめじめした――狩人が好む天気の――ある日のことでした。そよ風が吹いていて、ソープ農場の近くの牧場を歩いているときに、犬の声を聞いたんです。どちらの方角かわかるやいなや、自分が風上にいることに気がつきました。どこにも身をかくす場所のない、ひろびろとした原っぱで、逃げるためには必死で走らなければなりませんでした。そのあたりの地形はよくわかっていたので、私は全速力で走りながら、自分にこう言い聞かせていました。

『トパム・ウィローズだ。助かるとしたら、あそこしかない。』

トパム・ウィローズというのは、西へ二十四キロほど行ったところの、荒れはてて、木々が密生した古い広大な禁猟区です。それが最も近い、ちゃんとしたかくれ場所だったのです。

でも、そこまで行くには、がらんとした野原や丘をどこまでもこえていかなければなりません。ただ、一度そこに着きさえすれば、だいじょうぶなのです。なにしろ、イバラや、もつれた木々がうっそうとしげっていて、人も馬も入れませんし、広すぎて犬どもがとりかこむこともできないからです。

とにかく、少しでも先に出ようと、力のかぎりに走りました。犬どもが、すぐ私を見つけました。そして、『おーい、いたぞぉー！』というさけび声が、馬に乗っている人たちみんなにとどきました。すると、狩りの一行すべてが、馬に乗った悪魔のように、私を追いかけました。こうなると、あとは、はてしなくつづく二十四キロの、長くつらい、心臓やぶりのレースです。トパム・ウィローズのこちら側で身をかくせるところと言ったら、低い石の柵（さく）がところどころにあるきりですし、そんなもののうしろにかくれようなんていうばかなキツネはいません。私は、走りながら、柵を飛びこして行きましたので、しっぽが柵の上から出るたびに、『おーい、いたぞぉー！』というさけび声が一行から聞こえてきました。

あと五キロほどで着くというところで、心臓がけいれんしてしまったようで、目がおかしくなり、ちゃんと見えなくなりました。それで、石につまずいてしまいました。立ちあがって、よろよろと進むと、トパム・ウィローズがすぐそこに見えるのですが、スピードがもう出ません。最初から速いペースで走りすぎたのです。」

母ギツネのナイトシェイドは、話を少し止めて、耳をうしろにかたむけ、細い口をかすかにあけて、じっと前を見すえました。まるで、あのおそろしい日のことをもう一度目の当たりにしているかのようです。あの長く、ひどい追いかけっこの最後のところで、目の前に安全なかくれ場所が見えていながら、力がぬけていき、死神のような犬たちがすぐうしろにせまってきているときのことを。

やがて、低い声で、ナイトシェイドはつづけました。

「もうだめだと観念しました。犬どもはどんどん近づいてきています――しかも、よゆうしゃくしゃくで。ところが、そのときです！　とつぜん、風むきが変わったんです！

『やった！』と、私は思いました。『近くにみぞか生け垣さえあったら！　まだ、やつらをまけるかも！』

でも、もちろん、そんな見晴らしのいい野原では、においなんか関係ありません。私は、よろめきながら進みました。

そのとき、ふいに、左手が小高くもりあがっていて、その上にワラビのしげみがいくつかあることに気づきました。小さいけれど、かなりの数のしげみが、あちこちにぽつりぽつりとあるのです。

私はむきを変え、トパム・ウィローズへ一直線にむかう道をはずれて、その小山をめざしました。まだほんの少し、犬たちより先を行っていたのです。私はワラビのしげみに飛びこみ、二十三キロほど走って初めて敵から見えないところへ逃げこみました。そして、しげみからしげみへうつって、そこいらじゅうに自分のにおいをつけました。それから小山の反対側へかけおり、トパム・ウィローズのほうへのびるみぞを見つけて飛びこみ、さっきまで進んでいた方角へもどったのです。

そのころには、私はもう、はうように、ゆっくりとしか進めなくなっていたのですが、風むきが変わっていたため、思ったとおり、私が見えなくなったとたん、犬たちはすっかり混乱していました。トパム・ウィローズのほうへじりじりと進みながら、みぞからのぞき見てみると、小山の上のワラビのしげみからしげみへと走りまわっています。もし風が私から犬のいる方角へ吹きつづけていたら、きっと何匹かが私のにおいに気づいて、においのぷんぷんするみぞまでやってきて、私をかくれ場所から引きずり出したにちがいないのです。

　でも、犬たちがワラビのしげみのまわりでむだ足をふんで、においをさがしまわってぐずぐずしているあいだに、私ははるばる目指してきたかくれ場所に身をかくすことができたのです。すっかりへとへとで、ぐったりしながら、トパム・ウィローズのしげみへはって行き、ばったりたおれこみました。そして、風むきが変わって危ないところで命拾いしたことを、幸運の星に感謝したのです。」

「いやはや。」母ギツネが話を終えると、先生は言いました。「とてもおもしろい話だ。今の話からすると、猟犬のにおいの感覚をどうにかしさえすれば、君たちキツネはいつも逃げおおせられるというわけだね？」

「ええ、もちろんです」と、母ギツネ。「犬のおそろしくするどい鼻さえなかったら、どんな野山を逃げていても、かくれて犬から身を守るような場所はじゅうぶんにあります。私たちキツネは、ほとんどいつだって、犬がこちらに気づくよりもずっと前に、はるか遠くから犬の声を聞いたり、すがたを見たりできるのです。犬たちに、まちがったにおいを追わせることができたら、キツネは絶対逃げられます。」

「なるほど」と、先生。「それで、ひとつ思いついたのだが、たとえば、キツネがキツネのにおいではなくて、なにかほかのにおいをさせているとしたら……なにか犬がきらいな強いにおいだとしたら……犬どもはそんなにおいを追っていかんだろうね？」

「ええ、そう思います。キツネからそのにおいがしているとわかっていなければ。いえ、わかっていたとしても、犬にとってものすごくいやなにおいなら、追いかけないかもしれませんね。」

「まさにそれを言いたかったのだよ。そんな強いにおいは、鼻をきかなくしてしまうだろう。じゅうぶんに強くすれば……君のもともとのにおいをすっかりかくしてしまえるね。さて、いいかい。」

先生は、きれいな小びんがいっぱい入った、黒くて分厚い小さなケースをポケットから取り出しました。

「これは薬の携帯ケースだ。とても強くて、つんとくるにおいの薬もある。少しかがせてあげよう……これをためしてごらん。」

先生は、小さなびんのふたをはずし、母ギツネの鼻先へ持っていきました。母ギツネは、ひとかぎすると、びくっとあとずさりしました。

「まあ！」母ギツネは、ほえました。「なんて強いにおい。これはなんなのですか？」

「これは、衣類の防虫剤に使う樟脳（しょうのう）のエキスだ」と、先生。「これは、どうかな。ユーカリ油だ。かいでごらん。」

母ギツネは、ふたつめのびんに鼻を当てました。今度は、キャンキャンとさけんで、うしろに一メートルも飛びのきました。

「なんてこと！　目にしみる！　これはさっきよりひどい……さっきより強力です。せんをしめてください、先生、早く！」母ギツネは、前足で鼻をこすりながら、さけびました。「涙が出ちゃう。」

「わかった」と、先生。「だが、いいかい。どちらの薬もとても強力だが、まったく無害なのだ。飲んだりしなければね。ユーカリ油は、人間が風邪をひいたりしたときに使う薬だ。さて、これでわかったと思うが、犬は、こんなにおいに近づこうとしないだろうね？」

「近づきゃしないでしょう。」ナイトシェイドは荒い息で言いました。「一キロ先まで逃げてくでしょう。そんなものをかいだ犬は、一日じゅう、鼻がおかしくなってしまいますよ。犬は、鼻がとても繊細ですからね——とりわけ狩りをする犬は。」

「よろしい！」と、先生。「さて、いいかね。この小びんをきつくしめて、ハンカチにくるむ……こんなふうにね……においは、ぜんぜんしないね。ほら、口にくわえて運ぶこともできるよ。やってごらん……だいじょうぶだということをたしかめてみてごらん。」

おそるおそる、母ギツネは、小びんをくるんだハンカチをくわえました。

「ほらね？」先生は、それを受け取りながら言いました。「まったく無害だし、そうしているあいだは、なんのにおいもしない。でも、君がハンカチを地面において、重たい石をその上に落としたりしたら、なかの小びんがこわれて、薬が流れ出し、ハンカチにしみて、すごいにおいがするね。ここまでは、わかるかい？」

「はい」と、母ギツネ。「よくわかります……タンポポ、私のしっぽにじゃれつくのはやめなさい。先生のおっしゃることがわからなくなるでしょ。あの木のところへ行って、運動をしていなさい。」

「では、」と、ドリトル先生は、つづけました。「もし君が、ぬれたハンカチの上にねそべって、ごろごろ転がれば、君も薬のすごいにおいがすることになる。そうなると、どんな猟犬も君を追ってこないと言っていいだろう。第一、君のにおいに気づいても、それがなんのにおいかわからないし、しかも、あんまりすごいにおいだから、君の言うとおり、一キロ先まで逃げていくだろう。」

「逃げていくでしょう」と、母ギツネ。

「よろしい。さて、このびんをひとつ、君にやろう。どちらがいいかね？　樟脳とユーカリと、どちらのにおいがいいかな？」

「どちらも、かなりすごいにおいです」と、母ギツネ。「ふたつともいただけないでしょうか？」

「よかろう」と、先生。

「ありがとうございます。ハンカチも二枚、お持ちですか？」

「ああ。はい、どうぞ——赤いのと、青いのと。」

「すてき」と、母ギツネ。「これで、子どもたちに樟脳のにおいをつけて、私はユ……ユ……」

「ユーカリだ」と、先生。

「かわいらしい名前ですわ」と、母ギツネ。「下の子をそう呼ぶことにします。この子には、いい名前がずっと思いつけずにおりましたの。タンポポ、ガーリック、それにユーカリ。」

「ナイトシェイド〔イヌホオズキ〕の三匹の息子たち。」先生は、まるまるとした子ギツネたちが、ナラの木の根の上ではしゃぎまわっているのを見ながら、言いました。「とてもかわいらしいね。ちょっとローマふうの、古典的なひびきがある。だが、いいかね。小びんにハンカチを巻くときは気をつけなければいけない。きちんとしないと、割れたガラスが出てきてけがをするかもしれないからね。分厚く、ふかふかになるように巻くんだ。ポケットに糸があるから、私が両方とも巻いて結んでおくのがよかろうね。」

それから、ドリトル先生は、きちんとびんをくるんで、その新発明品——〝キツネ用ドリトル安全セット〟——を母ギツネのナイトシェイドに手わたしました。

「これをいつも携帯して」と、先生。「猟犬の声が聞こえたらすぐ石でくだいて、薬をしっかり背中にすりこみなさい。そうしたら、どんな犬も――ギャロウェイでさえ――寄りつかないよ。」

さて、母ギツネとその子どもたちが先生になんどもお礼を言って、新しい〝におい破壊装置〟を持って立ちさると、ドリトル先生は、アシュビーの町へむけての旅をつづけました。

しかし、先生がくぼ地から出て、ナイトシェイドが子どもたちと寝ぐらへ走っていくとき、先生には、この新しいアイデアがどんな重要な結果を生むことになるか、わかっていなかったのです。

まさにその夜、おうちへ帰るとちゅうの母ギツネと子どもたちは、同じ方角へ帰ろうとしていた猟犬たちににおいをかぎつけられてしまいました。狩りの一行はその午後ずっとキツネをさがしまわって見つけられなかったのですが、ついに帰るときになって見つけたのです。

犬につけられていると気がついたナイトシェイドは、ただちに安全セットを地面においで、石をけってぶつけました。すぐに、あたりに強力な薬のにおいがたちこめました。

目にしみて涙が出るにもかかわらず、母ギツネはその上に転がり、子どもたちにはもうひとつの薬が体にしみこむようにさせました。

それから、四匹は、薬局のようなひどいにおいをさせ、咳こみ、あえいで、自分のにおいから逃げるように、寝ぐらにむかって広い牧場を走りました。風下のがらんとした場所にキツネを見つけた犬たちは、生け垣をこえて野原をつっきって先まわりしました。キツネが牧場のふもとにあるしげみに入りこむ前につかまえてやろうというのです。

犬たちにとって、これはかんたんなことでした。へんぺい足のタンポポのめんどうを見てやらなければならないナイトシェイドは、全速力を出せなかったからです。

いつものとおり、有名なギャロウェイを先頭に犬たちはやってきました。一日なんの収穫もなかった狩人たちは、ようやくえものが見つかったと歓声をあげ、馬に拍車をかけました。

風むきが逆であるにもかかわらず、先頭の犬たちは、えものまであと五歩というところまできて、ふいに立ち止まりました。

「ギャロウェイはどうしたんだ、ジョーンズ？」サー・ウィリアムは、灰色のメス馬に乗った男にどなりました。「ほら、すわっている。キツネが逃げるのを見ているぞ！」

そのとき急に、夕方の一陣の風が東むきに変わり、狩人の一行のほうへ突風が吹きつけました。猟犬たちは、申しあわせたようにいっせいに、おびえて、しっぽを巻いて、牧場からちりぢりに逃げだしました。馬たちも耳をぴんと立て、荒い鼻息をしています。

「うわぁ、なんてひどいにおいだ!」サー・ウィリアムがさけびました。「なにかの薬品だろう。なんだ、あれは、ジョーンズ?」

しかし、灰色のメス馬に乗った男は、犬たちをまとめようとしてわめいたり、長いムチをピシャリと鳴らしたりしてあちこち走りまわっておりました。

その晩、ナイトシェイドは、心おだやかに、だれにじゃまされることもなく、寝ぐらに帰り、子ギツネたちを寝かしつけました。こうつぶやきながら――「えらいおかただわ……ほんとに、えらいおかた。」

しかし、次の日、子どもたちにエサを取ってきてやろうとして外へ出ると、べつのキツネに出会いました。この近所のキツネは、ナイトシェイドのにおいをかぐと、「おはよう」と言うどころか、いやなものに会ったかのように走りさってしまいました。

そこで、この新しいにおいは、便利なようでいて、不便なものでもあるとわかったのです。親類のだれひとり近寄ろうとしませんし、樟脳とユーカリのにおいのする四匹は、ほかのキツネの寝ぐらに入ることも許されませんでした。

ところが、やがて、母ギツネのナイトシェイドは犬に追いかけられることなく好きなところへどこへでも行けるのだということが、キツネの世界に知れわたりました。

すると、ドリトル先生のところへ、見知らぬ動物の使いが次々にやってきて、ユーカリをくださいとたのむようになりました。先生は、何百もの小びんをハンカチにくるんで送ってやりました。まもなく、そのあたりのキツネは一匹のこらず、「ドリトル安全セット」をもらって、狩りのシーズンに外出するときはいつも携帯したのです。

さて、その結果、有名なディチャムの猟犬たちは解散してしまったのです。

「しかたがない」と、サー・ウィリアムは言いました。「このあたりでキツネ狩りはできん。ユーカリ用の猟犬でも育てて訓練しないかぎりな。全財産をかけてもいいが、こいつはドリトル君のしわざにちがいない。狩りをやめさせたいと言いつづけていたからな。そして、なんたることか！　少なくともこの地方では、狩りをやめさせてしまったではないか！」

第四部

第一章　サーカスへもどって

　さて、馬車代をもらったドリトル先生は、アシュビーの町の方角へむかう乗合馬車をさがしました。

　アップルダイクの村まで来ると、それまで歩いていた細い田舎道が、南北に走る大きな街道にぶつかりました。村の鍛冶屋(かじや)に聞いたところ、乗合馬車がこの道を通っており、あと三十分もしたら一台やってくると教えてくれました。そこで、アップルダイクの村がじまんにしてもよさそうな小さいすてきな店でキャラメルを買って、こしを下ろして待ちながら、時間つぶしにキャラメルを食べていました。

　午後四時ごろ、馬車がやってきて、先生はとなりの大きな町へ行きました。そこから、東行きの夜行馬車に乗り換え、次の日の明け方にアシュビーから十六キロのところまでもどってきました。

　それから先は、用心のために歩いたほうがいいと先生は思いました。そこで、宿屋でひげをそって朝食を食べ、一休みしてから、残りのわずかな道のりを歩きはじめました。

一キロ半も行かないうちに、道ばたでキャンプをしている放浪者たちに会いました。おばあさんが先生にあいさつをして、運勢をうらないましょうかと言いました。先生は、うらなってほしくはありませんでしたが、立ち止まっておしゃべりをしました。ブロッサム団長のサーカスを話題にすると、「もうアシュビーにはいませんよ。となり町へうつってしまいました」と教えてくれました。

となり町へ行くにはどの道を行けばよいかとたずねると、「つい三十分前、ブロッサムのサーカスに入るという男が荷車を馬に引かせて、ここを通ったところです」という答えでした。「急いだら、すぐに追いつくでしょう。馬はゆっくり歩いていたから」とも教えてくれました。

そこからサーカスが次に行こうとしている町までは、かなりややこしい道のりでした。だれか道を知っている人がいっしょにいてくれたほうがずっと楽だと先生は思いました。そこで、先生は放浪者たちにお礼を言ってから、自分と同じくブロッサムのサーカスを目指している男に追いつこうと急ぎました。

道行く人にたずねながら行ったので、先生は、その男が進んだ道をたどることができました。そしてお昼ごろ、道ばたでおべんとうを食べている男に追いつきました。

男の荷車はとてもへんてこでした。まわりにぐるりとこんな広告が書かれているのです。

「ブラウン医師の軟膏をお使いください」「歯をぬくなら、ブラウン医師のところで」「ブラウン医師のシロップで、肝臓のお悩み解消」「ブラウン医師の丸薬は……」「ブラウン医師の湿布剤は……」という具合です。

医者として興味しんしんですべての広告を読んでから、ドリトル先生は道ばたでパンとチーズを食べている太った男のところへ行きました。

「失礼ですが」と、先生はていねいに言いました。「ブラウン先生でいらっしゃいますか？」

「そうです」と、男は口いっぱいにほおばったまま言いました。「なんのご用です？　歯をぬくんですか？」

「いえ」と、先生。「ブロッサムのサーカスへ行かれるところとお聞きしたものですから。そうですか？」

「ええ。ストウベリーで合流することになっていますが、なにか？」

「私も同じ方角へ行くものですから」と、先生。「ひょっとしたら、ごいっしょさせていただけないだろうかと思いまして……おいやでなければ。」

ブラウン医師は、いいですよと言って、お昼をすませると、荷車におあがりなさいとドリトル先生をまねき、そのあいだに自分は馬を荷車につなぎました。荷車のなかには、車のまわりに宣伝してあった薬の材料があるようでした。ところが、先生がわかる範囲で言えば、その薬はほとんどラード〔ブタの脂〕とサラダ油でできているのです。ブラウン自身、いいかげんな感じの人でした。とても本物の医者には見えません。

やがて、ドリトル先生は、どこで医学博士の学位を取ったのかと質問してみました。歯学はどこの病院で勉強したのか、といったこともたずねましたが、ブラウンはそんなことをたずねられるのはいやなようすで、先生の取り調べにかなりこまったふうでした。

とうとうドリトル先生は、この男はいんちきの薬を売っているにせ医者にちがいないという結論に達しました。こんな男といっしょにいるより、ひとりで行ったほうがましだと思い、ブラウンを待たずに、ひとりで先に歩き出しました。

サーカスが近いぞと先生が最初に思ったのは、遠くでジップの鳴き声が聞こえたからでした。その声につづいて、ほかのふたつの鳴き声がします。やがて、街道の角をまがると、ジップとトービーとスウィズルの三匹が、黒ネコを木の上に追いあげて、その木の根もとでワンワンとほえたてていました。さらに街道のむこうを見やると、サーカスの箱馬車（キャラバン）の行列の最後が進んでいるところが見えました。

みんなから見えるところまで先生がやってくると、犬たちはネコのことなどすっかり忘れて、かけてきました。

「先生！　先生！」と、ジップがさけびました。「どうなりましたか？　ソフィーは、逃げられたんですか？」

三匹は、あちこちから先生にとびつき、先生は一度に百もの質問に答えなければなりませんでした。先生は、海への冒険物語を最初から最後まで語って聞かせました。その少しあとでサーカスの一行に追いついて自分の箱馬車（キャラバン）にもどると、大よろこびする家族のために、最初からもう一度お話ししなければなりませんでした。

ダブダブは、いそがしく働いて、すぐにお食事を用意しました——午後のお茶と夕食がいっしょになったようなお食事です。それからダブダブは、先生がさっぱりとしたシーツで寝られるように、おうちのみんなに指図して、ベッドからシーツをはがして干させました。

それから、マシュー・マグが、自分のえらい友だちが帰ってきたと聞きおよんで、さわぎにくわわったので、先生はまたお話をくり返さなければなりませんでした。これで三度めです。

「大したもんですよ、先生」と、マシュー。「こんなにうまくいくなんてね。ブロッサム団長は、先生が一枚かんでるなんて、夢にも思っていませんでしたよ。」

「ソフィーの飼い主のヒギンズ君はどうしたかね？」と、先生。

「ああ、あいつは今じゃ、まじめにやってまさぁ。アシュビーで馬番になりましてね。よかったですよ！　あいつがいなくてもサーカスはこまらねえし。」

「ブロッサムさんは、ソフィーの代わりに新しいのをやとったのかね？」と、先生。

「いいえ」と、マシュー。「ちょっと人手が足りませんでしたが、力じまんのヘラクレスが仕事に復帰して、むかしどおり、いいショーをやっていますからね。」

「私らのショーもかなりもうかりましたよ、先生」と、トートーがさけびました。

「ボクコチキミアチは先週いくらもうけたと思います？」

「さあてね。」

「十二ポンド九シリング六ペンスです！」

「こりゃ、たまげた！」先生は、大声を出しました。「そいつは大金だ。一週間でそんなに！　私だって、医者として一番もうかっていたころでも、そんなには、かせがなかったよ。その調子なら、すぐに引退できそうだね！」

「引退って、どういうことです、先生？」トイ・プードルのトービーが、先生のひざに頭を乗せようとしながらたずねました。

「そもそも、ずっとサーカスをやるつもりじゃなかったんだよ」と、ドリトル先生。

「私には、パドルビーでやらなければならない自分の仕事があるし……それに……それから……ああ、山のように、やらなければならないことがあるんだ。」

「わかりました」と、トービーは悲しそうに言いました。「先生とはずっと長いあいだごいっしょできるんだと思っていたものですから。」

「でも、ドリトル・サーカスっていうのは、どうするんです、先生?」雑種犬スウィズルがたずねました。「みんなでサーカスをよくする話をしていたじゃありませんか。あのアイデアをためしてみないんですか。」

「あれはすごいアイデアですよ、先生。」ジップが口をはさみました。「動物たちみんな、あの計画に夢中です。自分たちがどんなふうにお客を楽しませるか、細かなことまで考えているんです。」

「それに、ぼくらの劇場はどうなるの、先生――〝動物劇場〟は?」ガブガブが口をはさみました。「先生がお出かけになったあとで、ぼく、そこで上演する劇を書いたんだよ。『くさったトマト』っていうの。ぼくね、おもしろい太った貴婦人の役をやる。もうせりふをすっかりおぼえたんだ。」

「パドルビーのおうちはどうなさるのです? 私としては、それをおうかがいしたいですけれど?」と、ダブダブは、いらいらとテーブルの上のパンくずをはらい落としながら言いました。「あなたたちみんな、楽しいことしか考えていない。先生のことや、先生がなさりたいことを考えちゃいないんだわ。あちらじゃ、おうちが荒れはてて、お庭がジャングルになっているってことを思いもしない。先生には先生のお仕事があって、先生のおうちがあって、先生ご自身の人生があるんですよっ。」

家政婦のダブダブの剣幕に、みんなはしんとなり、トービーとスウィズルはひどく申しわけなさそうに、テーブルの下へ身をかくしました。

「まあ、」と、先生がついに口を開きました。「ダブダブの言うことも、もっともだ。ボクコチキミアチが、船乗りに船代を弁償できるだけのお金を——それと、少し余分に——かせいでくれたら、サーカスをやめることを考えるべきだろうね。」

「あらら！」トービーは、ため息をつきました。「ドリトル・サーカスは、すごくすてきなショーになっただろうになあ！」

「あーあ！」ガブガブは言いました。「ぼく、太った貴婦人役、すっごくじょうずにできたのになあ。ぼく、喜劇役者になればよかったたって、いつも思うんだ。」

「ふん！」ダブダブは鼻を鳴らしました。「先週、あんたは自分で八百屋になればよかったたって言ってたじゃないの。」

「うん」と、ガブガブ。「どっちにもなれるよ。喜劇的八百屋さんなんてどう？　いいでしょ？」

その晩、ブロッサムのサーカスは、ストウベリーの町に入りました。そして、いつものように、次の日の夜明け前までにテントがすっかり立てられ、お客を入れる準備がととのいました。

先生が帰ってきたという知らせを耳にすると、ブロッサム団長があいさつに来ました。どうやら先生が「用事」で出かけたことについて、団長はなにもうたがっていないようでした。

その朝、先生の演台に、力じまんのヘラクレスもやってきました。事故のときに先生が示してくださった親切を決して忘れず、先生がお帰りになったと知ってよろこんでかけつけたのです。しかし、ヘラクレスは、自分の最初のショーの時間になってしまったことに急に気づいて、楽しいおしゃべりを打ち切らなければなりませんでした。先生は、ヘラクレスの演台まで送って行ってあげました。

帰ってくるとき先生は、ヘビ使いファティマのテントの前で、強いクロロフォルムのにおいに気づきました。なにか事故でもあったのではないかと思った先生がテントのなかに入ってみると、ファティマは留守でした。テントのなかのにおいはとても強く、それはヘビの箱からにおってくるようです。箱をあけてみると、六匹のヘビが薬をかがされて、ほとんど気を失っていました。一匹だけ、かろうじて先生の質問に答えて、ファティマは、ヘビが元気すぎると、暑い日にはいつもクロロフォルムで眠らせて、ショーのときにあつかいやすくするのだと話しました。「頭がいたくなるので、いやなのですが」と、ヘビは言いました。

その朝があまりに気持ちよく晴れわたっていたため、先生は忘れていたのでした―

―サーカスの多くの動物たちがひどいめにあわされていて、それで先生はサーカスそのものがいやになったのだということを。こんなひどいことをするなんて、と先生は、はげしく腹を立て、すぐにブロッサム団長をさがしに急ぎました。

団長は大きなテントに、ファティマといっしょにいました。先生は、ヘビにクロロフォルムをかがせることは禁じるべきだと、強く主張しました。団長は、苦笑いするだけで、ほかのことでいそがしいふりをし、ファティマは先生に面とむかって下品なことばをたくさん投げかけました。

がっかりして悲しくなったドリトル先生は、自分の箱馬車（キャラバン）にもどろうと思ってテントを出ました。サーカスはもう門があいていて、お客がどっと入場してきました。

あのアメリカの黒ヘビを逃がしてやったら、イギリスの気候でやっていけるだろうか、などと考えながら先生が歩いていると、ふと、敷地の反対側のはしにある演台にお客がむらがっているのが目に入りました。

このとき、マシューがやってきたので、先生はマシューとふたりでその演台に近寄ってみました。演台には、さっき会ったブラウン医師が、たった一口飲めば人類に知られているありとあらゆる病気が治ってしまうという飲み薬やぬり薬のふしぎについて、能書きをならべていました。

「この人は、団長とどんな取り決めをしたのかね？」先生は、マシューにたずねました。

「ああ、分け前をわたしているんですよ」と、マシュー。「団長は、この男のもうけのうち、これこれをもらうってね。あっしらといっしょにあと三つの町をまわるんですって。なかなかいい商売をしてるじゃないですか？」

たしかに、ブラウン医師は大いそがしでした。薬についての騒々しい能書きを聞いた人たちは、われ先にと薬を買っているのです。

「あのぬり薬をひとびん、もらってきてくれないか、マシュー？」と、先生。「このお金を持っていきなさい。それから、飲み薬もひと箱、もらってきてくれ。」

「がってんだ。」マシューは、にやりとして言いました。「どうせ大したもんじゃないでしょう。」

マシューが薬を買ってくると、先生はそれを自分の箱馬車(キャラバン)に持ちこみました。そして、ふたをあけ、においをかいで調べ、自分の小さな黒い診察かばんから薬品を取り出して実験をしました。

実験が終わると、先生はさけびました。

「くだらん、はったりだ！　これじゃ、辻(つじ)強盗とおんなじだ。私はなんでまた、こんなひどいショービジネスに首をつっこんじまったんだろう。マシュー、脚立を取ってきてくれ。」

マシューは外へ出て行き、どこかのテントのかげにすがたを消すと、やがて脚立を持ってもどってきました。

「ありがとう」と先生は言って、脚立をかついで、ブラウンの演台のほうへ歩いていきました。その目は危ない光をはなっていました。

「どうするつもりですかい、先生?」マシューが、そのあとを急いで追いかけながら言いました。

「私も薬の説明をしてやるのだ。あの人たちに、いんちきのくだらんものに金を払わせてはならん。止めてやろう。」

箱馬車（キャラバン）の戸口にすわっていたジップは、急に耳を立てて、立ちあがりました。

「トービー」と、ジップは、肩ごしに呼びました。「先生が、万能薬を売っている男の演台のところへ行くぞ。脚立を持っている。なにかひどく怒っていらっしゃるようだ。こりゃ、けんかになるぞ。スウィズルを呼んでこい。おもしろいから見にいこう。」

ドリトル先生は、ブラウンのまわりに集まっている人々のところまで行くと、ブラウンの真っ正面に脚立を立てました。マシュー・マグが脚立のまわりの人にさがってもらって、先生が脚立にのぼっているあいだに、だれも脚立を押したりしないようにしました。

先生が来たとき、ブラウンは左手にぬり薬のつぼをかかげていました。

「さあて、お立ち会い、ここに取り出だしましたる、この薬、」ブラウンは、どなりました。「世界一の薬だ。坐骨神経痛、腰痛、顔面神経痛、悪寒に痛風、なんでも効いちゃう。世界トップクラスの医学者たちのお墨つき。ベルギー王室もペルシャの王さまもお使いになったという代物だ。このおどろくべき薬をひとぬりすれば……」

　このとき、もっと力強いべつの声がして、じゃまをしました。人々がふりかえってみると、そこには、よれよれのシルクハットをかぶったまるい小男が脚立の上に立つ姿がありました。

「みなさん」と、先生。「あの男の言うことはでたらめです。あのぬり薬は、香水を少しまぜたラードでしかありません。飲み薬も同じようないんちきです。お買いにならないほうがいいですぞ。」

　一瞬、しんと静まり返りました。ブラウン医師がなんと言い返したものか考えていると、女の声が人だかりのはしのほうから聞こえました。ヘビ使いのファティマの声です。

「こいつの言うことを聞いちゃだめだよ。」太った指で先生を指して、どなります。「こいつは、ただの見世物師で、薬のことなんかなんにも知らないのさ。脚立からたたき落としちまいな。」

「ちょっと待ってください。」先生は、人々にまた話しかけました。「たしかに、今は、サーカスにおりますが、私はダラム大学で医学の学位を得ております。そのことは誓って保証します。あの男がみなさんに売ろうとしている薬は、価値のないものです。また、あの男の歯学の教育についてはとても疑わしいところがあり、みなさんは、あの男に歯をさわらせないほうがよいと忠告いたします。」

人々は、おちつきをなくしてきました。すでにブラウンの薬を買ってしまった人たちもいて、その人たちは演台のところへ行って、金を返せと言いだしました。ブラウンはそれをことわり、ドリトル先生の言ったことに応(こた)えて、べつの演説をしようとしていました。

「いいですか」と、ドリトル先生は脚立の上からどなりました。「私は、あの男に、医学博士号の学位証明書を見せるように求めます。あるいは、医者ないし歯科医の資格があると証明するなんらかの証明書を求めます。あいつは、にせ医者です。」

「おまえのほうが、いかさま師だ」と、ブラウンはどなりました。「名誉毀損(きそん)で訴えるぞ。」

「あいつを引きずり下ろせ！」ファティマがうなりました。「やっつけちまえ！」

しかし、人々は、その指示にしたがうようすはありませんでした。ちょうど数週間前に力じまんの男が事故にあったときと同じように、人々のなかに先生のむかしの患者だった人がいて、すぐに先生がだれか気づいたのです。

「あれは、ジョン・ドリトル先生だよ。」小さなおばあさんがとつぜん、人々の頭上でかさをふってさけびました。「十年前、パドルビーでうちの息子のジョーのひどい咳（せき）を治してくださった。もう死にかけていたところをね。この人は、本物のお医者さんだよ……イギリス西部一のお医者さまだ。あっちのが、いかさまだ。ジョン・ドリトル先生のおっしゃることを聞かないようじゃ、あほんだらだよ。」

ほかにもあちこちでいろいろなことが言われ、みんなおちつかなくなりました。どんどん多くの人たちがブラウンの演台にわれ先に押しよせて、買ってしまった薬を返そうとしました。不満の声が大きくなってきました。

「やっつけちまえ！　たおせ！」ファティマが、さらに一段と声をはりあげました。

ブラウン医師は、金を返せと演台によじのぼってきたふたりの男を押しのけ、台のはじへ寄って、もっと薬の能書きをならべてやろうと口をあけました。

しかし、大きなカブが、ふいに人々の頭上を飛んできて、もののみごとに、ブラウンの顔に命中しました。人々はわっと殺到しましたが、それはドリトル先生に対してではありませんでした。やがて、ニンジンや、ジャガイモや、石ころといった、ありとあらゆるミサイルが空中を飛び交いました。

「つかまえろ！」人々はさけびました。「やつは、ペテン師だ。」

次の瞬間、全員がこぶしをふりながら、ブラウンの演台のほうへ押しよせました。

第二章　万能薬騒動

人々のようすがかなり険悪になってきたのを見て、ドリトル先生自身も少し「まずい」と思いました。最初、脚立にのぼって、にせ医者が能書きをならべるじゃまをしたときは、ただ人々にいんちきな薬を買わないように言おうと思っただけでした。しかし、みんながどっと演台へ押しよせ、台をたたきこわしはじめたのを見て、ブラウンが危ないと思ったのでした。

さわぎが最もひどくなったとき、警察がやってきました。警察でさえ、人々を鎮めるにはかなり苦労をしました。言い聞かせるために、警棒をふりあげなければならなかったほどです。多くの人が頭にけがをしたり、鼻から血を流したりしました。とうとう、警察は、秩序を回復するただひとつの方法は、サーカスそれ自体を中止することだと考えました。

こうして、サーカスは中止になりました。お客たちは、たった今入ったばかりなのだから退場する前に入場料を返してほしいと抗議しましたが、追い出されました。そして、さらなる指示があるまでサーカスを開いてはいけないと警察から命令がくだりました。

やがて、さらなる指示が出ることになりました。品格を重んじるストウベリーの町でこんなことが起こるなんてと、あちこちで怒りの声があがっていました。町長はお昼ごろ、団長に「ただちにサーカスをたたんでこの町から出て行くよう、町長も町会議員も求める」と伝言しました。

ブラウンは、とっくのむかしに、逃げだして遠くへ行っていました。でも、ドリトル先生にとって、それで事件が解決したわけではありませんでした。町長の命令が伝えられたとき、もともと気を悪くしていた団長はあまりにも激怒したので、きっと発作でも起こすにちがいないと、みんな思ったほどです。ファティマは午前中ずっと先生の悪口を団長に言いつづけていました。そして、その最後のニュースを聞いたとき、「そいつは大損害だ」と思った団長の暗い顔は、真っ黒くなってしまいました。

警官が命令を伝えたとき、団長といっしょにいた大勢の見世物師たちにもファティマは働きかけ、先生に対して悪い感情をかきたてようとしました。

「ちくしょう！」団長は立ちあがり、自分の箱馬車(キャラバン)のドアのうらに立てかけてあった太い杖(つえ)に手をのばしました。「おれのサーカスを中止させやがって、思い知らせてやる。こい、おまえたち！」

団長が先生の箱馬車へむかって進みだすと、近くに立っていた四、五人の見世物師たちが、にぎりこぶしをふりまわしながら、あとにつづきました。

ジップとマシューは、団長の箱馬車のまわりをうろついていました。さっそくジップは先生のところへご注進に走り、マシューはどこかよそへ行ってしまいました。

復讐に燃える団長とその一味が先生の箱馬車へむかうとちゅう、何人かのテント張り職人もくわわりました。先生の箱馬車に着いたときには、十二人にもなっていました。おどろいたことに、先生は、みんなを出むかえました。

「こんにちは」と、ドリトル先生はていねいに言いました。「なんのご用ですかな？」

団長は話そうとしましたが、怒りのあまり、口がきけません。わけのわからぬゴボゴボという音がのどから出てくるだけです。

「もうたくさんだ」と、だれかがさけびました。

「今度はおまえに思い知らせてやる」と、ファティマが金切り声をあげました。

「サーカスを町から追い出しやがって。」三人めが、うなりました。「巡業する町のなかでも、一番いい町だったのに。おまえのせいで一週間分の給料がふいになっちまった。」

「おまえはおれのところへ来てからずっと、」ついに声が出るようになった団長が、今度とどなりました。「おれのサーカスをだめにするようなことばかりしてきたが、いう今度は、かんにんならんぞ！」

「それ、問答無用だ」とばかり、怒った男たちは、団長を先頭にして先生におそいかかり、先生はけられ、なぐられて、ラグビーのスクラムのような人の山の下じきになってしまいました。

あわれなジップは、なんとか先生を引きずり出そうとしましたが、十二人の敵を相手にどうすることもできません。先生のすがたがぜんぜん見えないのです。マシューはどこにいるのだろうと思ったとたん、敷地の反対側からこちらへかけてくるマシューが見えました。ピンクのタイツを着た大きな男がいっしょに走ってきます。

スクラムのところまでくると、大男は、見世物師たちの足をつかんだり、髪の毛を引っぱったりして、次々と、まるでわらのたばのように投げて、どかしました。

とうとう力じまんのヘラクレス――そう、ヘラクレスだったのです――の前でつかみあいをしているのは、ふたりきりになりました。団長と先生です。どちらもまだ、相手の首をしめようとしながら、地面を転がっています。ヘラクレスは、羊の足ほどもある大きな手で、団長の首根っこをつかまえて、ネズミであるかのようにプルプルゆさぶりました。

「おとなしくしねえと、団長さんよ、」ヘラクレスは静かに言いました。「あんたの顔をぴしゃりとやって、脳みそをたたき出しちまうぞ。」

草地に投げ飛ばされた者たちが起きあがるあいだ、少し静けさがありました。

「さあて。」団長のえり首をまだつかみながら、ヘラクレスは言いました。「こりゃ、どういうことだ？　なんだって、みんなでセンセにおそいかかってるんだ？　恥を知りやがれ。十二人もたばになって。しかも、センセは、だれよりも小さいというのに！」

「こいつ、ブラウンのぬり薬がいんちきだって言いふらしたんだよ」と、ファティマ。

「お客をたきつけてさ、金返せって、さわがせたんだ。お客の前でブラウンをいかさま師って呼んだんだ。自分こそ、とんでもねえいかさま師のくせして。」

「おまえがいかさまに文句つけるのは、ちゃんちゃらおかしいぜ」と、ヘラクレス。

「おまえ、先週、かわいそうなおとなしいヘビに色ぬって、しまもようをつけてたじゃねえか。ほんとにこわいヘビに見えるようによ？　こちらさんは、りっぱなお医者さまだ。でなけりゃ、おれのばらばらになったあばら骨を治せたはずがない。」

「サーカスが町から追われたのは、こいつのせいなんだ。」だれかが、うなりました。

「アシュビーから五十キロも旅してきたのに、むだ骨になっちまった。しかも、さらに六十五キロ行かなきゃ一銭も入らねえ。それもこれも、おまえの大事な〝お医者さま〟のせいなんだよ！」

「これ以上、こいつをおれのサーカスにいさせはしない。」団長は、まくしたてました。「もうがまんならん。」

団長はヘラクレスの手をふりほどいて、先生の前に進み出て、先生の顔にむかって人差し指を立ててふりました。

「おまえはクビだ。」団長は、さけびました。「わかったか？　サーカスを今日出ていけ――今すぐだ。」

「よかろう」と、先生が静かに言いました。そして、自分の箱馬車（キャラバン）のドアのほうへ行きました。

「ちょっと待ってください。」ヘラクレスがうしろから呼び止めました。「先生は、ここを出ていきたいんですか？」

ドリトル先生は立ち止まって、ふりかえりました。

「ヘラクレス君。」先生は、よくわからないというふうに言いました。「その問いに答えるのは、むずかしいね。」

「こいつがなにをしたいかなんて、どうだっていい」と、ファティマ。「団長がクビにしたんだ。それで終わりだ。出て行きやがれ。」

先生は、自分をにくんでいるこの女のあざけるような目を見つめ、この女が飼っているヘビのことを思いました。そして、ほかのサーカスの動物たちが、なんとかしてやらなければならないひどい暮らしをしていることを思い出しました。何年も前に引退させてやるべきなのに箱馬車（キャラバン）を引かされている老いた馬のベッポのことを思いました。先生が迷っていると、スウィズルがしめった鼻を先生の手に押しつけ、トービーが先生の上着のうしろを引っぱりました。

「いや、ヘラクレス君。」とうとう先生は言いました。「いろいろ考えあわせると、私は出ていきたくない。だが、追い出されるとなると、私にはどうしようもないだろう?」

「ええ」と、ヘラクレス。「でも、先生にはどうしようもなくても、ほかの者にはやりようがありますよ。見ていてください。」

ヘラクレスは団長の肩をつかんでぐるりとふりむかせ、大きなにぎりこぶしを鼻先につきつけました。

「この人は正直な人だ。ブラウンがいんちきだ。先生が出ていくなら、おれも出ていく。おれが出てけば、おれの甥たちの空中ブランコ乗りもいっしょにいなくなる。道化師ホップもついてくるだろうな。それでいいのか?」

「地上最大のショー」の持ち主であるアレクサンダー・ブロッサム団長は、うろたえ、こまって、口ひげをかみながら、返事につまりました。オットセイのソフィーがいなくなった今、力じまんの男と、空中ブランコ乗りと、一番いい道化師と、ボクコチキミアチもいなくなってしまえば、サーカスはずいぶん貧弱になってしまいます。団長が考えているあいだのファティマの顔は見ものでした。もしこわい顔つきをするだけで人を殺せるものなら、ヘラクレスも先生も、その日、二回ぐらいは死んでいたことでしょう。

「まあまあ、」とうとう団長は、がらりと口調を変えて言いました。「この件は、なかよく話そうじゃないか。いがみあっていてもしかたがない。ひとつの町でしくじったからって、サーカスそのものをやめることはない。」

「私がとどまるなら、」と、先生。「私がいっしょにいるかぎり、いんちきな薬はもう売らないことにしていただきたい。」

「へんだ！」ファティマが、鼻を鳴らしました。「こいつがなにをしようとしてるかわかるかい？　また、おっぱじめたよ。サーカスのやりかたを教えようってんだよ。」

「それから、」と、先生。「この女性に、ヘビやそのほかの動物をあつかわせないようにしていただきたい。私にいてほしいなら、この人がいなくならなければだめだ。ヘビは、私が自分で買いあげよう。」

さてさて、ファティマが金切り声をあげてどなったにもかかわらず、ついに事態は平和的に解決しました。

その夜、トートーが箱馬車（キャラバン）のステップにすわって、町の墓地から「ホーホー」と呼びかけている仲間のフクロウの声に耳をかたむけていると、ダブダブが目に涙を浮かべてやってきました。

「もう、先生ったら、いったいどうしたらいいのかわからないわ。」

　ダブダブは、うんざりしたように言いました。
「ほんとに私にはどうしようもないわ。貯金箱にあったお金、ぜんぶ、持っていって
しまったの——パドルビーに帰るためにずっとためてきた十二ポンド九シリング六ペ
ンスをすっかり。しかも、それをなんに使ったと思う？　六匹の太ったヘビを買った
のよ！」
　ダブダブは、また、わっと泣きました。
「先生は……先生は……そのヘビたちを私の小麦粉のかんに入れたの……ちゃんとし
た寝床を用意してあげられるまで、そこで飼うんですって！」

第三章　ニーノゥ

ヘビ使いのファティマがいなくなってから、ドリトル先生はサーカスの暮らしがずっと好きになりました。先生は、自分が動物たちの役に立っていないという思いがあったために、サーカスのことを悪く言うことが多かったのですが、オットセイのソフィーを夫のもとへ送り返してやり、クロロフォルムをかがされる奴隷のような生活からヘビたちを解放し、いんちきな薬の販売を禁じた今となっては、自分がここにいたほうがいいのだという気になってきたのです。

そして、団長も、薬の能書き騒動以来、先生をずっと尊敬するようになっていました。ボクコチキミアチが大したものだということは団長にはずっとわかっていました。し、町長に町から追い出されてめちゃくちゃに怒ったりしていなければ、そしてファティマがしつこく先生の悪口を言いつづけなければ、先生を追い出すなんてことを夢にも思ったりするはずがなかったのです。

サーカス団でのドリトル先生の人気も、ストウベリーでの事件のおかげで、かえって、たいへんよくなりました。なるほどファティマはたくさんの見世物師をけしかけて先生の敵にしましたが、ファティマだってみんなにずっときらわれていたのです。先生のおかげでファティマが出ていくことになったと知れると、サーカスが町から追い出されて損をしたことはすぐに忘れさられたほどです。

しかし、先生がほんとうにすごくて、えらいのだとサーカスの団員にわかったのは、〝口をきく馬〟が病気になったその日のことでした。

サーカスはブリッジトンという町へ来ていました。大きな工業都市です。ブロッサム団長はかなりのもうけを期待していました。動物たちも、道化師たちも、曲芸師たちも、みんな、いつものとおり、町をねり歩きました。大きなポスターがあちこちにはられ、いよいよ門をあけるぞというときには、ものすごい数のお客が門の前にむらがっていました。サーカスはじまって以来の大入りになりそうでした。

二時に、大きなテントでショーがはじまることになっていました。（六ペンスの追加料金をとりました。）入り口の外には、出し物の内容を記した大きな看板がかけられました。

「曲芸師マドモワゼル・ホタル、命知らずの空中ブランコ乗りピント兄弟、世界一強い男ヘラクレス、抱腹絶倒の道化師ホップとその喜劇的天才犬スウィズル、おどるゾウのジョジョ」とあって、それから大きな文字で「世界的に有名な、口をきく馬ニーノゥ」とありました。

さて、このニーノゥというのは、なんということもない、クリーム色をした短足のふつうの馬なのですが、合図に応えるようにしこまれていました。団長は、この馬をフランス人から買ったとき、「口をきく」秘密も買ったのです。ショーのなかで、ほんとうに口をきくわけではありません。ただ、団長が場内でたずねた質問に、足ぶみの数や、首をふる数で答えるのです。

「三たす四は、なにかな、ニーノゥ?」というふうに団長は言います。すると、ニーノゥは、床を七回、足でたたきます。「はい」と答えるときは、首を上下にふり、「いいえ」のときは横にふります。もちろん、ほんとうのところ、ニーノゥに質問の内容はわかっていません。どんな答えをすればいいのかは、団長がそっと出している合図でわかるのです。ニーノゥに「はい」と答えさせたいなら、団長は自分の左の耳をかき、「いいえ」と答えさせたいなら、うでを組むといったような具合です。この秘密の合図を、団長は大事にして、だれにももらさないようにしていました。でも、もちろん、先生にはぜんぶわかっていました。ニーノゥが、ショーのことをすっかり先生に説明したからです。

さて、サーカスの宣伝をするとき、団長は、この〝世界的に有名な、口をきく馬〟のニーノゥのことを、どんな出し物よりも大切に考えていました。なかなか人気のあるショーでしたし、子どもたちに大きな声で質問してもらって、このずんぐりむっくりの小馬が足や首で返事をすると、子どもたちは大よろこびするのでした。

　ブリッジトンでのサーカスの初日、大テントでのショーがはじまる少し前、先生と団長が道化師の楽屋で話しているところに、とつぜん馬の世話係が血相を変えてかけこんできました。

「団長、ニーノゥが病気です！　目をとじて馬小屋で横になっています。あと十五分でショーがはじまるというのに、どうすることもできません。立たせることもできないんです。」

　団長は、さんざんののしりながらかけだし、馬小屋へ走りました。先生もあとを追いました。

　ニーノゥの馬小屋に着いてみると、馬がひどい状態になっているのがわかりました。呼吸が速く、苦しそうです。なんとか立たせることはできても、ふらついてしまって、歩くのはむりです。ほんの数歩も歩けません。

「ちくしょう！」団長は、つぶやきました。「こいつが出られなきゃ、今週の出し物はおじゃんだ。目玉の見世物として宣伝しているのに。馬が出ないと、お客が文句を言うだろうな。」

「お客さんにあいさつをして、わけを説明しなければならんでしょう」と、先生。

「ひどい熱が出ています。今日はまず、馬小屋から出られんでしょうな。」

「とんでもない、やらなきゃ！」団長は、さけびました。「馬が出ないと、お客は金を返せと言ってくるかもしれない。もう、前のようなさわぎはこりごりだ……」

そのとき、少年がやってきました。

「あと五分で二時です、団長。みなさん準備はいいですかって、ピアスさんが聞いてます。」

「くそっ！」と、団長。「まずニーノゥをなんとかしなくちゃ、ここをはなれられない。最初の出し物の司会なんて、だれかほかのやつにやらせろ。」

「代わりはいませんよ」と、少年。「ロビンソンは、まだ帰ってきていませんから。」

「なんてついてない日だ！」団長はうなりました。「とにかく、ショーを仕切る司会がいなきゃショーははじまらん。ところが、司会のおれはニーノゥを放っておけない。どうしたらいいんだ……」

「失礼ですが、だんな」と、うしろで声がしました。ふりかえると、マシュー・マグのぎょろ目がそこにありました。

「あっしが代わりをできないもんですかね、ボス？」と、ネコのエサ売りのおじさんは言いました。「だんなのせりふ、あっし、ぜんぶおぼえてますし。出し物を紹介するのも、だんなとそっくりにできます。だれにも、ちがいはわかりませんよ。」

「ふむ」団長はマシューを上から下までじろじろ見ました。「おまえほど、みすぼらしい司会は見たことがないが、背に腹は代えられぬ。来い——すぐにだ——この衣装をおまえにやろう。」

　それから、先生がニーノゥを診ているあいだに、団長とマシューは楽屋へ走りました。そこで、マシューの奥さんのシアドーシアが手伝って（大きなひだをすばやくつけて、それから団長の乗馬ズボンのすそをあげてくれました）、口べにをちょっとぬって、道化師の化粧箱からつけひげを借りると、マシュー・マグ氏は、ネコのエサ売りから司会へと早変わりしました。とうとう生涯の夢がかなったのです。そして、会場にのっしのっしと出ていって、あたり一面、人の顔がずらりとならんでいるのを見あげると、自分がえらくなった気がして胸が高鳴りました。テントの布と布のすきまから夫をのぞいていたシアドーシアは、妻としての誇りに胸が熱くなり、乗馬ズボンのすそあげがショーの終わりまでもちますようにと祈りました。

　一方、ニーノゥを診察した先生は、ニーノゥがその日ショーに出られる望みはないと確信しました。先生はいつもの黒い診察かばんから大きな薬をとってきて、ふたつ飲ませました。やがて団長が、ジャージの上着とネルのズボンをはいて、やってきました。

「今日、この馬を出すのはむりですよ、団長」と、先生。「たぶん、むこう一週間だめでしょう。」

「ああ。」団長は絶望して両手をあげて言いました。「もうおしまいだ――これっきりだ――おしまいだ！　ストウベリーでのさわぎが新聞にのっちまって、今度ここでまためんどうを起こせば、それで終わりだ。ニーノゥがだめなら、お客は絶対金を返せと言いだすだろう。ニーノゥが目玉だったんだから。代わりにべつの出し物をと思っても、ろくなものはなにひとつない。たいして時間のかからない出し物だったのに。ちくしょう。こんなにつづけざまに、ついてないなんて！」

かわいそうに、団長は、ほんとうにがっかりしてしまったようでした。先生がなにか考えながら団長を見つめていると、馬小屋のニーノゥのとなりの仕切りにいた馬がそっといななきました。ベテランの箱馬車(キャラバン)引きのベッポでした。先生は、にっこりしました。

「ねえ、団長。」先生は静かに言いました。「助けてあげることができると思うのですが、その場合、いくつか約束をしてくださらなければいけません。私は、あなたが思っている以上に、動物のことをよく知っていましてね。人生の大半をついやして、動物を勉強してきたんです。ニーノゥが人間の言うことがわかって、どんな質問にも答えられると宣伝してきましたが、ほんとうはそうじゃないですね？　決まった合図を使ったトリックです。でも、お客はそれでだまされる。さて、私の秘密を教えましょう。だれも信じてくれない秘密だから、じまんはしませんが、私は馬のことばで馬に話しかけることができ、馬の返事もわかるのです。」

先生が話しているあいだ、団長はむっつりと床を見つめていましたが、最後のところを聞いて、顔をしかめてドリトル先生を見あげました。

「気はたしかかい？」と、団長。「それとも、聞きまちがいか？　動物のことばが話せるだって！　いいかい。おれはこのショービジネスを三十七年間やって、小僧のころから動物と暮らしてるんだ。馬のことばで馬と話す男なんているはずがねえよ。そんなでっちあげをこのおれさまに言うなんてずうずうしいにもほどがある――このアレクサンダー・ブロッサムさまによ！」

第四章 〝口をきく馬〟もう一頭

「でっちあげではありません。」先生は静かに言いました。「ほんとうのことです。でも、実際にやってみせるまでは、信じてもらえないでしょうね。」

「あたりまえだ。」団長は、ばかにして笑いました。

「この馬小屋には馬が五頭いますね。」先生はたずねました。「そして、どの馬からも私がいる場所は見えない、そうですね？　さて、どの馬でもいいですから、なにか質問を出してみてください。私がその答えを聞いてさしあげましょう。」

「なにを、ばかばかしい！」と、団長。「あんたと遊んでる時間はないんだ。」

「わかりました」と、先生。「さっきも言ったとおり、お助けしようと思ってのことだったのですが、もちろん、助けは要らないというのであれば、やめにしましょう。」

先生は肩をすくめて、そっぽをむきました。拍手の音が大きなテントから聞こえてきました。

「ベッポに聞いてみろ」と、団長。「自分がいる仕切りの番号はなにか。」

ベッポは、はしからふたつめにいました。扉に大きく「2」と白ペンキで書かれていました。

「ベッポに馬のことばで答えさせましょうか。」先生は、たずねました。「それとも、その数を足でトントンと打たせましょうか？」

「仕切り板をけるように言ってくださいよ、大先生」と、団長はあざけりました。「こちとら、馬のことばなんて、ちんぷんかんぷんだからね、あんたがいんちきをやってもわかりゃしない。」

「よろしい」と、先生。そして、ベッポからぜんぜん見えないところに立ったまま、鼻をふがふがさせて、風邪でもひいたかのような音をだしました。すぐに二番めの仕切りから、コツコツと二度音がしました。

団長のまゆは、おどろきでつりあがりました。でも、すぐに肩をすくめました。

「なあに。たまたまだったのかもしれない。仕切り板にぶつかっちまっただけかもな。じゃ、今度は……えっと……おれのチョッキにいくつボタンがあるか、聞いてみてくれ……先生のぎょろ目の助手が今、会場で着ているやつだ。」

「わかりました」と、先生。そして、さらに鼻をふがふが言わせ、最後はそっといなきました。

ところが、今度は、先生はうっかり「ベッポ」と呼びかけるのを忘れてしまいました。馬小屋の五頭の馬たちは、もちろん団長の上着をよく知っていて、どの馬も自分がたずねられたと思ったものですから、とつぜん、どの仕切り板からもドンドンとするどく六回鳴りひびき、気の毒なニーノゥさえも、目をとじてわらのなかに横になりながら、うしろ足をのばして、弱々しく扉を六回けったのです。団長の目は、顔から飛び出そうになりました。

「どうですか。」先生は、ほほ笑みました。「これも偶然だと言うなら、ベッポにたのんで、そこの仕切りにかかっている布きれを引きずり落とし、空中に投げてもらいましょう。」

先生が馬のことばをさらに話すと、それに応えて、仕切り板にちょろりとひっかかっていた布がふいに消えました。先生は動いていません。団長は、走って行って、二番めの仕切りのなかをのぞきこみました。なかでは、箱馬車引きの老馬が布を宙に放り投げては受け止めていました――小さな女の子がハンカチで遊ぶように。

「これで信じてもらえますね。」先生は、たずねました。

「信じるかだって?」団長は、さけびました。「あんたが悪魔の弟だと言われても信じるね。だけど、まさにあんたこそ、おれが求める人だ。さあ、楽屋へ行こう。衣装合わせだ。」

「ちょっと待ってください」と、先生。「どうするつもりですか?」

「衣装を着てもらうのさ、もちろん」と、団長。「サーカスのために、出演してくれるんじゃないのかね？　だって、どんな馬車馬だって〝口をきく馬〟にしちまうんだからね。助けてくれるって言っただろ？」

「ええ。」ドリトル先生は、ゆっくりと答えました。「そのつもりですが——その前に、いくつか約束をしていただきたい。〝口をきく馬〟としてベッポに会場に登場してもらうには、条件がある。ニーノの出番はショーの最後までないから、三十分間、この件について話すことができます。」

「そんな必要はない。」団長は、すっかり興奮して、さけびました。「どんなことだって約束してやるよ。あんたが動物のことばを話せるなら、一シーズンでたんまりかせげるぞ！　なんてこった！　あんたにこんなことができるとはねえ。もっと前からサーカスに入りゃよかったのに。今ごろ、大金持ちになってたよ——うだつのあがらない、田舎医者じゃなくってさ。さあ、来てください。いかしたかっこうを選ぼうじゃないか。そんなだぶだぶズボンで出て行くわけにゃいかない。生まれてこのかた馬に乗ったことがないんじゃないかと思われちまう。」

団長と先生は馬小屋を出て、楽屋へ行き、そこで団長は、使い古したトランクから、次から次へと衣装を引っぱり出しては、床に積みあげました。団長がはでな服を調べているあいだに、先生は自分が出演する条件を決めていました。

「さて、ブロッサムさん」と、先生。「あなたのサーカスに入ってからというもの、仕事は正直にやるべきだし、動物はやさしくあつかうべきだという私の考えに合わないところがあるのが気になっていました。そのいくつかは、すでにあなたにもお知らせしましたが、ほとんどいつも聞いていただけなかった。」

「先生、」団長は、トランクから赤いペルシャのズボンを引っぱり出しながら言いました。「よくそんなことを言えますね？　ブラウンだってファティマだって、先生が反対なさったから追い出したじゃありませんか？」

「あれは追い出すべくして追い出したのであって、」と、先生。「私のために追い出したのではない。私は、少しでも正直ではないと思えるようなショーに参加するのは、どうにも、いやなのです。細かな話をすると長い時間がかかってしまうだろうから、さしあたって、こういう取り決めにしようじゃありませんか。すなわち、〝口をきく馬〟で私が使う馬のベッポは、年をとりすぎていて、働けない。もう三十五年も働いてきましたからね。ベッポがあなたの急場を救う見返りとして、これから一生、隠居をして、快適に、ベッポが望むとおりの生活をさせることにしてほしい。」

「わかったわかった。ところで、これはどうかね？」

団長は騎士の胴着を先生の胸に押し当てました。

「いや……小さすぎる。背たけはないのに、こしまわりはたっぷりあるんだね。」

「もうひとつ、おねがいしたいのは、」団長がべつの衣装をさがしてトランクをふりかえったとき、先生はつづけました。「サーカスの動物小屋をきちんとしてほしいということです。おりのそうじが、いいかげんだ。せますぎて身動きがとれない動物もいる。それに、多くの動物たちは自分たちが一番好きなエサをもらっていない。」

「わかったよ、センセ。筋の通ったことなら、なんだってやりましょう。センセに、飼育係に守らせる規則を作ってもらって、守っているかどうかチェックしてもらってもいい……。ほら、ウエスタン・カウボーイになるってのは、どうです？」

「いやだよ」と、先生。「牛への思いやりのない連中だ。それに、ばかみたいに、ぼうしを馬の目の前でひらひらさせて、馬に背をまるめてはねあがらせるのも、けしからん。――それから、動物が気持ちよく暮らせるよう、ときどきあれやこれや直してほしいと、ちょこちょこおねがいすると思う。そのおねがいにきちんと対応して、動物が幸せになるよう協力してほしい。どうかね？」

「手を打とうじゃないですか、センセ」と、団長。「まだ、これからですよ。うちのサーカスで一年ほど動物と話をしてくれたら――いやぁ！　――ほかのサーカスなんて、安っぽいのぞきからくりみたいにくだらなく見えちまいますよ――おっと！　こいつが、ちょうどいい――騎兵の制服だ。第二十一軽騎兵連隊。ちょうどセンセのサイズだ。勲章なんかも、みんなついてる！　センセの顔立ちにも似あっているよ。」

団長は、明るい深紅の短い上着を先生の胸に当て、うれしそうにほほ笑みました。

「なかなかかっこいいぜ！」団長は、くすくすと笑いました。「ほんとに！　見ててごらんなさい――町じゅうがこしをぬかしますよ。これ、はいてもらえますか？」

「ああ、こりゃ、なかなか。」先生は、けばけばしい軍人の乗馬ぐつを団長から受け取って、自分のくつひもをほどくために、こしをおろしました。

そのとき、ドアがあいて、馬小屋の少年が入ってきました。

「ジョー、ちょうどいいところに来た」と、団長。「馬のところへ走って、ベッポを馬ブラシでこすってやれ。ショーに出るんだ。」

「ベッポが！」少年は、信じられないというふうにさけびました。

「そう言ったじゃねえか、あほんだら！」団長は、どなりつけました。「それから、白いバラの花かざりのついた緑のつなを頭にのせてやれ。しっぽには赤いリボンをつけろ。かかれ！」

少年と入れかわって、幕間（まくあい）の短い休憩のあいだに道化師ホップが犬のスウィズルを連れて入ってきました。すてきな連隊のズボンとひざまでの乗馬ぐつをはいた先生は、ちょうど深紅の上着のボタンをのどまでとめているところでした。

「おれの代役は、どうしてる？」団長がたずねました。

「団長、ありゃ、大したもんですよ！」ホップは、いすにドシンとすわりながら言いました。「生まれつきのサーカスの司会者だ。あんな声、聞いたことがねえ。おしゃべりの天才だよ、まったく。だれかがヘマすりゃ、さっとジョークを飛ばす。観客相手に、つっこみを入れるのもうまい。ほんとに、団長、あいつに長いことご婦人がたの相手をさせたら、団長の人気をかっさらっちまいますよ。おや、だれだい、この軍人は？　うひゃぁ、先生じゃねえか！　なにをおっぱじめるんですか？」

このとき、べつの少年がかけこんできました。

「最後の出し物まで、十分しかありません、団長。」少年は、さけびました。

「よし」と、団長。「いけるぜ。剣をつるすベルトをつけてくださいよ、センセ。お客のようすはどうだ、フランク？」

「最高です！」と、少年。「大よろこびしてます！　開演直前に、小学校の全校生徒がやってきましてね。夜の回には、陸海軍人会の人たちが来ます。通路にも人が二列でぎっしりです。こんな大入りは、初めてですよ。」

第五章　目玉の出し物で、喝采を浴びる

ブロッサムの「世界最大のサーカス」の舞台裏は、今や大いに活気づいていました。道化師ホップが舞台にもどろうとして楽屋のドアをあけると、大勢のお客が拍手喝采をしている歓声が、ドリトル先生と団長にも聞こえました。

「いいか、ホップ」と、団長。「舞台にもどるとき、マシュー・マグにこう伝えろ――ニーノゥは代わりの馬がやるが、とにかく〝口をきく馬〟は、やるぞって。ここにいるセンセが調教師役だ。マグは、おれのいつもの前口上をやってくれればいい。めいっぱい、もりあげておいてくれ。今までにない、最高の見世物になるぞ――ニーノゥが一番うまくやったとき以上だ。」

「オッケー、団長。」道化師は、化粧をした顔でニヤリと笑いました。「だけど、もっと、見栄えのいい馬を選んでほしかったな。」

いざというときになって、先生の肩章がぶらぶらしていることがわかりました。出番まであと二分しかありません。だれかがすっ飛んで行って、シアドーシアを見つけ

てきて、シアドーシアは大あわてで針と糸で肩章をつけ直しました。それから、はでな、すばらしい制服をぴしっと着こなした先生は、楽屋から出て、大テントの会場の入り口へ行きました。そこには、フランク少年に手づなをおさえてもらっている相棒のベッポがいました。

かわいそうなベッポは、先生とちがって、ぜんぜんかっこよくありませんでした。何年もほったらかしにされ、いいかげんな手入れをされてきたのですから、たった一度ブラシをかけたぐらいでは、どうにもなりません。毛なみは長くてきたならしく、たてがみは、ほつれて、ぼさぼさです。いきな緑と白の頭かざりをつけ、しっぽには赤いリボンがついていても、ベッポはベッポでした。何年もずっとまじめに仕事をしていながら、だれにも認められず、感謝もされない、年寄りのよれよれ馬なのです。

「やあ、ベッポ！」先生は、フランクから手づなを受け取りながら、馬の耳もとでつぶやきました。「まるで葬式に行くみたいな顔つきだな。元気を出すんだ！　首を引いて、頭を高くして。それでいい。さあ、鼻をふくらませて。――ああ、ずっとよくなった！」

「のう、先生」と、ベッポ。「お信じにはならんでしょうが、わしは、とても良い家の出なのじゃよ。母方の家系は、あのジュリアス・シーザーが乗った軍馬までさかのぼれると、母が自分でよく言っとった。ローマ近衛（このえ）兵を閲兵するとき、シーザーがいつも乗っていた馬なのじゃ。母は、それをたいそうじまんにしておりましてな。母も一等賞を何度も取りましてのう。ところが、いくさで大きな軍馬が使われなくなると、軍馬は荷物引きにさせられてしもうて、こうして今のわしらがあるのじゃ。――この見世物、あらかじめ、けいこをしておかなくてええのかのう？　どうしたらええのか、わしにはぜんぜんわからんが。」

「いや、時間がない」と、ドリトル先生。「もう、今にも呼ばれるかもしれん。なんとかなるよ。私の言ったとおりにしなさい。それと、自分でもなにか思いついたらやってよろしい。ほらほら、頭がまた、たれてきた。ローマのご先祖さまを思い出して。あごをあげなさい――そうだ。首をしゃんとして。目をきらきらさせて。この世を支配する皇帝を乗せているつもりになりなさい――よろしい！　その調子だ！　なかなかすごいぞ。」

大テントの会場では、一日きりの司会者マシュー・マグ氏が、はでなことばや、へんてこな言いまわしをいっぱい使って、「地上最大のショー」をじょうずに進めて、大活躍をしていました。マシュー・マグは、一世一代の晴れ舞台をみごとにつとめあげていたのです。

空中ブランコ乗りのピント兄弟が退場し、力じまんのヘラクレスが登場する前に、道化師ホップが舞台にもどってきて、ふざけてみせたので、子どもたちはいつものように大よろこびしました。道化師は、司会者マシューの鼻先で宙がえりをしながら、マシューにこうささやきました。

「団長が、べつの〝口をきく馬〟を出すってさ。先生が調教師だ。ニーノゥのときと同じように紹介しろってさ。」

「オッケー。」マシューは、ささやき返しました。「がってんだ。」

おどるゾウのジョジョが、割れるような拍手のなか、おじぎをして立ちさると、司会のマシューは、入り口のカーテンのところまで行って、次の目玉の出し物の出演者を場内へ連れ出しました。

騎兵隊の制服を着た、かっぷくのよい小男につきそわれた老馬ベッポは、自分をじろじろと見つめる顔が会場にあふれかえっているのに少しおじけづいたようでした。

マシューは、へんてこなかっこうをした出演者たちにまるい舞台のはしにいるように合図してから、中央に進み出ました。それから、貴族のように手をひらひらとさせて、まだジョジョのおどりの曲の終わりのところをぜいぜい言いながら演奏していた楽隊をだまらせました。そして、その静けさのなか、観客を見あげて、大きく息をすいこむと、最後の、最も心に残る演説をしたのです。

「レイディーズ・アンド・ジェントルメン！」

司会者マシュー・マグは、声をはりあげました。

「さあ、いよいよ、やってまいりましたぁ。本日のながぁく、すンばらしい出し物の最後をしめくくる最もたぁいせぇつな出し物でぇす。みなさん、どなたもお聞きおよびでいらっしゃるでしょう。あの、ニーノゥ——そう、世界的に有名な〝口をきく馬〟ニーノゥと、その勇ましき飼い主にして、かっこいいコサック騎兵隊長のニコラス・パフタプスキー大尉のことを、どなたもご存じでありましょう。なんと、お立ち会い、今ここにいるのがその本物です。みなさまの目の前に、生きたまま、登場しました。世界各国の王さまや女王さまたちが、このふたりを見たくて見たくて遠路はるばるおこしになりました。つい二か月前も、私どもがモンテ・カルロで興行をしておりましたときなどは、満員で、イギリス首相にお帰りいただいたほどです。

さあ、レイディーズ・アンド・ジェントルメン、ニーノゥはたいへん年をとっております。もとはシベリア奥地の出であります。今の飼い主のパフタプスキー少佐が、さまよえるタタール族から買い取ったのです。それ以来、この馬は十五回もいくさを体験しました。よぼよぼなのは、そのためです。この馬こそは、パフタプスキー大佐がたったひとりでナポレオン・ボナパルトをモスクワから追い出し、ナポレオンの鉄のかかとでふみにじられないよう、ロシアを救ったときに乗っていた、まさにその馬であります。そして、ごらんください、パフタプスキー准将の胸にぶらさがる三つの勲章、そのうちのまんなかが、その勇ましき活躍へのごほうびとしてロシア皇帝からもらったものでございます。」

「おいおい、ばかなことを言うなよ、マシュー。」先生は、おそろしくまごついて、マシューのところへ行ってささやきました。「なにも、そんな……」

しかし、口のじょうずな司会者は、とどろくような声で、早口をつづけました。

「レイディーズ・アンド・ジェントルメン、このすばらしき馬とその勇ましき飼い主のいくさでの活躍については、ここまでにいたしましょう。パフタプスキー将軍は、つつましいかたで、ほかのふたつの勲章の話はしないでくれとのことですから、このふたつをスウェーデン王と中国皇帝からもらった話はやめておきましょう。

では、次に、みなさまの前におりますこの動物がおどろくほど、頭がいいことをお話ししましょう。ナポレオンをロシアから追い出した帰り道、パフタプスキー伯爵は敵につかまってしまいました。その馬——有名なるニーノゥ——といっしょに牢屋に入れられ、ふたりはそこで、とてもなかよしになりました。あんまりなかよくなったものですから、フランス軍につかまっていた二年の末には、ちょうど私がみなさんとお話しするように、おたがい自由に話ができるようになったのです。

もしこの話が信じられなければ、ご自分でたしかめてください。飼い主を通してニーノゥに質問をすれば、ニーノゥは答えます——答えがある質問には。こちらの陸軍元帥は、日本語以外のありとあらゆることばを話します。お客さまのなかに、日本の紳士淑女のかたがいらっしゃったら、質問をべつのことばに訳していただかなければなりません。それでは、まずこのすばらしい馬にどんなことができるのか、パフタプスキー元帥に二、三の芸当を見せていただきましょう。

さあ、レイディーズ・アンド・ジェントルメン、ご紹介しましょう、ロシア軍最高司令官ニコラス・パフタプスキー大公とその軍馬、世界的に有名な、ゆいいつ無二の、ニーノゥでぇす。」

楽隊が出し物のはじまりを示す短いメロディーを演奏するなか、先生とベッポは、舞台のまんなかへ歩み出ておじぎをしました。どっと、割れるような拍手が起こりました。

ふしぎな出し物でした。サーカスのお客を前に、こんな見世物が出されたことはなかったでしょう。先生は、会場に入ったとき、なにをしたらよいかはっきりと考えていませんでした。それはベッポも同じです。しかし、とても年をとったこのおじいさん馬は、うまくやれば、これから一生楽に暮らせて、働かなくてもいいのだとわかっていました。芸当を見せているあいだ、ときどきベッポは自分のりっぱなご先祖さまのことを忘れて、いつもの、つかれたような、ぐったりとしたようすになってしまうこともありましたが、全体として（あとでホップが言ったように）思ったよりもずっとかっこいいショーの馬に見えました。お客のよろこびようから言えば、団長がこれまでに見せたことがあるどんな見世物よりもはるかにすごい大成功でした。

　いくつかの芸当を見せたあと、パフタプスキー大佐はお客のほうをむいて、（ロシア人とは思えない、びっくりするほどじょうずな英語で）なんでもお好きなことを馬にさせてみせましょうと言いました。すぐに、最前列にいた小さな男の子がさけびました。

「ここに来て、ぼくのぼうしを取って、って言って。」

　先生が合図をひとつかふたつすると、ベッポはその男の子のところへまっすぐ行って、その子の頭からぼうしを取り、その子の手におきました。そのあと、数えきれないほどの質問があちこちから大声で言われ、そのどれにもベッポは答えました――あるときは、床をトントンとたたき、あるときは首をふり、またあるときは、いないて、それを先生が訳しました。

　お客はたいそう楽しんだので、テントのすきまからのぞいていた団長は、これじゃきりがないと思ったほどです。

　そして、とうとう、勇ましいパフタプスキーが馬を連れて会場から出ていくと、お客は拍手喝采（かっさい）をして、何度もふたりを呼びもどして、もっと拍手を浴びせました。

　ブリッジトンでのサーカスの初日が、おどろくべき〝口をきく馬〟のおかげですばらしく成功したというニュースは、たちまち町じゅうに広がりました。夕方のショーがはじまるずっと前から、大きなテントの外には人々がならんで四周の列ができ、なんとか席がほしいと、しんぼう強く待っていました。しかも、敷地内も、そのほかの見世物もぎゅうぎゅうづめで、人ごみのなかをほとんど身動きできないほどでした。

第六章　名馬ベッポ

先生がヘビに使ってしまったと、アヒルのダブダブが心をいためていたお金は、すぐにドリトル先生の貯金箱にもどってきました。先生の家族にヘビが六匹ふえましたが、飼うのにお金はかかりませんでした。ただ、家政婦のダブダブは、あんな「きたならしい、のたくる動物」なんてどっかにやってほしいと、先生にいつまでもたのんだり、文句を言ったりしましたけれど。

「アフリカのジャングルからやってきた、頭がふたつある、おどろくべき動物」の見世物小屋は、ブリッジトンの町でも大入り満員で、大勢が六ペンスを払ってくれましたから、アシュビーでもうけたよりも、もっともうかるだろうとフクロウのトートーは予言しました。

「先生、私の見積もりでは、」と、トートーは、その算数の得意な頭をかしげて、左目をとじて言いました。「六日後には、軽く十六ポンドは、もうかっているでしょう。それも、市の立つ日や日曜にお客が増えることを計算に入れないで、です。」

「それも、先生とベッポの出し物のおかげだな」と、犬のジップが言いました。「あの出し物がなけりゃ、そして、こんな評判にならなきゃ、半分もお客が集まらなかったさ。」

ドリトル先生の出し物が大当たりとなったので、団長は最初のショーのあとで先生のところへやってきて、ブリッジトンにいる週は、ずっと毎日ショーをつづけてほしいとおねがいしました。

「しかし、」と、ドリトル先生。「団長の急場を助けてくれれば、引退していいとベッポに約束してしまいましたよ。ニーノゥがいつまた、働けるようになるかわからないし。週の終わりまでショーをつづけるなんてこと、ベッポにはなにも言っていませんよ。私は、てっきり、なにか代わりを見つけてくださるのだと思っていましたが。」

「なんてことを、先生!」と、団長。「一年さがしまわったって、先生の出し物の代わりになるものなんて見つかりませんよ。サーカス史上、こんなすごいもの、なかったんです。町じゅうが、うわさでもちきりです。いや、町の外にもかなり広まっています。はるばるホイットルソープから先生の出し物を見にやってくるそうです。

ねえ、ベッポにたのんでみてくれませんか? 大した仕事じゃないでしょう。なんでも好きなものをあげるからって言ってください。朝ごはんにアスパラガス、寝床には羽根ぶとん、なんだってひとこと言ってくれれば、用意しますよ。うちは、小さな見世物も合わせると、今や、一日で五十ポンド近くもかせいでいるんです。こんな大もうけはないんです！　この調子でいけば、いつまでもこの商売をやらずとも、みんなのんびり楽して暮らせるようになりますよ。」

団長を見つめて、答える前に少しだまったとき、先生はどこか軽蔑(けいべつ)したような顔になっていました。

「なるほど」と、先生はとても悲しそうに言いました。「ようやく、かわいそうな年寄りをまともにあつかおうと言うんですね？　お金をかせいでくれるようになった今になって。何年も何年もあなたのために働いてきて、そのお礼にブラシのひとつもかけてもらえなかったのに――かろうじて生きのびるための干し草とカラス麦しかもらえなかった。それが、今度は、なんだってあげようときたもんだ。お金だって！　くだらん！　あんなもの、わざわいのもとだ！」

「だから、」と、団長。「今、その埋めあわせをしようっていうんじゃないですか。質問に答えて、芸をするなんて、大した仕事じゃないでしょう。行って、話してきてくださいよ、先生。なんてこった！　おかしな話じゃないですか？　おれが先生に、馬のところへ行って話してほしいってたのむなんて。二十四時間前だったら、馬に話をするなんて、ありえないと思ってたのに！」

「ムチでたたくことはしたくせにね」と、ドリトル先生。「あなたがベッポになり代わって、干し草と水だけで、さんざんなぐられ、世話もされずに、三十五年間、ベッポのために、働いたらいいんだ。まあ、いいでしょう。あなたのねがいをベッポに伝え、なんと返事をするか聞いてみましょう。だが、いいですか。ベッポの返事で、すべて決まりです。もうこれ以上たった一回だって芸を見せるのはおことわりだと言っても、約束は守ってもらいます――一生快適に暮らす場所と、おいしい草の生えている牧場を約束したんですからね。ベッポがことわってくれたらいいとさえ思いますよ。」

先生はきびすを返し、団長の箱馬車(キャラバン)から出て、馬小屋へむかいました。

「気の毒なベッポ！」先生は、つぶやきました。「ご先祖さまは軍隊の閲兵式でジュリアス・シーザーを乗せて、自分の背にまたがる世界の征服者を全軍が歓声をあげてむかえたのを聞いたというのに！　かわいそうなベッポ！」

馬小屋に入ると、ベッポは、小屋の窓から、サーカスの敷地のむこうに広がる、気持ちよさそうな野原をながめていました。

「おや、ドリトル先生かね？」先生が扉をあけると、ベッポは言いました。「わしを連れにいらしたのかね？」

「ベッポ。」ドリトル先生は、おじいさん馬のやせて骨ばった背中に手をおいて言いました。「どうやら君は、えらい人――いや、えらい馬になったようだ。」

「どういうことかのう、先生？　わからんが。」

「有名になったのだよ、ベッポ。おかしな世の中だ。そして、われわれ人間は、最もおかしな動物だ。私はよくそう思うよ。君が三十五年間、団長のためにつくしてきて、ようやく団長は君がどれほど大切で、かしこいかということがわかったのだ。」

「どんなふうに大切なのかね？」

「君が話せるからだよ、ベッポ。」

「むかしから話しておったが。」

「そう、わかっている。だが、団長も、世の中の人も、私がそのことをサーカスの会場で見せてやるまで、わからなかったのだ。君はたいへんな評判を呼びおこしたんだ、ベッポ、引退しようというその前夜にね。さて、みんなは、君に引退をしてほしくないと言っている。このまま、すばらしい馬として、話してほしいとねがっている。いつも話してきたわけだがね。」

「へんな話じゃのう、先生？」

「まったくだ。だが、君は、急に団長にとって、とても大切になったので、このまま今週いっぱい引退しないで団長のために出演をつづけてくれたら、朝ごはんにはアスパラガスをあげるし、君の毛皮にブラシをかける従者や、君のたてがみをきれいにする従者をつけようと言っている。」

「ふん！　それが有名になるっていうことかね？　わしは、早く、すてきな大草原へ出ていきたいがのう。」

「だから、ベッポ、好きにしていいのだよ。三十五年間ほかの人たちに好きなようにされてきて、ようやく、ね。私は団長に、約束は守ってもらうと言っておいた。やりたくなければ、そう言いなさい。君が望むなら、今日、引退させてやろう。」

「先生は、どうするのがええと思うかのぅ？」

「そのことについては、こういうこともある」と、ドリトル先生。「今、団長の望みをかなえておけば、あとで君の望みを——ほんとうの意味での君の望みを——かなえられるかもしれない。つまり、団長は君を住まわせる農場なんて持っていないからね。どこかの農家にたのんで、君の世話をしてもらうしかないんだ。それに、団長をよろこばせれば、きっと私に心を開いて、ほかの動物たちについての私の計画も受け入れてくれるだろう。」

「ようわかった、先生」と、ベッポ。「それで決まりじゃ。やりましょう。」

ドリトル先生がやってきて、ベッポが週の終わりまで出演することに同意したと言ったときのアレクサンダー・ブロッサムほど幸せな男は、この世にいませんでした。ただちにポスターを印刷させ、四方八方のとなり町へ送り、道ばたで配らせました。そこには、あの〝世界的に有名な、口をきく馬〟がブリッジトンで見られるのはあと四日しかなく、一生に一度のチャンスを見のがしたくない人は急いでブロッサムの大サーカスへおこしくださいと書いてありました。

ベッポのために手配された特別な街頭パレードでは、先生は「あれが有名な馬の飼い主で調教師のパフタプスキー大公だよ」と指を指されて、大いにまごつきました。マシューが先生につけた、このばかげた貴族の称号をそのまま使うようにと、団長が言うのです。

その週の、火、水、木曜日、ブロッサム・サーカスのチケットの売りあげは、どの日も記録やぶりとなりました。生まれて初めて、団長は、入りきれない人たちをサーカスの門のところで追い返さなければなりませんでした。敷地内があまりにも混みすぎて、これ以上はむりだと思ったのです。ブリッジトンの警察は、ほぼ総出動で、混雑で事故が起こらないように人混みを整理しました。

とんとん拍子というのは、こういうことを言います。満員で入れないというニュースが町じゅうに広がっただけで、入場したいという人の数が二倍にふくれあがりました。「ブリッジトンでの一週間」と呼ばれたこのときのことは、サーカス業界でのおどろくべき事件として、のちのちまでの語り草となったのでした。

第七章　完璧な牧場

一方、ドリトル先生は、ブロッサムにほかの約束も守ってもらうようにしました。

ブリッジトンの町でサーカスをはじめてまもなく、急にリウマチの発作を起こしたゾウが、ジップに先生を呼んでもらいました。ひどくじめじめとして、きたない小屋に住んでいたために病気になったのです。

かわいそうなゾウは、ひどく苦しんでいました。先生は、診察をしたあとで、マッサージをするのがよいと言いました。ブロッサムが呼びにやられ、特別の高価なぬり薬を一樽(ひとたる)買うように言いつけられました。もちろん、数週間前だったら、動物のためにそんな出費はできないとブロッサムはきっぱりことわったでしょう。しかし、今や、ドリトル先生のおかげで、これまでにないような大当たりをしているわけですから、先生の言うことならほぼなんでもよろこんで聞くのです。ただちにぬり薬が注文され、次に先生は力のある男六人に手伝ってもらいたいとたのみました。

ゾウのマッサージは、かんたんではありません。たくさんの見物人が動物小屋に集

まって見物するなか、先生は六人の男たちといっしょに、ひたいから汗を流しながらゾウの体じゅうをはいまわって、ぬり薬をすりこみ、もみこみました。

それから先生は、この大きな動物のために新しい小屋を注文しました。木の床の下に排水設備があり、最新式の工夫がたくさんこらされた特別な小屋です。この工事にもお金がかかりましたが、大工さんがやとわれて、三時間で完成しました。その結果、ゾウは、とても早く元気になりました。

先生は、動物小屋の飼育係に対して、そのほかの動物の住み心地もよくするための規則を書き記しました。飼育係は「動物小屋を美容院みたいにするのか」と、たいそうぶつぶつ文句を言いましたが、団長は、先生の新しい規則がきちんと守れないなら、ただちにクビにすると言いわたしました。

かわいそうなニーノゥはまだ重い病気でした。よくなってはいるのですが、回復がおそいのです。先生は、日に二度、ようすを見に来ました。しかし、団長は、今となっては、いままで団長の指導で芸を見せていたニーノゥでは、ベッポと先生のずっとみごとな出し物に取って代わることはできないと気づいていました。ベッポは、年をとってよぼよぼではありますが、ニーノゥよりずっとかしこい馬だったのです。

さて、一週間も終わりに近づいてきました。ドリトル先生は団長と相談して、土曜日の最後の回を終えたらベッポを連れて、ベッポに一生おいしい草を食べさせると約束してくれた農家へ出かけていくという取り決めをしました。週に二度、好きなだけカラス麦と白大根（ベッポが大好物のごちそうです）をもらえるという約束です。先生とベッポは、この農場を見にいき、気に入らなければ、べつの農場をさがしてもらうことになっていました。

そして、最後の回が終わりました。大テントがたたまれ、先生とベッポは、出発の準備をすっかりととのえました。ベッポの荷物は、身にまとった毛布だけでした。これは、せんべつ——お別れのプレゼント——として、先生が団長に買わせた新品の毛布でした。先生の荷物は、いつもの小さな黒い診察かばんと、ベッポの背に積んだ小さな包みでした。ドリトル先生は、門のところに立ち、ベッポの手づなに手をかけ、マシューを待っていました。マシューは、ダブダブが用意していたサンドイッチを取りに箱馬車（キャラバン）へかけもどっていったところでした。

やがて、ブロッサム団長が、とても興奮して敷地内をかけてくるのが見えました。少しむこうから、とてもおしゃれな服をきた小男が歩いてきます。

「ねえ、センセ。」やってきた団長は、あえいで言いました。「聞いたこともないようなさそいを受けちまいましたよ。あそこにやってきた、めかしこんだ人は、マンチェスター劇場の支配人です。うちのサーカスをあの人の劇場で——イギリス一でかい劇場で——再来週やってほしいって言うんです。とりわけ、ベッポに出てほしいって。

そのお礼になにをくれると思います？　一日、百ポンドですって！　あるいは、もっとかもしれない、もし……」

「だめだ！」先生は、片手をあげて、きっぱりとさえぎりました。「ベッポは、もうそう長くは生きられないが、余生は楽しく生きるのだ。そう、支配人に伝えなさい。ベッポは、本日をもって引退する。サーカス稼業はこれっきり、おしまいだ。」

そして、サンドイッチを待つのもやめて、先生は老馬を敷地から連れ出し、道を急ぎました。

ベッポとドリトル先生があまり遠くまで行かないうちに、トートーが追いついてきました。

「先生」と、フクロウは言いました。「お金のことでお知らせがあるんです。」

「トートー。」ドリトル先生は、答えました。「今は、お金の話などまっぴらごめんだ。ベッポと私は、まさにお金のにおいのしないところへ、逃げようとしているのだよ。」

「でも、お金があったらなにができるか考えてください、先生」と、トートー。

「そう、そいつが、あのいまいましいものの、こまったところだ。力があるから、わざわいのもとになってしまう。」

「ダブダブが言うんです」と、トートーはつづけました。「今週ブリッジトンでボクコチキミアチがどれほどかせいだか先生に教えてきてちょうだいって。お聞きになったら、パドルビーへ帰ることをお考えになるだろうって。私、さきほど計算したんです――団長の持ち分を差し引いて、商人たちに支払う分もべつにして――なかなかたいへんな計算でしたよ。私の見積もりは、大はずれでした。十六ポンドどころか、二十六ポンド十三シリング二ペンスまるまるのもうけです。」

「うむ」と、先生は、つぶやきました。「大した金額だが、みんなが引退するには、ダブじゅうぶんじゃないよ、トートー。でも、かなり希望が持てることになったね。ダブに、大事にとっておくようにと伝えてくれたまえ。私が帰ったら、その件を話しあうことにしよう。私はあす帰るから。さようなら。知らせを持ってきてくれて、どうもありがとう。」

さて、先生のポケットには、これからふたりがむかう農場の住所が入っていました。それを読んでみたら、先生の古い友だちである例のメガネの農馬が住んでいる、まさにその農場なのだとわかったものですから、先生がどんなにおどろいたか想像してみてください！

先生と農馬は再会して、心からのあいさつを交わし、たいそうおどろき、大いによろこびました。例の緑のメガネをかけてにっこりほほ笑む年寄り馬は、ベッポに紹介され、ベッポはこの馬に紹介されました。おかしなことに、先生はこの馬をとても長いあいだ知っているのに、その名前を今まで聞いたことがありませんでした。二頭の老馬をたがいに紹介して初めて、その名前を知ったのです。トグルという名前でした。

トグルは言いました。「おふたりにお会いできて、たいへんうれしゅう思うが、ブロッサムさんがこの農場をえらんでよこしたのは、ベッポさんには少し申しわけないのう。うちの農家の主人はとてもいい人じゃが、わしがおるこの牧場には、かなり問題があってのう。」

「でも、ここにしなくてもいいんだよ。」先生は言いました。「ベッポがいやなら、ほかをさがしてくれとブロッサムに言ってあるからね。ここは、なにがいかんのかね？草がおいしくないのかね？」

「いや」と、トグル。「草はだいじょうぶじゃ。八月、雨が降りすぎると少ししげりすぎるが、一年を通して、うまいもんじゃ。だが、牧場のむきが悪い。ほら、南西に丘があるから真夏にならんと日がぜんぜん当たらん。年じゅう丘のかげになってしまう。しかも、吹いてくる風といったら寒い北東の風が多いうえに、風よけになるところがほとんどない。まあ、あそこに生け垣があるが、あそこらへんのちびっとしかない草は、じきに食いつくしてしまうからのう。」

「教えてくれないか。」先生は、ベッポにむきなおって言いました。「君にとって、老馬の家として理想的な、最も魅力あふれる場所とはどんなところかね？」

「わしがいつも夢見ている場所は、」ベッポは、その老いた目に、あこがれるようすを浮かべて、風景をじっと見わたして言いました。「こんな感じじゃ、すなわち半分は坂で、半分は平地での。坂があると、鼻先に近いところに草があったりして変化が楽しめる。平地は、坂のあとで帰ってくると、ほっとする。それから木がある。太い幹があって、枝が大きく広がって——馬がおなかいっぱい草を食べたあと、木陰に入って物思いにふけりたくなるような大きな木じゃ。雑木林があって、薬草や野生の根菜が生えておる——わしらが、たまにかじるのが好きな種類の草で、とくに野生のミントなんかは、食べすぎのときにおなかがすっとする。おいしい水があって——にごった小さな池ではなく、ちゃんとした小川があって、水がいつもきらめいて、すきとおっておる。くぼ地には、すてきな古い小屋があって、床はかわいていて、雨の入らないようなコケむした瓦屋根になっておる。牧草はいろいろで、かための短い芝もあれば、キンポウゲや香りのよい野生の花がまじった、あまくて、こってりした長い草もある。丘のてっぺんからは、西の日没や南の景色が見晴らせる。頂上には、首をかくのにちょうどいいがんじょうな杭がある。夕方、首をかきながら、日がしずむのを見るのが、わしゃ好きなのじゃ。その場所全体は、しっかりした柵で守られていて、かみつく犬や、ちょっかいを出す人間は入ってこられん。静かで、安らか。それが、ドリトル先生、わしが余生をすごしたい場所なのじゃ。」

「ふむ！」ベッポが話し終えると、先生はつぶやきました。「すばらしいね——私もそんなところで余生をすごしたいと思うよ。ただ、首をかく杭よりも、家具がほしいとは思うがね。トグル、ベッポが言うような牧場を知っているかね？」

「ええ、知っちょりますよ、先生」と、トグル。「いっしょにいらしてください。ご案内しましょう。」

それから農馬は、ふたりを連れて丘のてっぺんをこえて、むこう側へ行きました。そこは、日当たりのよい南むきになっていて、見たこともないぐらいすてきな牧場が、農場の門のむこうに広がっていました。まるで、どこかの妖精が、ベッポの望みをかなえてくれたかのようです。だって、どこもかしこも、さっきベッポが言ったとおりだったのですから。

大きなニレの木立がありました。雑木林があり、きらめく小川がありました。くぼ地には、居心地のよい小屋がありました。そして、丘のてっぺんには、赤い夕日に映えて、ベッポが首をかくための杭が立っていたのです。

「これじゃよ、先生」と、ベッポは静かに言いました。「この場所じゃ――わしがいつも思い描いていたとおりじゃ。馬が余生を送るのに、これほどいい場所はなかろう。」

「すばらしい。」先生自身も、この景色の美しさにすっかり見とれながら言いました。

「あの牧場には、おもむきがあるね。この土地も君のご主人のものかね、トグル？」

「いいや」と、農馬。「わしは、よくここに入りこんで草を食べようとして、一、二度、生け垣をこえたこともあるのじゃが、ここの持ち主にいつも追い出されちょる。ここは、あそこの赤い屋根の小さな農家に住んどる人のもんじゃ。」

「なるほど」と、先生。「これぐらいの土地は、いくらぐらいするものなのだろう。」

「それほどじゃなかろう」と、トグル。「広いけれど、草しか生えとらんけん。」

「でも、先生」と、ベッポ。「なぜ買うのじゃ？　団長がわしを引退させる費用を払ってくれると、先生、おっしゃっとったじゃろう。」

「そうだ」と、先生。「でも、団長が払うと言ったのは、生活費と家賃だけだ。私はずっと、引退した馬車馬や荷車引きの馬のための老馬ホームをはじめたいと思っていた。そして、この場所は、老馬にはあまりに理想的だから、できるものなら買いたいと思ったんだよ。そうしたら、〝馬車馬と荷車引きの老馬会〟を作って、君はこの場所をずっと自分のものにすることができる。」

「なんてすてきな考えじゃ！」二頭の馬は、いっしょにさけびました。

「でも、お金は足りるんじゃろか、先生？」ベッポは、たずねました。「ジップが、先生は、いつも教会のネズミぐらいびんぼうだと言っておったが。」

「そりゃ、まあ、そうだ。」先生は、うなずきました。「私のお金ほど当てにならんものはなくてね。でも、さっきサーカスを出てすぐ、トートーが来て、私にはまるまる二十六ポンドだかのもうけがあると教えてくれたじゃないか。私はある船乗りに船の代金として大金を返さなければならんが、船乗りは君ほどすぐにお金を必要としていない——鳥の使いから教えてもらって、わかっているんだ。船乗りには、またあとでお金をもうけて払えばいい。もちろん、二十六ポンドじゃこんなに広大な土地をすっかり買えないが、ひょっとしたら頭金にして、残りは分割払いで毎年払えばいいと言ってくれるかもしれない。もしそうなったら、ここはすぐに君のものとなって、だれも君から取りあげることはできない——私が支払いを止めないかぎりね。さあ、君たちふたりはここで待っていてくれ。私は、ご主人とこの話をしてくるから。」

先生は、二頭の馬を門のところに残し、トグルの指した赤い屋根の小さな家を目指して、野原を歩いていきました。

第八章　馬車馬と荷車引きの老馬会

さて、ドリトル先生が買いたいと思っている土地の持ち主である農家の男は、先生がドアをたたいたとき、居間にすわって、トグルの主人に相談をもちかけていました。種イモを買うのに、どうしても二十ポンド必要だと言うのです。しかし、トグルの主人は、ちょうど自分もひどくお金がないものだから、貸すわけにはいかないと、いろいろいいわけをしていました。そんな会話をしているところに、先生が訪ねてきたのです。

農家の男はとても親切に、ドリトル先生にどうぞお入りくださいと言い、もうひとりのお客のいるテーブルにいっしょにすわるようにすすめました。男の奥さんが、香りのいいリンゴ酒を、コップに入れて、みんなに持ってきてくれました。それから先生は、トグルが教えてくれた土地の話をして、売ってくれるかとたずねました。その土地はめったに使わない土地だったので、男はすぐに、売りましょうと言いました。いくらで、と先生が聞きました。百二十ポンドで、と男が答えました。

「あのぅ」と、先生。「今、二十六ポンドしか持ちあわせがないのです。それを頭金にして、半年ごとに二十ポンドずつ分割でお支払いするというのは、どうでしょう。売ってくださいますか？」

男は、種イモを手に入れるチャンスだと思って、すぐに承知しようとしたのですが、トグルの主人が会話に割って入りました。

「あんた、あの土地をどうするつもりじゃ？　接着剤の工場なんぞ建てようってんじゃあるまいの。」

「いえ、いえ」と、先生。「年をとった馬たちの、いこいの農場にしたいんです。ただ草を食べる場所です。ほとんどなにも手をくわえることはありません。」

ふたりの男は、この人は頭がおかしいにちがいないと思いました。しかし、悪い人ではなさそうですし、言い出した計画も害はなさそうなので、じきに「わかった」と言ってくれました。

「ところで、」先生は、なおトグルの飼い主に話しかけました。「あなたが、農場で飼っている馬は私の友だちでしてね。何年も前にパドルビーに住んでいたときに私があげたメガネをかけている馬です。」

「ああ、そうだ」と、トグルの飼い主。「知ってる——トグルだ。へんなやつでね、あれは。あのメガネをどうしたってはずそうとしない。あれが、なにか？」

「年をとりすぎて、働けないんじゃないでしょうか？」と、先生。「今は年じゅう、あの草を食むだけだと聞いています。あれは、今日私が連れてきた馬といっしょに、あの牧場の草を食べたがっているのですが、よろしいですか？」

「いいでしょう。でも、どうして、あんた、うちの馬のことをそんなに知っておるのかね？」

「ええ、まあ。」先生は、少しこまったようすをしました。「馬がほしいものを知る方法がありましてね。私は自然を研究する博物学者なのです。」

「やっていることは不自然なようだがね。」男は、となりの男に目くばせして言いました。

どうやって頭金を送るかについて少し話をしたあと、取り引きは終わり、先生は、残りの支払いさえきちんとすれば、あの土地は先生のものだと言われました。

「私のではありません。」男たちに別れを告げて立ちあがりながら、先生は言いました。「あの土地は馬の会のものです。あれは馬たちにやるつもりです。」

どこに大工がいるかを聞いてから、先生はそこを去りました。三十分後、ふたりの男がいっしょに野原を歩いていると、例のへんな博物学者と大工が、牧場のまんなかに大きな看板をいっしょうけんめい立てていました。そこには大きな文字で、こう書かれていました。

いこいの農場

この土地は〝馬車馬と荷車引きの老馬会〟の所有地です。
無断侵入者といじわる犬は、けっとばされます。

委員会代表
委員長ベッポ
副委員長トグル

※入会無料
入会希望者は門のところで申しこんでください。

さて、〝老馬会〟の最初の二頭の会員ベッポとトグルが新しい土地にうつり住むのを見届けてから、ドリトル先生はふたりに別れを告げて、帰っていきました。道を歩きながらも、先生は何度もふりかえっては、二頭の老馬が美しく新しいすみかで、かけまわっているのを見守りました。その光景は心あたたまるもので、先生はほほ笑んで、先を急ぎました。

「おそらく」と、先生はひとりごとを言いました。「これは私がこれまでにしたなかで最高の仕事だ。かわいそうな馬たち！　つらい仕事をして暮らしてきたあとで、とうとう幸せになって、また若返ってくれるだろう。こういった協会をもっと作らなくてはならん。ひとつ、ふたつ、思いついているが、たとえばネズミ・クラブ、そいつをはじめよう。もちろん、またお金をぜんぶつぎこんでしまったと知れたら、ダブダブと大げんかすることになるだろうがな。まあ、いい、その価値はある。ロンドンに帰ったら、町の辻馬車の馬たちも何頭か〝老馬会〟に入るように言ってやろう。ふむ！」

先生は足を止めて、ふりかえりました。

「あそこにいるな……まだやっている……ベッポは丘を転げまわり、トグルは小川をバシャバシャやっている……なんてこった！　大根のことをすっかり忘れていた。なんでベッポは言ってくれなかったんだ？」

先生は急ぎ引き返しました。とちゅうで、道ばたで遊んでいる少年に会いました。話しかけると、先生に土地を売ってくれた男の息子だとわかりました。

「週に一シリングかせぎたくないかね」と、先生はたずねました。

「月に一シリングでもかせぎたいです」と、少年は言いました。「貯金して、今度の冬に使うスケートを買うんだ。まだ、九ペンスしかないの。」

「大根の育てかたを知っているかね？」

「うん」と、少年。「かんたんだよ。大根ぐらいしか、ぼく、育てられないけど。」

「たいへんけっこう」と、ドリトル先生。「あそこに馬がいる草原が見えるね。下には小屋があるね？　さて、私は君のおとうさんから、あの土地を買ったばかりなんだ。あそこは馬のすみかになる。もし君があの小屋のうしろに大根を――よくある白いやつだよ、わかるね――そいつを植えて世話をしてくれたら、週に一シリング払おうじゃないか。やってみるかね？」

「はい、やります！」少年は大きな声で言いました。

「よろしい。じゃ、これが最初の一シリングだよ。それから、この一ペニーで大根の種を買ってくれたまえ。君を、いこいの農場の主任庭師に任命する。君は、今や〝馬車馬と荷車引きの老馬会〟の給与者名簿に載ったんだ。大根畑はかなり大きくしてくれたまえ。もっとたくさん馬を送りこむことになるだろうからね。大根ができたら、たばにして、会員である馬に週に二度食べさせてくれ。それから、ときどき新しい種を植えて、大根がへらないようにするのも忘れないでくれ。わかったかね？」

「はい、わかりました。」

「ところで、君の名前を教えてくれたまえ」と、先生。「そしたら、毎週、君の給料を送ろう。万一、仕事をやめなければならないときは――どこかへ出かけるとか、そういうとき――おとうさんにたのんで、私に手紙を書いてもらいなさい。おとうさんは、私の連絡先をご存じだからね。」

　少年は、幸運にめぐりあったことに大よろこびで、先生に名前を告げ、お金を受け取って、新しい仕事をはじめるためにくわとすきを取りに走りさりました。

「よし、一件落着。」先生は、ブリッジトンの町へ急ぎながらつぶやきました。「さて、うちの貯金箱はまたからっぽになったという知らせをダブダブにそっと告げるには、どうしたものかな。」

その日先生が作ったたいこいの農場は、繁栄をつづけ、何年ものあいだに大きくなりました。そして、気配りじょうずな家政婦のダブダブをなやませるたくさんの問題に、あらたな心配事がくわわりました。

なにしろ、先生は、農家に半年ごとに二十ポンドを払うことになっただけでなく、ときどき通りで、とくに年をとってつかれた馬に出会うと、その馬を買い取ってドリトル家の財産をさらにへらしてしまったからです。先生は、辻馬車の御者や、ごみ屋さんなど、いろいろな人たちから馬を買い取りました。かわいそうなダブダブは、ロマの旅人たちの荷馬車が通りかかるたびに、びくびくするようになってしまいました。というのも、ロマの旅人の馬というのは、たいていとくにやせて骨ばっているので、まちがいなく先生は、かわいそうに思って馬を買おうとするのですが、ロマの旅人たちは先生よりもずっとぬけめなく取り引きをするからです。

こうした宿なし馬や落ちぶれた馬たちを、先生はいこいの農場へ送って、〝老馬会〟の無料会員としました。ベッポとトグルの組織は、大勢の老馬のなかよしクラブになりました。ある夕べに大きな木々の下や丘のてっぺんの杭のまわりで、おもしろいむかし話がたくさん語られたものです。杭のところには老馬たちが列をなして、首をかく順番を待ち、真っ赤な夕日を浴びて平和な美しい景色が暗くなっていくのを見守るのでした。

そして、会員の数はどんどんふえていきました。大根畑の世話をしていた少年は先生に手紙を送り、畑を大きくしなければならないので、お手伝いが必要だと伝えました。「学校の友だちが、やはりスケートぐつを買いたくて貯金をしているのだけれど、やとってあげてくれませんか？」と書きました。

先生はその子もやといました。〝老馬会〟の支払いは週に二シリングと倍になりました。いこいの農場がはじまって三か月ほどしてから、ドリトル先生はそこを訪問してみました。委員会（一番年をとっている五頭の馬）と相談したところ、柵を直し、生け垣の下のみぞをきれいにそうじしてもらうために、お金が必要だということがわかりました。もう、蹄鉄をつけることがなかったので、ひづめをけずらなければならない会員もいました。

そこで、最初に庭師に任命した少年と取り決めをして、大根畑をずっと大きくして、野菜をたくさん――会員が食べる分以上――育てて売ることにしました。少年は、商売がじょうずでしたので、これはうまくいきました。少年の友だちがもうふたりやとわれて、手伝ってくれました。そして、野菜を売ってもうけたお金で〝柵とひづめ基金〟を作り、いろいろな人をやとって、生け垣を直したり、会員のひづめをけずったり、どぶをさらったりしたのです。

もちろん、お手伝いの子に給料を払うために、ドリトル先生の貯金箱のお金がさらにへり、家政婦のダブダブの心配がいっそうふえました。

「なんの意味がある？」ある夜、みんなで会計の相談をしているときに、トートーがさけびました。「私がこんな複式簿記で帳簿をつけて——算数ですっかり頭を痛めて、いったい何になるというんだ？　先生がいくら持っているか計算したって、なんにもならん。どれくらいもうかるか見積もりを出してもどうにもならん。いくらになろうと、先生はぜんぶお使いになってしまうんだ！」

第五部

第一章　マンチェスターのベラミーさん

農場に行った日、ドリトル先生は、翌朝早くに帰るつもりでしたが、ちょうどやってきた速い二輪馬車に飛び乗ったので、その夜おそくにサーカスにもどってくることができました。先生が箱馬車（キャラバン）に入ってくるなり、マシュー・マグが開口一番、こう言いました。

「団長が、先生がお帰りになり次第すぐお会いしたいそうですよ。あのマンチェスターの町から来たしゃれ者がまだいるんでさ。」

そこで先生は、ただちに自分の箱馬車（キャラバン）を出て、団長の箱馬車（キャラバン）へとむかいました。ジップがおともしたいと言うので、連れていきました。

サーカスは翌朝早くに出発できるよう、すっかりかたづけができていました。ドリトル先生が団長の大型箱馬車（キャラバン）に近づくと、窓に明かりが見えました。夜はふけ、真夜中すぎになっていました。

なかに入ると、小さなテーブルに、昼間見かけた例のおしゃれな服を着た男が、団長とすわっていました。

「こんばんは、先生」と、団長。「こちらの紳士は、マンチェスター劇場の所有者にして支配人のフレドリック・ベラミーさんです。先生にお話があるそうです。」

先生は、ベラミーさんと握手をしました。ベラミーさんは、すぐにいすの背にもたれかかると、両手の親指を白いチョッキの袖ぐり〔腕が出る穴〕につっこんで、こう切り出しました。

「ドリトル先生、実は今日の午後ブロッサムさんに申しこみをした契約について、先生にぜひお話し申しあげたく、火急の用事があるにもかかわらず、マンチェスターへ帰る時間をおくらせてお待ちしておりました。

私、先生が〝口をきく馬〟となさった出し物を拝見して、たいへん興味を持ちましてね。ブロッサムさんから先生に私の劇場に出てもらうように説得をしていただいたところ、先生はおことわりになって……馬を連れて、草を食べさせに行ってしまわれたそうですな。」

先生はうなずき、ベラミーさんは、つづけました。

「それで、この話はご破算だと思いました。なぜなら……こう言ってもさしつかえないと思いますが……先生の出し物がなければ、こんなサーカスに興味はありませんからね。ところが、ブロッサムさんは、私にとどまって、直接、先生と話してみてくれと、こうおっしゃるんですな。あのショーですごかったのは、あの馬じゃない、先生が動物に対してお持ちのふしぎな力なのであって、先生はどんな馬が相手でも同じようにすばらしいショーができると受けあってくれたのです。そして、おっしゃるには――私にはとても信じられませんが――あなたは実際、動物と、動物のことばで話ができるというのです。ほんとうですか？」

「ええっと。」先生は、こまったようすで言いました。「ブロッサムさんがこのことを話してしまったのは、こまりますな。私自身は、そんなことは人に言わないようにしているのです。なにしろ、たいてい、人は信じてくれませんからね。でも……ええ、ほんとうです。ほとんどの動物と、不自由なく話ができます。」

「なるほど、」と、ベラミーさん。「実におどろくべきことだ！　そういうことであれば、ひょっとしたら、あなたが今日連れさってしまったあの馬の代わりに、ほかの動物といっしょに出し物をやってくださらんでしょうかねえ。もっと手のこんだものにしたらどうかと思うのです……ブロッサムさんのサーカスの一番の目玉にしたらどうでしょう。あなたのこの才能は、まったく新しいものだ。ちゃんと宣伝すれば、たいへんな評判となる。もちろん、お支払いはきちんといたします。たっぷりと、と申しあげておきましょう。いかがでしょう？」

「今まで、ほかの出し物をやろうとしたことはありません」と、先生。「私は、この業界では、まだ新米ですので。私の考えでは、動物たちとショーをするのは、動物自身の同意を得て、よろこんで協力してもらえるときにかぎるのです。」

「いや、ごもっとも、ごもっとも」と、ベラミーさん。「もう夜もかなりふけました。あすまでじっくりお考えいただいてはいかがでしょう。今晩はもう乗合馬車はありませんから、私も帰りません。よくお考えになって、あすの朝、お返事をいただけますかな？」

先生が自分の箱馬車(キャラバン)へ帰るとき、大いに興味を持って話を聞いていたジップが、先生のとなりへかけてきました。

「先生」と、ジップ。「これは、おれたちが劇を上演するすごいチャンスですよ……先生の仲間が……おれと、トートーと、ガブガブと、トービーと、スウィズルと、ひょっとしたら白ネズミも。ほら、いつか〝動物劇場〟をやらせてくれるっておっしゃってたじゃありませんか。先生が喜劇をお書きになって……ガブガブの台本じゃだめですからね……野菜のどたばた劇になっちまう。先生がご自身で劇をお書きになって……動物のために……なにか高級な劇を。それで、おれたちが演じるんです。マンチェスターじゅうの評判になること、まちがいなしですよ。でかい町ですからね。いいお客さんが来てくれますよ。」

夜おそい時間だったにもかかわらず、ドリトル先生が自分の箱馬車(キャラバン)にもどってみると、動物たち全員が寝ないで待っていて、どうなったのか話を聞きたがったのでした。ジップがすぐに、マンチェスターの支配人との面談の話をし、動物の劇を上演することで出し物としたいという自分の考えも言いました。みんなは大いに夢中になって、それはすごいと、白ネズミに至るまで、だれもが拍手をしました。

「やったぁ！」ガブガブがのどを鳴らしました。「ついに、ぼくは役者になるんだ。しかもだよ、ぼく、マンチェスターでデビューするんだ！」

「そう早まるな」と、先生。「劇ができるか、まだわからんじゃないか。できないかもしれない。自分が劇をやりたくたって、お客が観てくれるとはかぎらんぞ。」

それから、劇の筋について、動物たちのあいだで熱い議論がはじまりました——どんなものが人間たちをよろこばせるのだろうか、と。

「『チンデレラ姫』をちよう」と、白ネズミがさけびました。「だれでも知っているし、ぼく、魔女が召ち使いに変えるネジュミの役ができるよ。」

「『赤ずきんちゃん』をやろう」と、犬のスウィズル。「そしたら、おれはオオカミ役ができる。」

この話しあいで、だれもがおもしろがって盛りあがったので、先生は、二十六ポンドを使ってしまったことをダブダブに打ち明けるのは今だと思いました。

先生は打ち明けました。それで、家政婦ダブダブの楽しい一夜はだめになりました。

「先生、先生！」ダブダブは、首をふって、ため息をつきました。「どう、どうしたらいいんです？　先生にお金をおまかせすることはできません……ほんとに、だめです。ああ、もう、パドルビーには二度と帰れないわ。」

ところが、ほかのものたちは、新しい話題に夢中で、そんなことは大したことではないかのように、相手にしませんでした。

「まあ」と、ガブガブは、うきうきして言いました。「そのうち、もっともうかるよ。お金なんてどうでもいいよ。へえんだ！　ねえ、先生、『美女と野獣』はどう？　そしたら、ぼく、美女の役ができるよ。」

「なに、言ってやがる！」ジップがさけびました。「とんでもねえ！　いや、聞いてください、先生。先生がご自分で劇をお書きください。先生なら、人間がおもしろがるものをご存じですからね。」

「あんたたち、先生にお休みいただいたらどうなの？」ダブダブが怒って、たずねました。「おつかれなのよ。あんたたちもみんな、とっくに寝てなきゃいけない時間ですよ。」

「なんてこった！」先生は、自分の時計を見て、言いました。「何時だか知っているかね？　午前二時だ……。みんな、もう寝なさい。」

「へえんだ。あしたは、どうせべつの町に行くだけだよ、先生」と、ガブガブ。「何時に起きたっていいんだ。もうちょっとお話をしようよ。なんの劇をするか決めなくっちゃ。」

「だめですよ」と、ダブダブ。「今晩はもうおそいんです。先生はおつかれです。」

「いや、つかれてはおらん」と、先生。

「でも、この子たちに夜ふかしさせるわけにはいきません。早寝早起きの習慣ほどよいものはありませんからね。」

「そうだね」と、先生。「でも、私は、習慣をつけるのはきらいなんだ。」

「私は好きです」と、ダブダブ――「いい習慣は、ね。きちんとするのが好きですから。」

「なるほどね、ダブダブ。だから、君は、そんなにすばらしい家政婦なんだよ。人には二種類あってね。習慣が好きな人ときらいな人がいる。どちらも、いいところがあるもんだよ。」

「ねえ、先生」と、ガブガブが口をはさみました。「ぼくは、いつも、すっぱいピクルスが好きな人と、あっさり好きな人とに分けますよ。食べ物にチャツネ〔インド料理の薬味〕やソースをかけるのが好きな人もいれば、なにもかもうす味がいいという人もいますからね。」

「同じことだね、ガブガブ。」先生は笑いました。「人生に変化を求める人と、安定を求める人がいるが、君の言うチャツネ好きは変化好きであり、うす味がいいと言う人は……そう……家政婦だ。私としては、年をとるにつれて、どちらにも順応できるようになりたいね。」

「順応って、なあに、先生？」ガブガブがたずねました。

「その説明は長くかかるから、もう、寝なさい。朝になったら劇の話をしよう。」

第二章　動物たちのお芝居

翌朝、ドリトル家のものたちが目をさますと、箱馬車（キャラバン）が動いていました。べつに変わったことではありません。まだみんなが眠っているあいだに朝早くからサーカスの一行が出発したというだけのことです。町から町へ移動するときは、よくあることです。ガブガブがとても楽しいと思うのは、こんなときです――ある朝起きて窓からながめれば、動くおうちのまわりの景色がうつり変わっていくのです。

ガブガブは、だから自分は根っからの旅好きで、先生と同じく変化を愛するんだと、じまんしたものでした。でも、ほんとうのところ、ガブガブは、先生よりもずっとダブダブの性格に似ていたのです。というのも、ガブガブほど決まった習慣が大好きな――とりわけ、三度三度のごはんが大好きな――ものはありませんでしたから。ただ、放浪者のようにあちこちを転々とする生活をして、いつも安全に冒険を味わえただけのことです。ガブガブは、わくわくするのが好きでしたが、苦労や危険のない楽な冒険でわくわくするのが好きだったのです。

みんながまだ朝ごはんを食べているところへ、マシュー・マグが入ってきました。

「先生」と、マシューは言いました。「例のベラミーさんがまだサーカスにいますよ。あっしらの行き先がベラミーさんの行く方角だから、あっしらといっしょに来てもいいって言ってます。でも、あっしに言わせりゃ、先生を見失いたくないんですよ。自分の劇場で先生の出し物をしてもらいたくってうずうずしているんでさ——それ以外のブロッサムのショーなんて、まったくどうでもいいんだ。でも、先生が動物と芸を見せてくれるなら、いくらでも金を払おうって腹ですぜ。」

「うむ」と、先生。「そうかんたんな話ではないのだよ、マシュー。ここにいる私の動物たちは、劇をやりたくてしょうがないんだ。昨夜みんなが寝てから、私は喜劇のようなものを書いてみたが、もちろん、あの人に見せられるようになるまで、何度もけいこをしなければならないし、動物たちはせりふをおぼえなければいけない。君、悪いが、『私たちは旅をつづけながらけいこをするので、うまくいけばあすにはお芝居をお目にかけたい』と、あの人に伝えてきてくれんかね。」

「がってんでさ」と、マシューは言い、動いている箱馬車（キャラバン）のうしろからおりて、前へ走っていって、この伝言を持って団長の箱馬車（キャラバン）に追いつきました。

みなさんご存じのとおり、ドリトル先生は以前にも動物たちのための劇を——何十も——書いたことがあります。『ペンギンのための一幕劇集』という、とても有名な小さな本については、もうみなさんにお話ししましたね〔『郵便局』156ページ〕。サルやそのほかの動物のために、もっと長い劇を書いたこともあります。でも、どれも動物のお客のために、動物のことばで書かれたものでした。ペンギンの劇が長い冬の夜に南極の野外劇場で上演されたときは（私の知るかぎり、今でも上演されていますが）、この風変わりな鳥であるペンギンのお客たちがまじめくさったようすで氷の岩にぐるりとならんで、役者がもっともらしいことを言うと、ひれのようなつばさで拍手をしたものです。

サルの劇は、もっと軽い感じでした。ペンギンはまじめで考え深い劇を好みましたが、サルは喜劇や笑劇が好きでした。サルの劇は、ジャングルの広場で上演され、お客はあたりの木々の上にすわって観ました。舞台のすぐ上の枝の席は、サル劇場では一番高価な席でした。木の枝まるまる一本をしめる家族席は、木の実百個分の値段でした。こうした場所にすわる家族は、演じているサルの頭に木の実の殻やバナナの皮を落としてはいけないという特別な規則もありました。

というわけで、ドリトル先生には、動物の劇を作る劇作家としてかなりの経験があったのです。でも、ベラミーさんが求めているのは、人間のお客に見せるものですから、話がちがいます。人間は動物のことばがわかりませんからね。そこで、ずいぶん頭をひねったあとで、先生は、せりふをまったく使わないことにしました。劇全体が身ぶり手ぶりだけで演じられるもので（そういう劇をパントマイムと言います）、先生はそれを『パドルビー・パントマイム』と名づけました。

みんなパントマイムの練習をとても楽しみましたが、ダブダブはちがいました。この気の毒な家政婦は、劇中、自分の役があるにもかかわらず、家具をたおしただの、お茶わんをこわしただの、カーテンを引っぱり落としただのと、だれかをしかりつけてばかりで、しょっちゅう劇を止めてしまうのです。

おわかりでしょうが、箱馬車（キャラバン）のなかは、劇を演じるにはたいへんせまく、その上、馬車はしょっちゅうガタゴト動いていました。馬車が道なりにカーブしたり、急な角を曲がったりすると、舞台に立っているものはしりもちをつきました。ダブダブがクワックワッと金切り声をあげるたびに、なにかまた、こわれたのだとわかります。でも、ほかの動物たちは、劇を楽しむのと同じくらい、けいこ中に起こるどたばたさわぎを楽しんでいました。

先生がえらんだパントマイムは、むかしのコメディア・デラルテという仮面劇のどたばた版でした。トイ・プードルのトービーが、ひょうきんな主役のアルレッキーノ。ダブダブが、その恋人のコロンビーナ。ガブガブはおじいさんのパンタローネ。雑種犬スウィズルがおまわりさん。ジップが道化ピエロです。

アルレッキーノとコロンビーナとピエロのおどりは、みんなを大いに笑わせました。

なにしろ、つま先立っておどろうとするたびに、必ずと言っていいほど馬車がガクンとゆれて、おどり手たちがベッドの下へ落っこちてしまったからです。

おまわりさん役のスウィズルは、気の毒なピエロ（ジップ）をいつも追いかけて逮捕し、そのほか出会った相手をだれかれかまわず逮捕しました。警棒としてきゅうりを持っていましたが、ひとつながりのソーセージを盗んだパンタローネ（ガブガブ）を馬車のなかいっぱいに追いまわして、頭をなぐったとき、きゅうりがまっぷたつに折れてしまいました。するとつかまったパンタローネは、その警棒を食べてしまいました。先生は、この思いつきを本番に取り入れることにし、マンチェスターでも警棒にきゅうりを使うことにしました。

〝舞台〟への登退場は、ひと苦労でした。なにしろ、動いている箱馬車（キャラバン）の戸外へ出て、せまいステップに立たなければならないのです。こっけいなパンタローネ役のガブガブは、とりわけつらい思いをしました。出入りが多いだけでなく、赤く焼けた棒やら、長くつながったソーセージやらを持って、ぴょーんと飛びこんだり飛び出したりしなければなりません。先生が、気をつけて退場するようにくり返し注意しても、ガブガブは馬車が動いていることをしょっちゅう忘れて、ジャンプしながら飛び出てしまうので、どうしても馬車からまっさかさまに地面に落ちてしまうのです。そうなると、パンタローネじいさん（ガブガブ）が起きあがって、動く劇場を走って追いかけ、また舞台へ飛びあがってくるまでけいこを中断しなければなりませんでした。

サーカスが次の町へ移動している午前中に、通しげいこが四、五回できました。そして、夜をすごすために箱馬車（キャラバン）の行列が止まると、先生はベラミーさんに伝言をして、劇はまだかなり不完全で、衣装も用意できていないけれど、こんな劇でいいかどうか、よろしかったら見にいらしてくださいと伝えました。

それから、パントマイムがまた演じられましたが、今度は観客として、ベラミーさん、団長のブロッサム、マシュー・マグ、そして力じまんのヘラクレスをむかえ、道ばたの動かない地面の上で上演されました。横ゆれがなく、じっとしてくれるこの舞台では、上演はずっとうまくいきました。パンタローネが少し混乱して、舞台へ飛びこんだり飛び出ていったりするのが多すぎましたが、劇が終わると観客はいつまでも大きな拍手をして、こんなおもしろい芝居は見たことがないと言いました。

「文句なしにすばらしい！」ベラミーさんがさけびました。「まさに、うちの劇場が求めているものだ。もう少しけいこをして、ちゃんとした服を着たら、大ヒットまちがいなしです。この劇に参加している動物たちが楽しんでいることは明らかですからね。さて、私は今晩マンチェスターへ行きます。ブロッサムさんが、リトル・プリンプトンの町で一週間サーカスの興行をすませたら、あなたがたを私の劇場へ連れてきてくれます。それで、来週の十七日の月曜日に開幕となります。それまで私は宣伝をしておきましょう。ちゃんとお客はそろえますから、はりきって演じてください。」

リトル・プリンプトンでのサーカス興行の一週間、ドリトル家のみんなはマンチェスターで見せるパドルビー・パントマイムの準備やけいこで大わらわでした。ボクコチキミアチについては、たよりになるマシュー・マグがすっかり取り仕切ってくれたので、先生は劇にかかりきりになることができました。

だれもが自分の役まわりをすっかり心得て、絶対まちがえなくなるまで、毎日、毎日、けいこがくり返されました。先生は、この劇のはじめから終わりまですっかり動物たちだけにやらせて、先生やほかの人が舞台にあがらないようにしたいと思っていたのです。けいこ中に思いもよらぬことが起きたり、へんなことになってしまったりすると、先生はきゅうりのときのように、おもしろいことを思いついて、劇に取り入れました。また、役者のほうでも、けいこ中に自分でおもしろいことを思いついたりしました。それがなかなかよいものであれば、ドリトル先生はそれを取り入れました。

こうしたことがあったため、けいこ期間が終わるころには、劇はベラミーさんに見せたものよりもずっと長くなり、かなり変わってきていました。ずいぶんよくなっていたのです。ガブガブは、この劇がおもしろすぎて、劇の最中に自分でおかしくなって笑いが止まらなくなってしまい、おなかをかかえて大笑いして演技がつづけられなくなることもよくありました。

シアドーシア・マグは、衣装を作るのに大いそがしでした。動物にぴったりの服を作るのは、なみたいていのことではありません。ガブガブに一番手がかかりました。最初の衣装つきのけいこで、ガブガブはパンタローネの衣装を上下さかさまに着て、かつらをうしろ前につけて来たのです。うしろ足を上着のそでに通し、ズボンのように、はいていました。化粧のことでも、舞台監督のドリトル先生によけいなめんどうをかけていました。パンタローネ氏は、ほおべにの味が大好きで、公演中に自分の顔をなめてしまうのです。ですから、もちろん、ほおべにが口じゅうにべったりついて、まるでジャムパンでも食べているかのような顔になってしまいました。

しかし、パンタローネの最大の難関は、ズボンでした。ガブガブは、ようやく服の着方がわかるようになると、ズボンをベルトでしばりました。でも、おなかがまん丸でつるつるなので、ベルトがすべって、はずれてしまいます。だから、初め、衣装つきけいこを何度かしたとき、ガブガブが舞台に走りこんでくると（もちろん、いつもおまわりさんに追いかけられているのですが）、たいてい、とちゅうでズボンがぬげて、上着とかつらしかつけていないかっこうで登場してしまうのです。そこで、シアドーシアが、ズボンがぬげないように特製のズボンつりを作ってやり、先生が毎回着つけをチェックしました。

同じようなさわぎが、コロンビーナ役のダブダブにも、最初はよく起こりました。

シアドーシアは、ダブダブに、かためのピンク色のレースを使ってとても器用に小さなバレエ・スカートを作ってやりました。ところが、初めてそれを着たとき、アヒル足をした可憐(かれん)なバレリーナは、アルレッキーノとのおどりで、あまりに高く足をあげすぎて、ぬぎとばされたスカートが、相手の頭ごしに飛んでいってしまったのでした。しかも、ちょうどかけこんできたパンタローネがスカートを拾いあげ、いつものようにあわてて登場してなくしたズボンの代わりに、そのスカートをはいてしまったとき、みんなは最高にもりあがりました。

ですから、みなさんもおわかりでしょうが、舞台監督のドリトル先生と、衣装係のシアドーシアは、てんてこまいだったのです。動物たちにとって、人間のように演じることと自体がむずかしかったわけですが、なれない服を着て演じるのはたいへんなことで、しかもけいこに割ける日数はたった一週間しかありませんでした。何度も先生は、衣装をつけて演じるのはむりかと絶望したのですが、シアドーシアがいろいろかしこい細工を思いつき、秘密のボタンとか、ホックとか、ゴムひもとか、テープとかを用いて、服や、ぼうしや、かつらをとめました。それから、役者たちに一日じゅう衣装を身につけたままにさせておいて、衣装なしのときと同じように走ったりおどったりできるようにしたのです。

第三章　ポスターと彫像

サーカス団がマンチェスターの町に着いた日は、ドリトル家のみんなにとって記念すべき日でした。ジップ以外の動物たちは、それまで本当に大きな都市へ行ったことがありません。とちゅうガブガブは箱馬車（キャラバン）の窓にずっとかじりついて外を見つづけ、なにか新しいことやすごいことが見えると、肩ごしに、みんなにさけんでいました。

ベラミーさんの劇場は、町のはしにありました。そこは大きな遊園地になっていて、まんなかに巨大な劇場があり、いろいろな種類の見世物がならんでいました。懸賞ボクシング、レスリングの試合、ブラスバンドの演奏コンテストなど、ありとあらゆるアトラクションが、劇場の裏の野外大広場で、もよおされていました。大広場は楕円（だえん）形をしていて、ぐるりとまわりをかこむ見物席はうしろの席がだんだん高くなっていました。このために円形劇場と呼ばれていたのですが、まさにローマにある有名な円形劇場〔大野外劇場〕にそっくりでした。

ベラミーさんの遊園地には、マンチェスターの市民たちが、とくに土曜の午後や夜など、遊びたいときに何千人とやってきました。夜、場内はどこもかしこもイルミネーションで照らされ、とてもきれいで、にぎわっていました。

遊園地はかなり大きく、ブロッサム団長の「大サーカス」などその片すみで目につかなくなってしまうほどでしたので、団長は大いに感心しました。「これこそ、まっとうなショービジネスのやりかたってもんだ。うちの大テントの三倍は入るだろう！」

「たまげたよ。」団長は先生に言いました。ベラミーさんは、うはうはもうけているにちがいない。だって、あの劇場だけでも、うちの大テントの三倍は入るだろう！」

ブロッサムのサーカスの一行は、自分たちの場所へ案内されましたが、こんなに大きなところでは、自分たちがひどく小さく、つまらないように思えました。やがて、馬を小屋に入れていると、えらいベラミーさん本人がすがたをあらわしました。ベラミーさんがまずたずねたのは、パドルビー・パントマイム一座のことでした。

「それ以外の見世物については、」ベラミーさんはブロッサム団長に言いました。「このはしっこで好きなようにやってくれたまえ。夕方五時すぎと土曜日の午後には、お客がふえる――円形劇場でいつも懸賞ボクシングをしている時間だからね。だが、これからはドリトル先生の一座だ。私が特別にめんどうを見させてもらう。もちろん、以前話したとおり、君を通して給料を払うから君たちふたりが取り決めたやりかたで好きなように分けてくれたまえ。ただし、これからは、先生の動物たちは私の管理下におく。いいね？　ほかのだれにもじゃまさせない。そういう約束だったね？」

それから、ブロッサム団長とその部下たちが自分たちの見世物の準備をしているあいだ、ドリトル家のものたちとその箱馬車(キャラバン)はべつのところ――劇場の近く――へと連れて行かれ、高い柵(さく)の内側に、居心地のよい場所を与えられました。

ここには、ほかにもテントや箱馬車(キャラバン)がいくつかあって、毎日（というより毎夜）劇場でおこなわれるショーに出演する人たちが住んでいました。おどり手、つなわたりをする人、歌手など、いろいろいました。

ベッドの準備ができて、箱馬車(キャラバン)の片づけもすむと、先生は町を散歩してみようと言いました。すかさずジップとガブガブがおともをしたがると、先生はよろしいと言いました。ダブダブはあとに残って、荷ほどきを終え、夕飯のしたくをしなければ、と考えました。

それから、ボクコチキミアチのところまで行って、マシュー・マグがちゃんと居心地よくしてあげているのをたしかめてから、先生は、ガブガブとジップをおともに連れて、マンチェスター見物へ出かけました。

大きな町のまわりにある住宅地の家や庭のあいだを八百メートルほど歩いていくと、町の中心部に出ました。

もちろん、ドリトル先生とジップは、何度かロンドンに行ったことがありますから、本物の大都会がどんなふうかは知っていました。でも、ガブガブは、大きな店や建物がぎっしりとならぶ大通りに人や乗り物があふれかえっているのを見て、とても感心しました。

「なんて大勢人がいるんだろう！」ガブガブは、飛び出さんばかりの目をして言いました。「辻馬車があちこち走ってる。世の中にこんなにたくさん馬車があるなんて知らなかった――まるでパレードみたいに、次から次にやってくるよ。それに、なんてすてきな八百屋さん！　あんなに大きなトマト、見たことある？　ああ、ここは、いいなあ。パドルビーよりずっと大きいね。もっと活気があるし。うん。この町、気に入った。」

三人は、大きな四角い広場にやってきました。まわりにぐるりと、ことにきれいな石の建物がならんでいます。ガブガブがそれぞれがなんなのか知りたがったので、先生は、銀行とはなにか、公会堂とはなにか、市役所とはなにか、などといったことを教えてやらねばなりませんでした。

「で、これは、なあに？」ガブガブは、広場のまん中にあるものを指してたずねました。

「それは彫像だよ」と、先生。

それは、馬に乗った男の人のとてもえらそうな記念碑でした。ガブガブは、これはだあれ、とたずねました。

「スレイド将軍だよ」と、先生。

「どうしてその人が像になってるの？」

「有名な人だからだよ。」先生は答えました。「インドで戦ったんだ。フランス軍と。」

三人は、この広場から出て、また少し行くとべつの小さな広場へ入りました。今度は彫像はありません。そこを歩いていると、ガブガブがとつぜん、ぴたりと止まりました。

「うわぁ、先生！」ガブガブが、さけびました。「見て！」

広場のずっとむこう側の掲示板に巨大なポスターがはってあって、パンタローネのかっこうをしてひとつながりのソーセージを持ったブタの絵があったのです。

「ね、あれ、ぼくだよ、先生！」ガブガブは、そちらへ急ぎながら言いました。

なるほど、上の方に大きな文字で、こうありました。「パドルビー・パントマイム。なぞの出し物。ユニークなアルレッキーノ芝居をごらんあれ。ベラミー円形劇場にて。来たる月曜日。」

支配人は約束を守ってくれたのです。先生の劇に出てくる登場人物の絵を画家にかかせて、それを町じゅうに、はらせたのです。

ガブガブは、どうしてもそこから動こうとしませんでした。こんな大きな町へやってきて、自分の絵が壁にはってあって、自分がすっかり有名な役者になっているとわかったわけですから、もう夢中になってしまったのです。

「たぶん、今度はぼくの像を立ててくれるよ」と、ガブガブ。「将軍みたいに。ほら、ここに立ててもいい場所があるじゃない。この広場には、まだなにも立っていないんだ。」

通りを歩いていくと、自分たちのショーのポスターがもっと見つかりました。ダブダブがバレエのスカートをはいて、つま先だってバランスをとっている絵もあれば、おまわりさんのヘルメットをかぶったスウィズルの絵もありました。

でも、パンタローネのポスターのところへ来てしまうと、ガブガブをひきずっていくのがたいへんでした。放っておけば、一晩じゅうでもその前にすわりこんで、自分が有名な役者なんだと、ほれぼれとながめていたことでしょう。

「先生、ぼくの像のことで、市長さんにお話ししてくださらなきゃだめですよ、ほんと。」ガブガブは、鼻をつんと上にむけて、おうちのほうへむかいながら言いました。

「たぶん、将軍の像を小さな広場へうつして、ぼくのを代わりに立ててくれるかもね。」

パントマイムが初めて上演される月曜の朝、パントマイムの衣装つきのけいこがあり、劇場で上演されるそれ以外の出し物のけいこもありました。これは、バラエティー・ショーというもので、おどり、歌、ジャグリングなど、いろいろな出し物がつづ

CIRCUS

くのです。かわるがわる舞台に出て、それぞれオーケストラがきちんとした音楽を演奏するなかで、芸を見せるのです。

舞台の両わきに演目を示すわくがあって、それぞれの出し物がはじまる前に、そろいの制服を着た係の人がふたり、舞台の両側にあらわれ、そこに大きなカードをさしこみました。次の出し物の名前が書いてあって、お客に次がなにかわかるようにするのです。先生は、パドルビー・パントマイムのときは、カードの入れかえは人間ではなく動物にさせてはどうかと言いました。ベラミーさんは、それはすばらしいアイデアだと思いました。先生がどの動物にさせようかと思案しているときに、トートーが自分にやらせてくださいと言いました。

「でも、二羽いるんだよ」と、先生。「人間がやるのを見てごらん——兵隊さんみたいに、そろってやっているだろう。訓練でもしているみたいに、カードを持って行進してきて、舞台の両側へ進んで、古いカードを取り出して新しいカードを入れる、というわけだ。」

「だいじょうぶです、先生」と、トートー。「べつのフクロウをすぐ連れてきます。あの係の人たちより、もっとじょうずなふたり組になりますよ。町からはなれて遠くまでさがしてきますから、お待ちください。」

トートーは飛びさり、三十分もしないうちに、トートーとびっくりするほどそっくりで、大きさも同じフクロウを連れて帰ってきました。それから、小さなフクロウでもわくに届くように舞台のはしにこしかけがおかれ、フクロウの係員たちは自分たちの役まわりをけいこしました。

舞台ですばらしい芸を見るのになれているオーケストラの楽士たちでさえ、トートーとそのそっくりさんが幕のかげからあらわれたときは、びっくりしました。二羽は、ビロードの服を着た係員よりも、ずっとかっこよかったのです。まるでふたつの時計仕かけの人形のように、同時にぴょんとこしかけに飛び乗り、カードを入れかえ、観客がいるつもりでおじぎをして、奥にさがりました。

「おや！」コントラバスをひく人が、トロンボーンを吹く人に言いました。「あんなの、見たことがあるかい？　まるで生まれたときからずっと演芸場で芸をしてきたみたいじゃないか！」

それから、腕のいい音楽家でもある先生は、パントマイムの上演中にどんな音楽をかけたらよいか、指揮者と相談しました。

「なにか陽気なのがいいですな」と、ドリトル先生。「でも、とてもおだやかに……ずっとピアニシモでおねがいします。」

「わかりました」と、指揮者。「つなわたりのときにやる曲にしましょう……少し緊迫した感じです。」

指揮者は指揮棒で机をトントンとたたくと、オーケストラに準備させ、初めの数小節を演奏しました。それは、わくわくして、ふるえるような音楽で、とても静かに演奏されました。まるで妖精たちが月明かりの芝生の上をパタパタと飛んでいくような感じでした。

「すばらしい。」指揮者が演奏をやめたとき、先生は言いました。「さて、コロンビーナがおどりだしたら、オペラ『ドン・ジョバンニ』のメヌエット〔三拍子の舞踏曲〕をやってください。なにしろ、その曲に合わせてずっとけいこをしてきたものですから。それから、パンタローネが転ぶたびに、大だいこを盛大にドンと鳴らしてください。」

パドルビー・パントマイム一座は、本物のオーケストラと本物の舞台装置を使って、本物の舞台で衣装つきのけいこをしました——これが最後のけいこでした。ガブガブは、フットライトがまぶしくてこまりましたが、ガブガブにしろほかの役者にしろ、もう何度もけいこを積んでいましたから、眠っていても演じられるほどでした。そして、なにひとつトラブルもなく、場面を飛ばしたりすることもなく、はじめから終わりまで、あっという間に上演できたのです。

終わったとき、ベラミーさんが言いました。

「あと、もうひとつ。本番では最後に、拍手を受けて幕の前に呼び出されることになります。おじぎのしかたを教えてやってください。」

出演者は、おじぎのけいこをしました。五匹の出演者は、手に手をとってぞろぞろ出てきて、からっぽの客席におじぎをして、ぞろぞろ帰っていきました。

ドリトル先生のおうちの動物たちは、一生涯のあいだに、いろいろと楽しいことをそれはそれはたくさん経験しました。でも、みんながいつまでもおぼえていて、あとで語り草にしたことと言えば、やっぱりお客を前に演じた有名なパドルビー・パントマイムの初舞台の思い出でしょう。

今、「有名な」と言いましたが、ほんとうにかなり有名になったのです。おどろくべき成功としてマンチェスターの各新聞に報じられたのみならず、演劇や芸能ニュース専門の雑誌にも取りあげられ、演劇界にとってまったく新しいものとみなされたのです。動物に人間のかっこうをさせた舞台は、もちろん、それまでにもあって、なかにはとてもおもしろいものもありましたが、どれをとっても、出演した動物たちは自分でなにをしているのか、どうしてそうしているのかさえもわかっていませんでした。

ところが、先生は、動物のことばで役者たちと会話できますから、細部に至るまですっかり完璧(かんぺき)な劇を演出できたのです。たとえば、アルレッキーノ役のトービーに片目でウィンクするやりかたを何日もかけて教えましたし、パンタローネ役のガブガブに頭をのけぞらせて人間みたいに笑わせるにはさらに長い時間をかけました。ガブガブは、鏡の前で何時間も練習をしたのです。ブタには、もちろんブタなりの笑いかたがありますが、人間にはそれがわかりません。そのほうがいいのです。人間のことがおかしくてたまらないこともありますからね。でも、動物に、劇のなかで、ここぞというときに笑ったり、しかめつらをしたり、ほほ笑んだり——それも、完璧に自然に、人間がやるのとそっくりに——させることは、今までに舞台でなされたことはありませんでした。

天気がよかったのと、ベラミーさんの宣伝のおかげで、月曜の夜は、大勢の人が遊園地に来てくれました。ショーがはじまるずっと前から、劇場はお客でいっぱいになりました。

舞台裏で出番を待つドリトル一座のなかで、一番心配していたのは先生自身でした。スウィズルはべつとして、どの動物も本物の観客の前で演じたことはないのです。ベラミーさんや数人の見物客を前にしてうまくいったからと言って、満員の劇場でうまく演じられるとはかぎりません。

オーケストラが楽器の音合わせをする最初の音を聞いたとき、先生は幕のすきまから観客席をのぞいてみました。見えるのは、顔、顔、顔ばかりです。どこもぎっしりで、空席はなく、しかも通路で立ち見をしようと、長い会場のはしの大きな入り口まで人がいっぱいでした。戸口の外まで人があふれていて、舞台がちらりとでも見えないかとつま先立ってがんばっていました。

「先生。」いっしょにのぞいていたダブダブがささやきました。「これでようやく、私たちもお金持ちになれます。ブロッサム団長によれば、ベラミーさんは一日に百ポンドを約束してくれたそうですよ。お客がある一定の数より多くなったら、もっと出してくれるそうです。これ以上たくさんは入りませんよ。あんまりぎゅうづめで、劇場はアリ一匹入りこむすきまもありません。どうしてみんな足ぶみをしたり口ぶえを吹いたりしているんです？」

「ショーが、なかなかはじまらないからさ」と、先生は自分の時計を見ながら言いました。

「いらいらしているんだ。おっと、こりゃいかん！　幕があがる。舞台からおりなきゃ。ほら、両そでにひとりずつ歌手が最初の出し物のためにひかえている。急いで、おいで！　ガブガブはどこへ行った？　かつらがずり落ちてやしないか心配だ。……ああ、ここにいた。ありがたい、だいじょうぶだ……ズボンもだいじょうぶだね。さあ、みんなここにいて、じっとして。今の出し物が終わったら、すぐ私たちのショーだからね。顔をなめるんじゃない、ガブガブ、たのむから！　メーキャップをし直している時間はないんだ！」

第四章　名声と大もうけと……雨

　本物の観客を前にして動物たちはきちんと演じられるだろうかという舞台監督のドリトル先生の心配は、とりこし苦労でした。照明と音楽とものすごい大観衆に、動物たちはおじけづくどころか、はりきって、けいこのときよりじょうずに演じたのです。あとで先生は、けいこではあんなにうまくできなかったのに、と言いました。

　観客はと言えば、幕があがったその瞬間から、ただもう夢中で見入っていました。初め、役者が動物だとは信じられないお客が多く、子どもか小さな人が顔に仮面をつけているにちがいないなどと、たがいにささやきあっていたのですが、はじまるときに出し物の名前を書いたカードを持って兵隊のように行進してきた二羽の小さなフクロウは、人間が変装したものであるはずがありませんでした。そして、パントマイムが進むにつれ、どんなに訓練しようと、どんなに変装しようと、人間がこんなふうに動いたり、こんなふうに見えたりするはずがないと、一番うたぐりぶかい人々にもわかったのです。

最初、ガブガブがすぐに人気者になりました。しかめつらをしたり、おどけたしぐさをしたりすると、観客はどっと笑ったのです。でも、ダブダブが登場すると、意見が分かれました。ダブダブがトービーやジップといっしょにおどると、劇場は文字どおり、割れんばかりの拍手に包まれました。ダブダブは、みんなをとりこにしたのです。いつものダブダブがどんなにぶかっこうな動きをするかを考えると、メヌエットをおどるときの優雅さは、ほんとうにおどろくべきものでした。人々は手をたたき、足をふみ鳴らして、「アンコール！」とさけび、ダブダブがもう一度おどらないかぎりショーを先に進めさせなかったのでした。

そのとき、最前列の女性が、舞台へスミレの花たばを投げこみました。ダブダブは、それまで花を投げられたことがありませんでしたから、どうしてよいやらわかりませんでしたが、ベテラン役者のスウィズルにはわかっていました。ぱっと前へ飛び出して花たばを拾いあげたスウィズルは、それを大げさな身ぶりとともにコロンビーナ（ダブダブ）に手わたしたのでした。

「おじぎだ！」そでから、先生が、アヒルのことばでささやきました。「観客へおじぎをしなさい――花たばを投げてくれた女性へおじぎ！」

ダブダブは、本物のバレリーナのように、ひざを曲げておじぎをしました。

最後に幕がおりて、オーケストラの音楽が鳴りひびくと、拍手で耳がおかしくなる

ほどでした。一同は手に手を取って舞台にあらわれ、何度もおじぎをしました。それでも観客は、拍手をやめません。

そこで、先生は、ひとりひとり拍手を受けさせることにしました。ガブガブは、おかしなしぐさをして、へんてこな顔をしてみせました。スウィズルは、ヘルメットを取っておじぎをしました。トービーは、アルレッキーノの身の軽さで宙がえりをしてみせました。ジップは、悲しいピエロのポーズを決めました。ダブダブは、つま先でくるくるまわりながら舞台へ出て、つばさの先で観客に投げキッスをして、またもや割れんばかりの拍手をもらいました。

花たばがさらにコロンビーナ（ダブダブ）に投げられ、ニンジンのたばがパンタローネ（ガブガブ）に投げられました——パンタローネは舞台からひっこみもしないうちにニンジンを食べだしました。

ベラミーさんは、劇場の支配人となって以来こんな興奮を味わったことがないと言いました。そしてただちに、契約をもう一週間延長しないかとブロッサムにたずねました。

ほかの出し物もすっかり終わって、観客が劇場を出たあと、ガブガブは会場へ入って観客席から舞台を見てみようとしました。たくさんのプログラムが床にちらばっていました。ガブガブは、それはなあに、と先生にたずねました。そして、パンタローネ役として自分の名前が印刷されているのを教えてもらって、よろこんだのです。

「へえ！」ガブガブは、大切にそれを折りたたみました。「これは取っておこう。ぼくのメニュー・アルバムにしまうんだ。」

「切手アルバムのことかい？」先生がたずねました。

「ちがうよ」と、ガブガブ。「切手を集めるのは、もうやめちゃったの。今はメニューを集めてるの。そっちのほうが、ながめていて楽しいんだよ。」

ドリトル家のものたちは劇場近くにキャンプをしていましたから、サーカスでのかつての友だちとあまり会わなくなっていました。しかし、先生は、遊園地をしょっちゅう横切って、マシューやボクコチキミアチがどうしているか見にいきました。道化師ホップ、ヘラクレス、ピント兄弟たちも、よくパントマイムを見に劇場に来てくれて、ドリトル先生の箱馬車（キャラバン）でお茶を飲んでいきました。

先生の劇の大当たりは、その週ずっとつづきました。上演するたびにお客の数がふえたほどです。ショーを見たければ、ずっと前から席の予約をしなければなりませんでした。こんなことは、この円形劇場で世界的に有名なヴァイオリン弾きが演奏したとき以来初めてです。

裕福な紳士や上品な淑女たちが、ほとんど毎晩、先生の小さな箱馬車（キャラバン）を訪れて、おめでとうを言い、すばらしい動物役者たちに会って、よしよしと、なでて行きました。

ガブガブは、おそろしいほどにうぬぼれてしまって、よくお昼寝をする時間帯にやってきたファンに会うのをことわったりして、気どりに気どってみせたのでした。

「有名な役者ってのは、自分をとても大切にするんだ」と、ガブガブ。「お客さんが来たって、朝の十時と十二時のあいだじゃなきゃ、ぼくは会わないよ。それを新聞に印刷させておいてよ、先生。」

あるご婦人が、サイン帳を持ってきて、ガブガブにサインを求めたときは、先生に手伝ってもらって、とてもへたな「G・G」という文字とパースニップ〔サトウニンジン〕の絵をかいてあげました。パースニップは、家紋だそうです。

ダブダブも同じくらい有名になったのですが、訪問客にはすぐ応対しました。毎回の公演が終わった直後も、箱馬車（キャラバン）での家事にかけずりまわって、しばしばバレエのスカートをはいたまま、ベッドを直したり、フライド・ポテトを作ったりしていました。

「あのブタには、うんざりよ」と、ダブダブ。「なに気どってるのかしら？　私たちが有名になったのは先生のおかげじゃない？　先生に教えてもらえば、どんな動物だって私たちの代わりはつとまるわ。ところで、先生」と、ダブダブは、夕食のためにテーブルクロスをひろげながら言いました。「お金のことで、団長に会いに行かれましたか？」

「いや」と、先生。「まあ、いいじゃないか？　まだ一週めも終わっていない。パントマイムは二週めもつづけるんだろ。いや、ブロッサムさんには、この……えっと……三日間会っていない。」

「会ってくださいな。毎晩会って、分け前をもらうべきです。」

「なぜだね？　団長は、ちゃんとした人だ。」

「そうですか？」ダブダブは、食卓に塩入れをおきながら言いました。「信頼できるのは、目の届くところにいるときだけです。私の忠告を聞いてくださるなら、毎晩お金をもらうことです。パントマイムを夜一回ではなく一日二回にして以来、ずいぶん支払いがたまっているはずですよ。」

「ああ、だいじょうぶさ、ダブダブ」と、先生。「心配するな。団長は、帳簿の整理がついたらすぐにお金を持ってきてくれるよ。」

その次の数日間、家政婦のダブダブは、なんどもドリトル先生にお金のことを確認するようにたのみましたが、先生はそうしませんでした。そして、一週間が終わり、二週めもそろそろ終わると言うのに、団長は先生の分け前を持ってこず、それどころかドリトル家のだれも団長のすがたを見ることがなかったのです。ボクコチキミアチの見世物もうまくいっていて、そこでもうけたお金でじゅうぶん生活費がまかなえたので、お気楽な先生はいつものとおり、心配するのをやめてしまったのです。

二週めの終わりごろに、パドルビー・パントマイムの名声はあまりにもすごくなって、とても大勢の人が先生とその仲間に会いにやってきたため、いっそ、どなたでもいらしていただけるお茶の会をうちで開くことにしようということになりました。

　午前中いっぱい、働きものの家政婦ダブダブはいつも以上に大いそがしでした。二百枚以上の招待状が印刷されて送られました。マシュー・マグ夫人にも、お手伝いに来てもらいました。たくさんの小テーブルが箱馬車（キャラバン）のまわりにならべられました。箱馬車（キャラバン）のなかは花でかざられました。お茶とケーキがたっぷり用意されて、土曜の午後四時に、劇場の横の小さなかこいの門があけはなたれて、お客が入ってきました。

　動物たちはみんな――なかにはパントマイムの衣装を着ているものもいます――お客をむかえる主人役をつとめ、テーブルのあちこちにすわって、みんなに会いたがっていた上品な紳士淑女といっしょにお茶をいただいたのでした。次の日、ブロッサムのサーカスそのものが出発することになっていたので、それは、さよならパーティーでした。マンチェスターの市長さん夫妻と、大勢の新聞記者が来て、女主人のダブダブがお茶をそそぎ、ガブガブがケーキを手わたすところをノートにスケッチしていました。

　翌日、サーカスは、これまでにない最高の大当たりをあとにして、荷造りをしてマンチェスターを出て行きました。

　次に行った町は小さな町で、北東に二十キロほどのところにありました。箱馬車（キャラバン）の行列がショーをおこなう広場についたときに雨が降りはじめたので、テントをはる作業は、みんなにとってとてもいやな仕事になりました。というのも、しとしとと、うっとうしい雨が降るだけでなく、足もとの土が、何度もふむうちに、すぐにぬかるみになってしまったからです。

　雨は次の日も、その次の日も続きました。もちろん、それはサーカスにとって、こまったことです。お客がだれもこなくなってしまうからです。

「まあ、いいさ。」三日めの雨降りの日の朝、先生は、家族といっしょに朝食の席につきながら言いました。「マンチェスターでたんまりもうけたんだ。ついていない日も、それでしのげるさ。」

「ええ、でも、先生はまだそのお金をもらっていらっしゃらないんですよ。わかっていらっしゃるんですか」と、ダブダブ。「もう何回、口をすっぱくして、団長からもらってくださいって言ったかわかりゃしません。」

「今朝、会ったよ」と、ドリトル先生。「私が朝ごはんを食べに入ってくる前にね。まったくだいじょうぶだよ。あまりに大金だから、持ち歩いたり、箱馬車（キャラバン）においておいたりするのは心配だと言っていた。だから、マンチェスターの銀行に預けてあるそうだ。」

「じゃ、どうして、マンチェスターから出るときにお金をひき出さなかったんです。」ダブダブは、たずねました。「半分は先生にくれるはずでしょ？」

「日曜日だったからね」と、先生。「もちろん、銀行はしまっている。」

「じゃ、どうしようっていうんです？」家政婦ダブダブは、たずねました。「そこにおきっぱなしにするわけじゃないでしょう？」

「今日、マンチェスターへもどって、ひき出すそうだ。私が話をしたとき、ちょうど馬で出発するところだった。こんな雨のなかをご苦労なことだ。」

ところで、サーカスを運営するのには、お金がかかります。動物にエサをやらなければなりませんし、従業員や出演者に給料を払い、そのほか毎時間のようにお金をわたさなければならない出費が山ほどあります。こんな雨降りのときは、お客がひとりも来ないし、サーカス会場はただびしょびしょのからっぽですから、「大サーカス」はもうかるどころか、毎日、いや実際、毎時間お金がかかるばかりで、大損だったのです。

先生が話し終えたとき、雨をよけようとコートのえりを立てた動物飼育係が戸口のところに顔をひょいと見せました。

「団長を見かけなかったかね？」飼育係が、たずねました。

「ブロッサムさんはマンチェスターへ行ったよ」と、ドリトル先生。「午後二時ぐらいには帰ると言っていた。」

「へっ！」と、飼育係。「そりゃ、こまったな。」

「なぜかね？」先生は、たずねました。「なにか手を貸そうか？」

「動物小屋の米と干し草を買う金がほしいんだ」と、飼育係。「今朝くれるって言ってたのに。米屋がエサを持ってきてくれたんだ。金を払わないんなら、エサはやらないってさ。うちの動物たちは、エサがほしくてしょうがないのに。」

「じゃあ、ブロッサムさんは、ついうっかり忘れたんだな」と、先生。「私が立てかえてあげよう。帰ってきたら私がブロッサムさんからお金をもらうよ。いくらかね？」

「三十シリングです」と、飼育係。「干し草二俵に、米二十三キロ。」

「わかった」と、先生。「トートー、貯金箱を取っておくれ。」

「ほーら、また！　ほーら、また！」ダブダブが、怒って羽をすっかり逆立てて、飛びこんできました。「もらって当然のお金を団長からもらいもしないで、団長の支払いを先生がするんですか！　動物のエサは、先生の問題ではありません。なんになるんです。なんにもなりません。団長はお金持ちになって、先生はますますびんぼうになる。まったくもう、先生らしいったらありゃしない。」

「動物にエサはあげなきゃ」と、先生は、貯金箱からお金を出して飼育係にわたしながら言いました。「お金は返してもらえるよ、ダブダブ。心配しなさんな！」

雨は、その朝、ますますはげしくなりました。この町に来て、四日めでした。テントを立ててから、入場料はまったく入りません。

先生は、ブリッジトンでベッポと芸を見せてからというもの、サーカス関係者から、ほとんど神さまみたいに尊敬されていました。動物のことばが話せる人なら、ブロッサムのようなただの団長よりもずっと自分たちのこともわかってくれているにちがいないと思われたのです。

先生は、少しずつサーカス全体の運営のありかたに大きな変化をおよぼしていました――まだまだ変えなければいけないところは、たくさんのこっていましたが。多くの見世物師たちは、もうすっかり先生がサーカスで一番えらい人であり、ブロッサムはおかざりの団長にすぎないと思っていました。

飼育係が立ちさるやいなや、ほかの人がやってきて、やはりショーのために、いつもどおり支払わなければならないお金をほしがりました。その日の午前中、いろいろな人が、ブロッサムがいついつに支払ってくれると約束したという話を持って、先生のところへやってきました。もちろん、その結果、先生の貯金箱は（この二週間のボクコチキミアチのショーのおかげでずいぶんいっぱい入っていたのですが）またたくまに、またもやからっぽになったのです。

午後二時になりました……三時になりました……それでも、ブロッサムは帰ってきません。

「なあに、おくれているだけさ。」一分ごとに心配をつのらせ、ますます怒っているダブダブに、先生は言いました。「すぐ帰ってくる。正直な人だ。だいじょうぶ。心配するな。」

　三時半に、雨のなかをほっつき歩いていたジップが、とつぜん、かけこんできました。

「先生！」ジップがさけびます。「ブロッサムの箱馬車（キャラバン）まで来てください。ようすがおかしいんです。」

「なんだ、ジップ？　どうしたんだ？」先生は、ぼうしに手をのばしながら言いました。

「ブロッサムの奥さんがいません」と、ジップ。「最初、ドアがしまっているのかと思ったんですが、押してみたら、あいたんです。なかには、だれもいませんでした。トランクもなくなっています――ほとんど、なにもかもないんです。見に来てください。なんだか、へんです。」

第五章　消えたブロッサム氏のなぞ

ジップのことばを聞くと、先生は「どういうことだ？」と、まゆをひそめ、ゆっくりとぼうしをかぶり、ジップのあとについて雨のなかへ出て行きました。

ブロッサムの箱馬車（キャラバン）に着くと、なにもかもジップの言ったとおりでした。だれもいません。貴重品はすべて持ちさられています。書類のきれはしが、床に散乱していました。奥の部屋は、奥さんの寝室となっていましたが、同じようすです。ここに住んでいた人たちは、あわててここを出て、当分帰ってくるつもりはなさそうです。

ドリトル先生がまだぼうぜんとしてあたりを見まわしていると、だれかがうしろから先生の肩にふれました。マシュー・マグでした。

「ちょいと、まずいことになりましたね」と、マシュー。「銀行から金を出しにいくのに、一切合財トランクまで持っていかなくたっていいですからね。あっしに言わせりゃ、あの善良で、親切な団長さんには、もうこれっきり会えねえんじゃねえかなあ？」

「いや、マシュー」と、先生。「結論を急いではいかん。団長は、帰ってくると言ったのだ。おくれているだけかもしれん。トランクだのなんだのは、団長のものなのだから、好きなようにする権利がある。ちゃんとした証拠もないうちから、決めつけてはいかん。」

「へえ！」ネコのエサ売りのおじさんは、つぶやきました。「もちろん、先生はだれかを悪い人間だと考えるのがおきらいですもんね。でも、マンチェスターでかせいだ金には、おさらばってことでしょうね。」

「なんの証拠もないんだ、マシュー」と、先生。「それに、いいかね。君の思ったとおりだとしたら、サーカスにいる人たちみんなにとって、かなり深刻な事態となる。どうか、しばらくのあいだ、そんなことは言わないでおいてくれたまえ、いいね？真相がわかるまで、さわぎを大きくすることはない。さて、そっと馬にくらをつけて、私の代わりにマンチェスターへ行ってきてくれんかね。ベラミーさんに会って、ブロッサムがどうなったかご存じか聞いてみてくれ。できるだけすぐここへもどって、その返事を私に伝えるんだぞ。」

「がってんでさ」と、マシューは、行きかけました。「でも、ベラミーさんだって、団長がどこへ行っちまったかわからないだろうけどね。たぶん、今ごろ、どっか遠くへ行っちまったんだろうさ。」

ジップは、この会話を聞いたあと、そっとぬけだして、先生の箱馬車(キャラバン)にいるほかの動物たちのところへ行きました。

「諸君、」ジップは、ぶるぶるっと雨水を体からふりはらって言いました。「アレクサンダー・ブロッサムが、ずらかったぜ。」

「なんだって！」トートーがさけびました。「金を持ち逃げしたか？」

「そう、金をね――いまいましいやつだ！」ジップは、うなりました。「おれたち、一生楽して暮らせるほど、先生のふところに入るはずだったのに。」

「やっぱり！」ダブダブが、絶望して両のつばさを上にあげて、うなりました。「信用しちゃだめだって言ったのに。最初から、あやしいやつだって思ってたのよ。今となっちゃ、あいつはぜいたくにふけり、こっちは、あいつが残していった請求書のお金を払うために、つめに火をともすような生活をしなくちゃならない。」

「ふん、どうってことないさ！」ガブガブがさけびました。「あんなの、いなくなったほうがいいじゃないか。これで、本物のサーカスがぼくらのものになったんだ――ドリトル・サーカスだ――動物みんなが望んでいたものだ。ブロッサムの悪党なんか、いなくて、せいせいするさ！　消えてくれてよかった。」

「あんたは、なにもわかってないんだから。」ダブダブは、ブタのほうをキッとふりむきました。「あんたの知らないことを本にしたら、図書館がいっぱいになるよ。どうやって一文なしの先生がサーカスを経営するんです？　どうやってお給料やら、場所を借りるお金を払うんです？　どうやって動物たちにエサをやり、ご自分も食べていくんです？　サーカスをつづけるには、毎日、何ポンドもかかるのよ、このとんま、このでぶ！　しかも、この雨をごらんなさい――まるでやむことがないみたいに降りつづいてるじゃないの！　テントをはりめぐらして、ここで待っていたって、人っ子ひとり来やしない！　それなのに、箱馬車（キャラバン）いっぱいの動物たちが、毎日食べるエサ代で、何ポンドものお金が消えていく！　おまけに、何十人もの人たちのお給料の総額は、刻一刻とふえていく。いなくなってよかったですって！　この……この……ソーセージ頭！」

　マシュー・マグが出ていってから、先生は、ブロッサムのがらんとした箱馬車（キャラバン）のなかにとどまって、雨が外のどろの水たまりにパシャパシャと降りそそぐのを考え深そうに見つめていました。やがて、先生は古い荷造りの箱にすわって、パイプに火をつけました。ときどき、時計を取り出しては、まゆをひそめて見つめています。

　三十分後、力じまんのヘラクレスが、ふだん着で、敷地内をやってくるのが見えました。雨をさけようと走っています。箱馬車（キャラバン）まで来ると、なかへ飛びこみ、ドアの外で、ぬれたオーバーコートをふりました。

「団長が、逃げたって」と、ヘラクレス。「ほんとうですか？」

「わからん」と、先生。「マンチェスターから、なかなか帰ってこない。だが、なにか事故があったのかもしれない。」

「すぐに帰ってきてほしいですね」と、ヘラクレス。「一週間分の給料をまだ払ってもらっていないんです。給料をもらえないと、やっていけない。」

ヘラクレスはこしをおろし、雨がすごいとか、いつやむだろうかといったことを先生とおしゃべりしました。

その数分後、道化師のホップが、犬のスウィズルを連れてやってきました。悪いうわさは、すぐに広まるものです。ホップもまた、団長がサーカスを捨てたといううわさを聞きつけていました。先生は、またもや、団長のために言いわけをして、証拠がないのに、うたがってはいけないと言いはりました。

そこで、かなりぎこちなく、どうでもいい天気の会話がつづきました。

次に、空中ブランコ乗りのピント兄弟が、はでなタイツの上に雨がっぱをはおってやってきました。やはり、団長はどこにいるのか、今朝払うと約束されていた給料をなぜもらえないのかとたずねました。

先生は、ますます気落ちして、すぐさま団長にあらわれてほしいとねがいながらも、団長が消えたなぞ以外のことを話すのはむりだとわかってきました。

とうとう、テント張り職人たちの監督も、やってきました。

「そいつはどうもおかしいぜ。」先生が言えることを言うと、監督は言いました。「うちにゃ三人の子どもと女房がいるんだ。給料をもらえなきゃ、生きていけねえ。うちの箱馬車(キャラバン)にゃ、もう一食分の食い物もありゃしねえんだ。」

「そうさ」と、ピント兄弟のひとりが言いました。「うちには、生まれたてのあかんぼうがいるんだ。ブロッサムが金を持ち逃げしたんなら、警察に知らせなきゃ。」

「でも、逃げたという証拠はないんだ」と、先生。「すぐもどってくるかもしれない。」

「こないかもしれないでしょう、先生」と、ヘラクレスが口をはさみました。「やつが悪党なら、先生が証拠をつかんだときには、もうはるか遠く中国とか、だれの手もとどかないところへ行っちまっているかもしれませんよ。もう六時になります。ピント兄弟の言うとおりです。こんなところで、ああだこうだと言っている場合ではありません。少なくとも、マンチェスターへ人をつかわせて、なにか手を打たなくちゃ。」

「人は、やってある」と、先生。「助手のマシュー・マグに行ってもらっている。」

「へえ！」と、空中ブランコ乗りのひとりが言いました。「じゃあ、先生だって、うたがっているわけですね？　何時ごろ、マシューをおやりになったんです？」

　先生は、また自分の時計を見ました。

「四時間ほど前だ」と、先生。

「行って帰ってこられる時間ですね」と、ヘラクレスがぶつぶつ言いました。「マシューは、あの野郎がどこへ行ったのかわからないにちがいない。おれたちゃ、どうも見捨てられたようだぜ……ちっくしょう！　ブロッサムの野郎がここにいたら、夏の最後のバラのようにしてやるんだが。」

ヘラクレスは、ハムのような手で、なにかの頭をもぎとるしぐさをしました。

「だけど、ずいぶんいろいろ残していったもんだな」と、テント張り職人。「なんだって、こんなサーカスの最中に、逃げだしたんだろう？」

「あとに残していったものは、未払いの請求書はべつとして、」と、ヘラクレス。「やつが持ち逃げしたものとくらべたら、なんてことはない。先生のショーの代金としてやつがベラミーからどれほどもらっていたかは神のみぞ知る、だ。サーカスはじまって以来の大金だ。ところが、やつがおれたちにくれたのは、言いわけだけだ。ぬらりくらりとうそをついて、おれたちへの支払いをのばして、三週間にもなる。ずっと、とんずらする気でいやがったんだ。でかいもうけが見えたとたんに、計画していたんだ。」

「これから、どうする？」ホップが、たずねました。

「そうだ、どうしよう」と、ピント兄弟。「どうしたらいいだろう？」

「べつの団長をさがすしかない」と、ヘラクレスは言いました。「このサーカスを引き受けてくれるだれかに、おれたちを助けてもらうしかない。」

第六章　ドリトル先生、サーカスの団長になる

おもしろいことに、ヘラクレスが新しい団長のことを言ったとたん、箱馬車(キャラバン)に集まっていたみんなの目がドリトル先生のほうをむきました。

「先生」と、ヘラクレスは言いました。「先生に、新しい団長になってもらわなきゃならないようです。先生は、かなりりっぱな団長になると思いますよ。どうだね、みんな？」

「そうだ！　そうだ！」みんなは、さけびました。「センセが団長だ。」

「そういうことなら、」と、ヘラクレス。「地上最大のショーの団員を代表して、今はなきアレクサンダー・ブロッサムのサーカスを先生にさしあげましょう。これからは、先生のおことばがおれたちの法律だ。」

「しかし……なんてこった！」先生は、口ごもりました。「サーカスの運営なんてなにもわからないし、それに私は……」

「いえいえ、おわかりですよ。」ヘラクレスが、口をはさみました。「ブリッジトンで

一週間、大当たりだったのは、先生とベッポの出し物だったじゃありませんか？　先生のおかげでサーカスはマンチェスターに来たんじゃありませんか？　それに、ぶったまげたことに、動物たちと話ができちまうんだから！　おれたちゃ、心配はしてません。先生のもとでなら、今までブロッサムのもとでかせいだ……というか、損した……金よりもどっさりかせげるって気がしてるんです。どうぞ、団長になってください。」

「そうです」と、道化師のホップ。「そのとおりだ、先生。先生が団長じゃなきゃ、おれたちゃ、どうなっちまうかわかりませんよ。おれたちゃ、とほうにくれて……一文なしだ。先生が、助けてくれなくちゃ。」

まるまる一分間、先生は答えませんでした――ただ、荷造りの箱にすわったまま、考えているのです。とうとう、つらそうに待たされている人たちのほうを見て、先生は言いました。

「よかろう。最初は、この仕事を長くつづけるつもりはなかったが、今ぬけだすわけには、とてもいかんからな――君たちのためだけじゃなく、動物たちのためにも、動物たちに責任を果たすためにも、やるしかないだろう。私自身……そのぅ……一文なしでもあることだし。私に団長になってほしいのなら、がんばってみよう。だが、ブロッサムのやりかたとは少しちがうぞ。サーカスは協力体制で運営したい。つまり、払うのではなく、もうけたお金はみんなで分けあい、かかったお金をそこから給料を払うのだ。つまり、お客の入りが悪ければ、君たちの取り分は少なくなり……赤字になったら、少しみんなに出しあってもらわなければならなくなるかもしれない。そして、お客の入りがよければ、みんなもうかるというわけだ。それから、私はいつ何時でも即刻だれかをクビにする権利を持つことにしてもらいたい。」

「そりゃ、すげえ！」と、ヘラクレス。「サーカスは、そうでなくっちゃ。みんなが協力しあい、ひとりだけボスになる。」

「だが、いいかね」と、先生。「最初のうちは、たいへんだし、お金はほとんど入らんぞ。今、私たちには持ちあわせの金がまったくないし、雨がやむまでは、一銭ももうからない。そのうえ、しばらくは借金暮らしだ。それも、つけで食料を買えるとしてだよ。それでいいかい？」

「もちろんでさ！」……「センセについていきます！」……「文句を言うやつなんかいませんよ！」……「先生こそ、ほんとの団長だ！」

みんなは、さけびました。みじめで暗い気持ちだったみんなは、たちまちほほ笑んで、希望に胸をおどらせました。

ちょうどそのとき、マシュー・マグがベラミーさんといっしょに到着しました。

「たいへんお気の毒な話を聞きました」と、ベラミーさんは先生に話しかけました。

「私は、あの悪党のブロッサムに、二千ポンドわたしたのです。それをぜんぶ持って逃げたようですね。町の商人たちへの支払いもふみたおして。商人たちが私のところへ来たものですから、それでやつの悪事がわかりました。そこへ、あなたのところのマグさんがいらっしゃった。私は警察にブロッサムを訴え出ましたが、まずつかまることはないでしょう。先生は、どうぞマンチェスターへおもどりになってください。やっていけるだけのお金ができるまで、円形劇場をお使いください。」

「やったあ！」道化師ホップがさけびました。「ほら、雨がやんだよ！　つきが変わったんだ。ドリトル・サーカス、ばんざぁい！」

「失礼！」小さな、ていねいな声が、ドアのほうから聞こえました。「ドリトル先生は、こちらでしょうか？」

　みんながふりかえりました。ドアのところには小さな男の人が立っていました。そのうしろでは、日がさんさんと照っていました。

「私が、ジョン・ドリトルですが」と、先生は言いました。

「はじめまして」と、小男。「私、演劇制作会社から特命をおびてまいった者でして、先生にある申し出をするように指示されております。来月、ロンドンへ先生の劇団をお呼びしたいのです――もし、すでに、ほかで公演のご予定がなければ。」

「ほら！」ヘラクレスがさけびました。「言ったとおりだろ、みんな？　先生が団長になったとたん、マンチェスターからさそいがあり、今度はロンドンからだ。先生に、ばんざい三唱だ！」

先生が経営を引き受けた日は、動物たちにとってもサーカスの人たちにとっても、心からよろこばしい日でした。敷地内にそのニュースが広まるやいなや、テント張りの職人も、馬番の少年たちも、出演者たちも――実のところ、サーカス関係者全員が――先生のところへやってきて、お祝いを言い、先生のもとで働けるのはうれしいと言ったのです。雨がやんで、だれもがまた陽気になって、またあわただしくなってきました。

そして、まず最初になされたのが、正門の上の「ブロッサムの大サーカス」の看板をおろして、その代わりに「ドリトル・サーカス」という看板をかかげることでした。これは、前よりもつつましい名前でしたが、ブロッサムのサーカスよりもずっと偉大で、はるかに有名になりました。

ベラミーさんは、とても親切でした。先生もみんなも、文字どおり一文なしになってしまったのだとわかって、お金を貸すなど、できることはなんでもして、新しい経営を助けてくれようとしました。しかし、ドリトル先生は、サーカスがこれ以上借金を作るのはなんとしてもさけたいと思っていましたので、ベラミーさんにおねがいしたことは、この町の商人を先生といっしょに訪ねて、先生にしばらくつけで商品を売ってくれるように口ぞえしてほしいということだけでした。もちろん、ベラミーさんはマンチェスターの町の外まで数キロ四方にわたって、かなりよく知られていましたから、地元の穀物商、食料雑貨商、肉屋などは、ベラミーさんがたのむと、ただもうよろこんで先生に食料をわたして、お代はサーカスがもうかってお金が払えるまで待ちましょうと言ってくれたのでした。

同じ理由で、借金がかさまないようにするために、先生はマンチェスターにはもどらないで、今いるところでショーをつづけることにしました。天気がよくなったので、お客の入りもかなりよくなってきました。ベラミーさんがわざわざサーカスのためにこの町にやってきたうえに、町の商人たちをまわっておねがいをしてくれたことは、ドリトル・サーカスにとってよい宣伝となりました。

ふしぎな話ですが、ブロッサムがお金を盗んで消えてしまったということは、もっとすごい宣伝になりました。団長が巨額のお金を持ち逃げしたとマンチェスターで知られるようになると、ただちに新聞がそれをとりあげ、「有名なパドルビー・パントマイム一座が盗難にあい、マンチェスターから二十キロはなれた小さな町で動けなくなってしまった」と報じたのです。その記事は、田舎の新聞にも印刷されました。その小さな町の人たちは、自分たちの町のまんなかにパドルビー・パントマイム一座が来ていて、だれも（雨のために）それに気づかなかったのだと、新聞を読んでようやくわかったのです。

するとみんなが盗難のうわさをし、みんながパントマイムを見にいきたがり、マンチェスターでそんなに評判になった先生と有名な動物たちに会いたいと思ったのです。あっという間に、町じゅうの人たちが、ドリトル・サーカスの門からどしどし入場しました。

先ほど言ったように、大きな町ではありませんでしたが、三日も興行をつづければ、先生は借金をすっかり払って、しばらく先までの食料も買うことができました。それでも少しあまったので、みんなに少し――ほんのわずかばかりの――給料も払えました。

会計の名人であるトートーは、これまで以上にいそがしくなりました。ボクコチキミアチがどれほどかせいだか記録するだけでなく、サーカス全体の帳簿もつけることになったからです。これは、先生が新たに提案した「協力体制」のもとでは、なかなかたいへんな仕事でした。商人たちへ払うお金の総額をきちんと記録しなければならず、それを差し引いた利益をサーカスの全員で、仕事の量に応じて分けるのです。たとえば、週に一日か二日しか働かなかったテント張り職人や箱馬車(キャラバン)の御者は、一週間働きづめの見世物出演者ほどの分け前はもらえません。でも、大入りなら、みんなの分け前がふえました、客入りが悪いとへりました。

ほとんどの団員は先生が経営してくれるのをうれしく思い、きびしい状況で新体制がはじまっても、サーカスによろこんでとどまろうとしましたが、なかには、借金だの勘定だのはあとまわしにして、すぐにどんと給料を払ってもらいたいと文句たらたらの人も、ひとりやふたりいました。そういった人たちとは、先生のほうからよろこんでお別れしたかったので、支払えるだけのお金ができるとすぐに、お払い箱にしてしまいました。その結果、ドリトル・サーカスは、ブロッサム・サーカスよりもいくぶん小さな所帯となりましたが、人も動物もみな団結して、新しい体制のもとで希望を持って、満足して、絶対正直なやりかたで新しいスタートを切ったのです。

第七章　副団長マシュー・マグ

ドリトル・サーカス立ちあげの時期に、会計士トートーのほかに、ものすごくいそがしかったのは、家政婦のダブダブでした。

「ねえ、」ある晩、ダブダブはトートーとジップに言いました。「なにもかも、けっこうなことで……ぶすいなことは言いたくないけどね……経営なんて先生じゃないだれかほかの人がやってくれたらいいのにと思うのよ。先生は新しい動物ショーを考えたりなさったりするのもじょうずだし、舞台監督として、先生ほどすばらしい人はいないわ。

でも、私には、どうなるかわかってる。仲間のみんな、ヘラクレスも、ホップも、ピント兄弟も、みんなお金持ちになって、先生だけがびんぼうのまま。だって、つい昨晩も、オポッサムをアメリカのヴァージニア州へ送り返そうなんて話していらっしゃるんですもの。どうやら月明かりのなかで木にのぼりたいらしいんだけど、ここじゃ、オポッサムむきの木もなければ月明かりもないものね。イギリスの月だって、ヴァージニアの月におとらないってオポッサムに言ってやったんだけど、ちがうって言うのよ。もっと縁がかってなきゃだめなんですって。いったいアメリカまでの船賃がどれだけかかると思っているのかしら。でも、先生は、値段がわかると、あいつを送り出しちゃうんだわ、わかってる。ライオンとか、ヒョウの話もしていらした。狩りをする大型動物は、とじこめといちゃだめなんですって。ああ、だれかほかの人がいてくれたらいいのに。商才のあるだれかが、先生の計画に目を光らせてくれないかしら。」

「まったく、そのとおりだ」と、ジップ。「おれは、マシュー・マグなんかどうだろうって思ってるんだ。見かけほど、ばかじゃないぜ、あいつ。」

「とても親切な人だよ。」犬のスウィズルが口をはさみました。「おれやトービーに会うたびに、ポケットから骨かなにかを出してくれるんだ。」

「そりゃそうさ」と、ジップ。「そいつがあの人の仕事だったからね。ネコのエサ売りだったんだもの。心根のやさしい人さ。おれは思うんだが、ダブダブ、あの人、かなりいい商売のセンスをしているんじゃないかなあ。おれたちがこれからむかう三つの町を決めたのは、マシューだぜ。先生は、どうやってサーカスの予約を入れたらいいかとか、どの町へ行ったらいいかとか、田舎を巡業するやりかたをなにひとつわかっていらっしゃらない。先生は、マシューに相談なさったんだ。

するとマシューは、すぐにとなり町に出かけて、ふだん市が立って人が集まる週はいつかを聞き出して、馬の飼い葉の手配をしたり、テントを張る場所を借りたり、あらゆることをやってのけた。もう、サーカスの仕事に夢中なんだ。マシューが道ばたで放浪者相手に、おれは有名な興行師の医学博士ジョン・ドリトル先生の相棒だなんてじまんしてたの、聞いたことがあるよ。宣伝のしかたも心得たもんよ。そいつが、この商売じゃ重要なんだ。あのでかいポスターを先生に印刷させたのは、マシューだぜ。今度おれたちが行くティルマスっていう町のどの通りにも、もうポスターがずらりと、はられているらしいぜ。そう、おれは、マシューならだいじょうぶだと思うな。いいやつだし。」

ドリトル・サーカスは、まったく新しい種類のサーカスでした。先生は、自分がすべてを監督することになった今こそ、ブロッサム時代にあれほどやりたいと思いながらできなかった改革や変更をおこなうことにしました。

ジップが言ったとおり、マシューがいて、先生に目を光らせてくれるのは、ありがたいことでした。さもなければ、先生は新しい思いつきに夢中になりすぎて、我を忘れてしまったことでしょう。たしかに、ふつうのサーカスの観客は、先生のショーのようなものを見たことがありませんでした。なにしろ、お客に接する係の人たちは、先生の言いつけどおりに、ものすごくていねいにしましたし、先生は「誇大広告」を決して許さなかったのです。たいていサーカスでは、「地上最大のショー」とか、動物が「野生以外で見られるのは、ここだけ」とか——そういった大げさで、はではでしい言いかたをするものです。

これを先生は許しませんでした。なにもかもあるがままに宣伝して、世の中の人に誤解を与えたり、だまされてお金を払って見たくもないものを見てしまったりすることのないようにすることを求めたのです。当初、マシュー・マグは反対しました。「大げさにやる」ことがなければ、大入りはむりだと言ったのです。しかし、やがて先生の言うとおりだとわかりました。

ドリトル・サーカスの宣伝で約束されているものはほんとうに見られると人々がわかるようになって、この新しいサーカスは正直だという評判を勝ち得たため、ほかのどんな客よせもかなわないほど多くのお客を呼びよせたのでした。

先生が経営をはじめたころ、マシューが頭をかかえたもうひとつの問題は、先生がだれにでも無料でお茶を出そうとしたことです。

「ねえ、先生」と、マシュー。「破産しちまいますよ！　お金もとらずに、何千もの人たちにお茶をふるまうなんて。ここはホテルじゃねえんだ——身よりのない人たちのめんどうを見る施設でもねえ！」

「マシュー」と、先生。「私のショーを見に来る人たちは、いわば私のお客さんだ。

遠くからはるばるやってくる人もいる。あかんぼうを、だっこしてね。午後のお茶というのは、すてきな慣習だ。私自身も、なしですますのは、とてもいやなのだよ。五十キロ単位でお茶や砂糖を買えば、大した出費にもならんよ。シアドーシアが、お茶を淹れてくれる。」

そこで、入場者への午後のお茶サービスが、しきたりになりました。そのすぐあとで、べつのしきたりがつけくわわりました。子どもたちへは、ペパーミント・キャンディーの入った袋がただで配られたのです。そして、先生の予想したとおりになりました。ある町で、ドリトル・サーカスがもっと大きなサーカスの一座とはちあわせたとき、ドリトル・サーカスのほうがそちらの二倍の収入があったのです。それというのも、人々は、お茶をもらえて正直にていねいにあつかわれることがわかっていたからです。

第八章　ドリトル・サーカス

ドリトル・サーカスがロンドンにお目見えするまで、あと六週間とせまりました。とちゅう、いくつかの町に寄りましたが、その最初がティルマスでした。ここで先生は、一晩だけですが、また牢屋（ろうや）へ入れられてしまいました。それは、こういうわけでした。

先にのべたように、ブロッサムの代わりに先生が団長となったことに大よろこびしたのは、人間の出演者たちより、動物たちのほうでした。そして、ほんの少し余分なお金ができるとすぐに先生がやったことは、動物たちに不平不満がないかと聞いてまわることでした。もちろん、たくさんの不平不満がありました。第一に、動物小屋にいるほとんどすべての動物たちが、自分のすみかにペンキをぬり直してもらいたがりました。そこで、先生は、そこに住む動物がそれぞれ好む色で、すべてのおりをぬらせたのです。

動物小屋を直してまもなく、べつの不平が出てきました。これは、たしかに、先生が以前に何度か聞いたことがあるものでした。せまい小屋から出て、自由に足をのばしたいというのです。

「そりゃあね」と、先生。「私だって、そもそも君たちをとじこめるのはよろしくないと思う。私のやりたいようにできるなら、みんなをアフリカに送り返し、ジャングルで自由に暮らしてもらいたい。だが、そんなお金はないからね。もちろん、お金が入ったら、すぐになんとかしてやろう。」

「毎日数分だけでも外に出られれば、」ライオンは、先生の肩ごしに、豊かな自然の丘がうねっているのを、あこがれに満ちた目でながめながら言いました。「少しはましなのですが。」

「そうです」と、ヒョウ。「それで、ずいぶんしのげます。ああ、このみじめな箱の四つの壁には、うんざりだ。」

ヒョウの声の調子があまりにかわいそうで、ライオンの顔があまりに悲しそうだったので、先生はすぐになんとかしてやらなければならないと思いました。

「いいかね」と、先生。「毎晩、君たちを外に出して、ひとっ走りさせてやろうじゃないか。その代わり、ひとつふたつ約束してもらえるかね？」

「よろこんで」と、二頭はいっしょに言いました。

「三十分したら、もどってくるかね？　正直に？」

「もどります。」

「そして、人間を食べないと、かたく約束できるかね？」

「名誉にかけて、約束します。」

「よろしい」と、先生。「では、ショーが終わったあと毎晩、おりをあけてやるから、三十分自由に走りなさい。」

こうして、午後のお茶や子どもたちのペパーミント・キャンディーと同じく、これもまたドリトル・サーカスのならわしとなりました。動物小屋の動物たちは、名誉にかけた約束をして、三十分したら自分から帰ってくるという条件で、毎晩自由に走ってよいことになったのです。これは、しばらく、おどろくほどうまくいきました。サーカスの人たちはやがて、動物は約束を守るし、人間にちょっかいをださないと信用してよいのだとわかりました。シアドーシアでさえ、夜のランニングが終わって寝ぐらにもどるとちゅうのライオンやヒョウが真っ暗な敷地内を歩いているのとばったり会っても、だいじょうぶになりました。

「これでよい」と、先生。「なんでもっと前に思いつかなかったのだろう。私たちと同様に一日じゅう働いて――見世物になって――いたのだから、夜は少し自由にして、遊ばせてやるのは当然だ。」

もちろん、動物たちは、サーカスの柵の外へ出るときは、人間に会わないように気をつけました。人間をこわがらせたくないですし、それに人間なんて、しょせん、つまらないのです。正直、一日中おりのなかで、じろじろとながめられ、見つめられて、もう人間なんてうんざりでした。

ところが、ある晩、サーカスが新しい町へ移動したとき、たいへん深刻な事件が起こりました。マシューが十時ごろ先生の箱馬車(キャラバン)へかけつけて、こう言ったのです。

「団長、ライオンがもどってきません！　今、鍵(かぎ)をかけに、ひとまわりしていたんですが、おりがからっぽです。ライオンを出してやったのは、一時間以上前なのに。」

「なんてこった！」先生はとびあがって、動物小屋へすっ飛んで行き、マシューがそのすぐあとからついてきました。「どうしたんだろう。私に約束をしたのだから、絶対、逃げたりしないはずだが。事故にあっていなければいいのだが。」

動物小屋に着くと、先生はヒョウのおりへ行き、ライオンがどこにいるか知らないかとたずねました。

「道に迷ったんでしょう、先生」と、ヒョウ。「おれたち、いっしょに出ていって、荒れ野を東へ散歩してました。でも、知らない土地ですから、川にぶつかってしまい、わたれないので、あいつは川上、おれは川下で、むこう岸へわたれそうな浅瀬はないか、さがしたんです。おれは、ついていませんでした。川岸に沿って進めば進むほど、どんどんはばが広くなり、深くなったのです。そのとき教会の時計が鳴るのが聞こえて、もどる時間だと分かりました。ここに帰ったらライオンがいるかと思っていたんですが、いませんでした。」

「人間には会わなかったね？」先生は、たずねました。

「ひとりも」と、ヒョウ。「農場の前を通りましたが、だれかをこわがらせてはいけないと思ってぐるりとまわって行きました。ライオンも、帰り道を見つけるでしょう。心配は要りません。」

先生は、ライオンが帰ってくるまでその晩ずっと寝ないで起きていました。自分で外へ出て行って、ヒョウが話していた小川に沿ってさがしてみたりもしました。しかし、いなくなったライオンの手がかりは見つかりませんでした。

朝になってもまだ、ライオンは帰りません。先生はとても心配しました。しかし、サーカスを開門しなければならないので、先生の心配はよそへうつりました。人々がどっと入ってきて、大入りとなり、だれもがあわただしくなりました。

お茶の時間に、いつものとおり、ドリトル先生はお客にお茶をふるまい、シアドーシアは、晴れ着を着て休日を楽しんでいる人たちでいっぱいのたくさんの小さなテーブルのあいだをあちこち動きまわりながら、お給仕をしました。

先生がお皿のケーキをご婦人にすすめようとテーブルのあいだを歩いていたとき、ふいに、例のライオンが正門を通ってサーカスの敷地内へのっしのっしと入ってくるのが見えました。そのとき、だれもが食べたり飲んだりするのにいそがしかったので、先生は、静かに動物小屋へむかっているライオンが、お客に見られないうちに寝ぐらにもどってくれるように祈りました。

ところが、ざんねん！　農家の家族の一行が、見世物小屋から出てきて、ちょうど動物小屋の戸口に着こうとしていたライオンのまん前へ出てきてしまいました。おかあさんは金切り声をあげて、子どもたちをひっつかむと走りだしました。おとうさんは杖をライオンに投げつけ、やはり走って逃げました。それから二分間ほど、大さわぎになりました。女の人たちはきゃあとさけび、テーブルがひっくり返り、とうとうお客のなかに、銃をぶっぱなすというおろかなことをする人がでてきました。かわいそうなライオンは、すっかりおびえて、むきを変えると、命からがら逃げだしました。

それで、興奮は少しおさまりましたが、人々はあまりに動転してしまったので、サーカスを楽しむどころではなくなって、みんなさっさと家へ帰ってしまい、人っ子ひとりいなくなりました。

こうして、ライオンは、いったんすがたを見せたものの、またいなくなってしまったわけです。先生は、ライオンがこんな歓迎のしかたをされておびえてしまったので、以前より見つけにくくなったのではないかと心配しました。

ドリトル先生が捜索隊を組んで、さがしにいこうとしているときに、ふたりの警官がサーカスへやってきて、先生を逮捕しました。野生動物を放し飼いにし、人々を危険にさらしたという罪だそうです。しかも、どうやらライオンは養鶏場へ押し入って、ありったけのニワトリを食べてしまったらしいのです。先生が牢屋へむかって町を歩いていると、養鶏場の持ち主がついてきて、先生をののしり、どれほど弁償してもらわなければならないか言いました。

先生はその夜を牢屋ですごしました。その一方で、ライオンはパン屋の地下室に逃げこんでおり、パン屋さんもほかの人も、そこへ降りていこうとはしませんでした。サーカスの家のだれも、こわくてベッドへ行けません。ライオンを連れ帰ってくれと、サーカスに伝言がありました。しかし、ぬけめないマシュー・マグは、サーカスの人間ならだれにでもライオンをつかまえられるとわかっていながら、「ライオンに近寄れるのは先生しかいないので、ライオンを連れ帰ってほしければ、早く先生を牢屋から出しなさい」と言ってやりました。

そこで翌朝早く、警察は、先生を牢屋から出しました。それから先生はパン屋の地下室へ行ってライオンと話をしました。

「ほんとうに申しわけない、先生」と、ライオン。「あの荒れ野で道に迷ってしまいましてね。あちこちさまよって、次の日になってようやく道を見つけてサーカスにもどってきたのです。見つからないように動物小屋にそっとしのびこもうとしたのですが、あのばかが銃をぶっぱなしたとき、こわくなって逃げだしちまいました。」

「しかし、ニワトリは?」と、先生。「外に出ているあいだは、なんにも手を出さないと約束したろう?」

「人を食べないと約束しただけです」と、ライオン。「私はなにか食べないではいられません。あの荒れ野を一晩じゅう歩きまわって、死にそうに腹がへっていました。ニワトリの代金をいくら払えと言ってきているのですか?」

「一ポンド七シリング六ペンスだ」と、先生。「一羽半クラウンで十一羽分だ。」

「そんな金を出せと言うなんて、まるで強盗ですよ」と、ライオン。「あんな、かたくてかめない年寄りニワトリ、食ったことありません。それに、おれは九羽しか食っていません。」

「これからは、」と、先生。「君の散歩には私がついて行ったほうがよさそうだな。」

それから、先生はライオンを連れて家へ帰りました。おびえた町の人たちがドアのすきまからのぞき見るなかを、この猛獣はドリトル先生のすぐうしろについて、まるで羊のようにおとなしく静かにのっしのっしと通りを歩いたのでした。

こうして先生は、望んでいたとおりに動物たちのことに気を配ってやれたので、自分でも人生がとても楽しめるようになりました。気の毒なダブダブには、先生にサーカスからはなれてパドルビーでの生活にもどっていただくことは日に日にむずかしくなっていくように思われれました。

ドリトル先生がひまがあるときもっぱらやっていることは、前にも言いましたが、新しくおもしろい動物ショーを考えだすことでした。そのとき、先生はいつも、観客としてとくに子どもたちを思い描き、大人むけでなく子どもむけの劇や見世物を作りました。〝口をきく馬〟とパドルビー・パントマイムが大当たりとなったおかげで、動物のことばを知っていると、こんなときに大いに役に立つことがわかりました。たとえば、ファティマから買い取ったヘビは、のちに先生に訓練されて、ちょっとしたショーをするようになりました。ばかな太ったおばさんが魔法使いのふりをするヘビ使いのショーなどではなくて、ドリトル・サーカスでの見世物では、ヘビたちがまったく人の手を借りない独自の芸を見せたのです。オルゴールのメロディーに合わせて、ヘビたちはとても独特な、気品のあるおどりをおどりました。カドリールというゆったりとしたおどりを、あやとりをするかのようにおどるのです。ヘビ用の小さな舞台の上を、音楽の拍子に合わせて、しっぽで立ってすべっていき、おどりの相手におじぎをしたり、ぐるぐるまわりながら相手をかえていって最初の相手にもどったり、たがいに結び目を作ってみせたり、兵隊のように行進したり、だれも見たことがないような芸をたくさんやってみせたのです。

実際、時がたつにつれ、ドリトル・サーカスの動物たちの見世物は、ほぼどれも動物が自分で取り仕切るようになりました。ものすごい数の見世物があり、どれも、出演する動物の特徴をよくあらわしていました。たとえば、ヘビの見世物は、その優雅な動きを見せるものでした。というのも、ドリトル先生のお考えでは、ヘビは世界一みやびな動物だからです。反対に、ゾウは、ゾウらしくない、くだらない玉乗りのような芸ではなく、力を見せる技を披露しました。

「動物の芸当に、人間は要らないのだ」と、先生は、ある日マシューに言いました。「ヘラクレスやホップや曲芸師は例外だがね。あれは人間の芸人だけでやる、人間のショーだ。しかし、制服を着たくだらん男がムチを持ってライオンに輪っかをくぐらせるなんて、なんの意味があるかね？　まるで動物に考えがないかのようではないか。どんなことをすれば人間の観客をおもしろがらせることができるか――とくに笑わせるショーの場合だが――ということを一度教えてやれば、動物にまかせておいたほうが、ずっといいショーを自分たちでやってくれる。動物のユーモアのセンスは、人間よりずっとすぐれている。しかし、人間はおろかだから、動物たちがたがいにおもしろがってやっていることのおもしろみがわからんのだ。たいていの場合、動物を人間のレベルに下げなければならない。動物のおふざけのスタイルをかなり……その……大ざっぱで、わかりやすいレベルに落とさなければならんのだ。さもないと、人間にはまったく理解できんからな。」

　こうして、ドリトル・サーカスは、ほかのサーカスとはまったくちがうものとなりました。すべてのお客に対して先生が親切で心のこもったおもてなしをするので、商売をしているのではなく、家族の集まりのような感じがしました。

　規則もほとんどありませんでした。小さな子どもが「舞台裏」を見たがったり、ゾウの小屋に入ってなでてみたがったりすれば、どこへでも手厚く案内してもらえました。このことだけを見ても、ドリトル・サーカスがとても個性的であることがわかります。箱馬車(キャラバン)の一行が次の町へうつっていくときはいつでも、子どもたちが道を何キロも追いかけました。そして、いつまた自分たちの町へ来てくれるのだろうと、そればかり何週間も話しつづけるのでした。それというのも、どこの子どもたちも、ドリトル・サーカスを、自分たちだけの特別なものだと思うようになっていたからです。

訳者あとがき

本書は、『ドリトル先生の郵便局』に続く、シリーズの第四巻である。

というのは刊行の順番であって、話の内容からすると本書は、第一巻『ドリトル先生アフリカへ行く』の最後の章で「ボクコチキミアチを荷馬車に乗せて、田舎の縁日をめぐり歩いて、国じゅうを旅しました」とある部分を詳細に述べた物語であると解釈できる。本書『サーカス』において、ボクコチキミアチは初めてマシュー・マグに紹介され、初めて観客の目にさらされるからである。

第一巻『ドリトル先生アフリカへ行く』の最後では、船を貸してくれた船乗りに会いに行き、その船を沈めてしまった代わりに、サーカスで稼いだ金で新しい船を二艘買ってあげるが、本書は、そこに至るまでのサーカスの話だ。借りた船の弁償をこれからするという設定であるから、第一巻の最終章の部分の詳細な物語というわけである。

本書冒頭の説明で、海賊船に乗って長いアフリカ旅行から帰ってきたことになっているのも、『ドリトル先生アフリカへ行く』の最後とつながっている。メガネの農馬は『アフリカへ行く』の前半では三十六歳だったが、「こうして数年が経つと」ドリトル先生は有名になったという記述があって、本書では三十九歳になっている（166ページ）。

ところが、15ページでマシュー・マグはチープサイドあての手紙を受け取ったと話し（『ドリトル先生の郵便局』97ページ参照）、64ページでソフィーは「先生のことは、郵便局の鳥たちから聞いたり、『月刊北極』を読んだりしてすっかり存じあげております」と言うため、本書『サーカス』の前に『郵便局』の話が来ることになる。しかも、トートーは、「スティーブン岬の灯台の明かりが消えたと警告しにきてくれたカモメ」と出会い、「あのなつかしい船に郵便局があったころから一度も会っていませんでした」（71ページ）と言うし、「何か月も前、先生が郵便局船に寝泊まりしていた」（72ページ）という記述がある以上、本書の何か月も前にドリトル先生はカモメ郵便を行っていたということになる。

しかし、『郵便局』の冒頭に「ボクコチキミアチは、イギリスに来てから長い月日がたっていました」とあるので、それに従えば『郵便局』は『サーカス』よりあとの話になる。つまり物語の時間軸（internal chronology）を追っていくと、破綻をきたすのだ。もしロフティングが意図的にそうしているのだとしたら、それは、このユートピアのような物語が実際には成立しえないことの示唆なのだろうか。

謎はつきない。『アフリカへ行く』の最後では、六月にイギリスに帰り、まっすぐパドルビーに帰らずにサーカスに出て、パドルビーに帰ってくるのはタチアオイが満開の花をさかせたころ(六~八月)としている。しかし、本書冒頭では帰国後すぐ九月にパドルビーに帰ってきて、それからサーカスに出かけている。このずれは何か?『ハリー・ポッター』のキングズ・クロス駅の9と3/4番線のように、本来なら入っていけない「ズレ」なのか?

空間的な謎もある。ソフィーとドリトル先生が旅した「アシュビーからブリストル海峡までの百六十キロ」とは、どこからどこまでか? アシュビーは架空の町だが、ブリストル海峡から百六十キロはなれた都市といえば、ちょうどロンドンがそうだ。だが、かりにロンドンの近くにアシュビーがあったとしたら、ブリストル海峡まで行かずとも、東や南にすぐ海があるはずなのだ。

わからないことは多々あるが、本書の主張は明確であり、それは人間と同様に動物にも権利があるという主張だ。ヒト以外の生物を虐げてよいとする種差別(speciesism)は不当だとするもので、現在ではピーター・シンガーの『動物の解放』(一九七五)によって広く知られるようになった主張だが、それに半世紀も先んじる一九二四年にロフティングは本書で、サーカスや狩猟における動物虐待に強く抗議していたのである。自身が牢屋に入れられようが、狩猟に反対の声をあげるというドリトル先生の正義漢ぶりが爽快だ。『航海記』で闘牛に対して怒りの声をあげたのも同じであり、動物愛護の精神は徹底している。

ただ、ピーター・シンガーの主張に従えば、動物を食べないというヴィーガニズム（菜食主義）に行きつくはずなのだが、ドリトル先生はベーコンやソーセージやハムを食べているという矛盾はある。動物たち同士も肉食をやめるわけではない。『郵便局』の白ネズミのお話のあとで、トートーが「ちょこまかしたハツカネズミはいないかと――そのころ、私の大好きだった珍味でしてね」と語るのを聞いて、その場にいた白ネズミはどんな気持ちになったのだろうと心配してしまう。本書でも、パンタローネの恰好をしたガブガブがソーセージをもって舞台をかけまわるが、ガブガブはソーセージがなんでできているのか知らないのだろうか。かといって、ヴィーガニズムが問題の解決になるとは私には思えない。逆に、人間だけが動物を食べなければいいとするのは人間中心の発想だという問題もあるように思われる。

環境問題についても人間中心に考えるべきではないというディープ・エコロジーという発想（一九七三年にノルウェーの哲学者アルネ・ネスが提唱）があり、人間は自然の一部にすぎないのだという理解がますます必要になってきている。それにもかかわらず経済的理由から地球の環境破壊を進めてもかまわないとするポピュリズム政治が横行するのは、まったくもって嘆かわしい。

さて、〝口をきく馬〟のモデルは、シェイクスピアの時代に遡る。エセックス伯ロバート・デヴルーの馬番ウィリアム・バンクスが、モロッコという名の馬を連れてロンドンへ出て、劇場でさまざまな曲芸をさせたのだ。観客の中から特定の人を選び出したり、指示どおりに踊ったり横になったり、コインの数を数えさせたりしたのである。当時の有名な道化役者リチャード・タールトンと共演したこともあって、ロンドンじゅうの大人気となっていたので、シェイクスピアも観たはずだ。

モロッコという馬がどうしてそんなに賢いかは明らかにされなかったが、類似の例からその謎は解ける。現代のサーカスの創始者フィリップ・アストリー（一七四二〜一八一四）は、ビリーと呼ばれる馬に芸を仕込み、舞台上で与える合図に従ってひづめで床を叩かせ、あたかも算数ができるかのように見せたのである。モロッコもその手口で芸を見せたのだろう。ブロッサム団長も同じことをしたというわけである。

ところが、十九世紀末ドイツ人カール・クラールが所有していた馬ムハメドは合図を与えずともかんたんな算数ができ、二十世紀初頭に大ニュースとなったドイツ人ヴィルヘルム・フォン・オーステンが飼う「賢馬ハンス」の場合も、合図を与えずとも簡単な問題をひづめで地面を叩く回数で答えた。学者たちの調査により、意識して合図を与えずとも、馬は賢いので、人間のかすかな動きや期待を読み取って正解したと結論付けられた。

ここまでは、よく知られた話だろう。だが、最近の研究によれば、動物たちはもっと賢いことがわかってきた。二〇〇八年エセックス大学のクラウディア・オウラー博士は、研究の結果、馬には計算能力があるとわかったと発表した（二〇〇八年四月四日「テレグラフ」紙報道）。そして、動物心理学者アイリーン・ペパーバーグによれば、三十年間研究対象としたオウムのアレックスは、六まで数えられ、百以上の語彙をもっていたという（ペパーバーグ『アレックス・スタディ――オウムは人間の言葉を理解するか』渡辺茂ほか訳、共立出版、二〇〇三）。

また、『ことばをおぼえたチンパンジー』（福音館書店、一九八五）などの著書もある京都大学霊長類研究所の松沢哲郎教授は、チンパンジーのアイの計算能力や知性の高さを示したことで知られる。アイは、「NHKスペシャル」の枠で「ことばを覚えたチンパンジー」として何度かドキュメンタリー報道されている。

私たちは動物と対話をする必要が大いにありそうではないか。ほかにも気になる本をいくつか新しい順に挙げておこう。

◎ジェニファー・アッカーマン『鳥！　驚異の知能――道具をつくり、心を読み、確

率を理解する』鍛原多恵子訳（講談社、二〇一八）

◎フランス・ドゥ・ヴァール『動物の賢さがわかるほど人間は賢いのか』松沢哲郎監訳・柴田裕之訳（紀伊國屋書店、二〇一七）

◎ジャニン・M・ベニュス『動物言語の秘密――暮らしと行動がわかる』上田恵介監訳（西村書店、二〇一六）

◎渡辺茂『鳥脳力――小さな頭に秘められた驚異の能力』（化学同人、二〇一〇）

◎フランス・ドゥ・ヴァール『共感の時代へ――動物行動学が教えてくれること』柴田裕之訳（紀伊國屋書店、二〇一〇）

◎アイリーン・M・ペパーバーグ『アレックスと私』佐柳信男訳（幻冬舎、二〇一〇）

◎セオドア・ゼノフォン・バーバー『もの思う鳥たち――鳥類の知られざる人間性』笠原敏雄訳（日本教文社、二〇〇八）

河合祥一郎

二〇二〇年四月

編集部より読者のみなさまへ

動物のことばが話せるお医者さんのゆかいな冒険をえがいた「ドリトル先生」シリーズは、1920年にアメリカで出版されて以来、世界じゅうの子どもから大人にまで愛されてきた名作です。シリーズはぜんぶで十四巻あり、その四巻めを新たに読みやすく訳したのが、この『新訳　ドリトル先生のサーカス』です。

編集部では、作者のロフティングさんがこの物語にこめたメッセージは、「人も動物も区別なく、みんななかよしでいるのが一番」であると考えています。

ですから、みなさんが物語をさいごまで読んでくださったら、「どんな人にも、どんな動物にも、やさしくしよう」という気持ちをもっていただけるのではないか、と考え、この作品を出版することに決めました。

ただ、「ドリトル先生」シリーズは古い作品です。そのため、今の私たちから見ると、時代おくれと感じられる部分もふくまれています。まず、動物や植物についての知識が古いところがあります。そして、差別的ともとれる表現が少しまじっています。

差別とは、生まれたところや、ついた仕事のちがいなどを理由に、人が人を区別して見下すことを言います。生まれや仕事がちがうといったことだけで、人が人をばかにしてよいはずがありません。どんな人もみな同じように心をもった、大切でかけがえのない存在だからです。

ですが、ロフティングさんの生きていたころの西洋社会には、まだ差別的な考え方が強く残っていました。そのためこの作品にも、サーカスのことを悪く言う人が登場したり、ロマ民族のことを少し下に見るかのような表現があったり、今の私たちからは、職業差別や民族差別ともとれるお話がえがかれています。

ロフティングさんは、戦場でケガをした馬が「治療できないから」と、次々とところされていく様子に心を痛めて、動物と話せるお医者さんドリトル先生のアイデアを思いついたと言われます。たいへん思いやりのある、心やさしい人だったのです。

でも、どんな人でも、それぞれの時代の考え方に影響を受け、しばられずにはいられないものなのです。そのため、ざんねんながら、今の時代の私たちから見ると、差別的ともとれるくだりがこの作品にはふくまれているのです。

今回、本を出版するにあたり、そうした部分をけずることも考えました。しかし、それをしてしまいますと、お話のつながりがおかしくなり、ロフティングさんのメッセージがつたわりにくくなる可能性があります。本当はロフティングさんに書きなおしてもらえばよいのでしょうが、かれはすでに亡くなっています。

そこでこの本では、ロフティングさんの書いた元のままの内容を、表現に気をつけつつ、のせています。先に書いたように、ロフティングさんは差別するつもりではなく、「人も動物も区別なく、みんななかよしでいるのが一番」とつたえたかったのだ、と編集部では考えるからです。ですから、みなさんにもロフティングさんのメッセージを誤解しないでもらえたら、と思います。

そして、古い時代には、今の私たちから見るとおかしな考え方があり、どんな心やさしい人でもそれにしばられることがあったこと、また、そうしたおかしな考え方を人間が努力して変えてきたという歴史があることを、みなさんに知ってもらえたら、なおうれしく思います。

本書は、二〇一二年三月に小社より刊行された
角川つばさ文庫（児童向け）を一般向けに加筆
修正したうえ、新たに文庫化したものです。

本文挿絵／ももろ

新訳（しんやく）
ドリトル先生（せんせい）のサーカス
ヒュー・ロフティング　河合祥一郎（かわいしょういちろう）＝訳

令和2年 6月25日　初版発行
令和6年 12月15日　3版発行

発行者●山下直久

発行●株式会社KADOKAWA
〒102-8177　東京都千代田区富士見2-13-3
電話　0570-002-301（ナビダイヤル）

角川文庫 22220

印刷所●株式会社KADOKAWA
製本所●株式会社KADOKAWA

表紙画●和田三造

●お問い合わせ
https://www.kadokawa.co.jp/（「お問い合わせ」へお進みください）
※内容によっては、お答えできない場合があります。
※サポートは日本国内のみとさせていただきます。
※Japanese text only

ISBN 978-4-04-109157-9　C0197

角川文庫発刊に際して

角　川　源　義

第二次世界大戦の敗北は、軍事力の敗北であった以上に、私たちの若い文化力の敗退であった。私たちの文化が戦争に対して如何に無力であり、単なるあだ花に過ぎなかったかを、私たちは身を以て体験し痛感した。西洋近代文化の摂取にとって、明治以後八十年の歳月は決して短かすぎたとは言えない。にもかかわらず、近代文化の伝統を確立し、自由な批判と柔軟な良識に富む文化層として自らを形成することに私たちは失敗して来た。そしてこれは、各層への文化の普及滲透を任務とする出版人の責任でもあった。

一九四五年以来、私たちは再び振出しに戻り、第一歩から踏み出すことを余儀なくされた。これは大きな不幸ではあるが、反面、これまでの混沌・未熟・歪曲の中にあった我が国の文化に秩序と確たる基礎を齎らすためには絶好の機会でもある。角川書店は、このような祖国の文化的危機にあたり、微力をも顧みず再建の礎石たるべき抱負と決意とをもって出発したが、ここに創立以来の念願を果すべく角川文庫を発刊する。これまで刊行されたあらゆる全集叢書文庫類の長所と短所とを検討し、古今東西の不朽の典籍を、良心的編集のもとに、廉価に、そして書架にふさわしい美本として、多くのひとびとに提供しようとする。しかし私たちは徒らに百科全書的な知識のジレッタントを作ることを目的とせず、あくまで祖国の文化に秩序と再建への道を示し、この文庫を角川書店の栄ある事業として、今後永久に継続発展せしめ、学芸と教養との殿堂として大成せんことを期したい。多くの読書子の愛情ある忠言と支持とによって、この希望と抱負とを完遂せしめられんことを願う。

一九四九年五月三日

5巻の『新訳 ドリトル先生の動物園』は…

『ドリトル先生航海記』に続くお話です。

　巨大なガラス海カタツムリに乗ってひさしぶりにイギリスに帰ってきたドリトル先生は、ついに長年の夢であった、動物の、動物による、動物のための動物園を作ります。

　それは動物たちが自分で運営する、世界にたった一つの檻(おり)のない動物園。

　ネズミ・クラブやリス・ホテル、ウサギ・アパートまである、まさに動物の町なんです。

　そして、なんとあのチューチューことばを話す白ネズミがえらい町長さんになって大活躍！

　先生やトミー少年は、ネズミたちのゆかいなお話をいろいろ聞いて、とても楽しくすごします。

　ところが、たいへん！　先生は大金持ちの遺書をめぐる大事件にまきこまれてしまいます。こうなったら探偵犬といっしょに、事件の謎を解くしかない!?　先生はぶじ解決できるのでしょうか？

　ミステリーうずまく第5巻もお楽しみに！

2020年12月発売予定

新訳 ドリトル先生の動物園（角川文庫）
ヒュー・ロフティング
訳／河合祥一郎

イラスト／ももろ

角川文庫海外作品

不思議の国のアリス

ルイス・キャロル
河合祥一郎＝訳

ある昼下がり、アリスが土手で遊んでいると、チョッキを着た兎が時計を取り出しながら、生け垣の下の穴にぴょんと飛び込んで……個性豊かな登場人物たちとユーモア溢れる会話で展開される、児童文学の傑作。

鏡の国のアリス

ルイス・キャロル
河合祥一郎＝訳

ある日、アリスが部屋の鏡を通り抜けると、そこはおしゃべりする花々やたまごのハンプティ・ダンプティたちが集う不思議な国。そこでアリスは女王を目指すのだが……永遠の名作童話決定版！

新訳　ハムレット

シェイクスピア
河合祥一郎＝訳

デンマークの王子ハムレットは、突然父王を亡くした上、その悲しみの消えぬ間に、母・ガードルードが、新王となった叔父・クローディアスと再婚し、苦悩するが……画期的新訳。

新訳　ロミオとジュリエット

シェイクスピア
河合祥一郎＝訳

モンタギュー家の一人息子ロミオはある夜仇敵キャピュレット家の仮面舞踏会に忍び込み、一人の娘と劇的な恋に落ちるのだが……世界恋愛悲劇のスタンダードを原文のリズムにこだわり蘇らせた、新訳版。

新訳　ヴェニスの商人

シェイクスピア
河合祥一郎＝訳

アントーニオは友人のためにユダヤ商人シャイロックに借金を申し込む。「期限までに返せなかったらアントーニオの肉１ポンド」を要求するというのだが……人間の内面に肉薄する、シェイクスピアの最高傑作。

角川文庫海外作品

新訳 リチャード三世
シェイクスピア
河合祥一郎＝訳

醜悪な容姿と不自由な身体をもつリチャード。兄王の病死をきっかけに王位を奪い、すべての人間を嘲笑し返そうと屈折した野心を燃やす男の壮絶な人生を描く、シェイクスピア初期の傑作。

新訳 マクベス
シェイクスピア
河合祥一郎＝訳

武勇と忠義で王の信頼厚い、将軍マクベス。しかし荒野で出合った三人の魔女の予言は、マクベスの心の底に眠っていた野心を呼び覚ます。妻にもそそのかされたマクベスはついに王を暗殺するが……。

新訳 十二夜
シェイクスピア
河合祥一郎＝訳

オーシーノ公爵は伯爵家の女主人オリヴィアに思いを寄せるが、彼女は振り向いてくれない。それどころか、女性であることを隠し男装で公爵に仕えるヴァイオラになんと一目惚れしてしまい……。

新訳 夏の夜の夢
シェイクスピア
河合祥一郎＝訳

貴族の娘・ハーミアと恋人ライサンダー。そしてハーミアのことが好きなディミートリアスと彼に恋するヘレナ。妖精に惚れ薬を誤用された4人の若者の運命は？幻想的な月夜の晩に妖精と人間が織りなす傑作喜劇。

新訳 から騒ぎ
シェイクスピア
河合祥一郎＝訳

ドン・ペドロは策を練り友人クローディオとヒアローを婚約させた。続けて友人ベネディックとビアトリスもくっつけようとするが、思わぬ横やりが入る。思いこみの連続から繰り広げられる恋愛喜劇。新訳で登場。

角川文庫海外作品

新訳 まちがいの喜劇

シェイクスピア
河合祥一郎＝訳

アンティフォラスは生き別れた双子の弟を探しにエフェソスにやってきた。すると町の人々は、兄をもとから いる弟とすっかり勘違い。誤解が誤解を呼び、町は大混乱。そんなときとんでもない奇跡が起きる……。

新訳 オセロー

シェイクスピア
河合祥一郎＝訳

美しい貴族の娘デズデモーナを妻に迎えたヴェニスの黒人将軍オセロー。恨みを持つ旗手イアーゴーの巧みな策略により妻の姦通を疑い、信ずるべき者たちを手にかけてしまう。シェイクスピア四大悲劇の一作。

新訳 お気に召すまま

シェイクスピア
河合祥一郎＝訳

舞台はフランス。宮廷から追放され、男装して森に逃げる元公爵の娘ロザリンド。互いに一目惚れした青年オーランドーと森で再会するも目下男装中。正体を明かさないまま、二人の恋の駆け引きが始まる——。

新訳 アテネのタイモン

シェイクスピア
河合祥一郎＝訳

財産を気前よく友人や家来に与えるアテネの貴族タイモンは、膨れ上がった借金の返済に追われる。他の貴族に援助を求めるが、手の平を返したようにそっぽを向かれ、タイモンは森へ姿をくらましてしまい——。

新訳 フランケンシュタイン

メアリー・シェリー
田内志文＝訳

若く才能あふれる科学者、フランケンシュタイン。人間創出に情熱を注いだ結果、恐ろしい怪物が生み出されてしまう。愛する者を怪物から守ろうとする科学者の苦悩と正義を描いた、ゴシックロマン。

角川文庫海外作品

新訳 メアリと魔女の花
メアリー・スチュアート
越前敏弥・中田有紀＝訳

映画「借りぐらしのアリエッティ」、「思い出のマーニー」の米林宏昌監督作品「メアリと魔女の花」原作を、新たに翻訳刊行。メアリのワクワク・ドキドキ・ハラハラの大冒険に、大人も子どもも、みんな夢中！

新訳 アーサー王物語
トマス・ブルフィンチ
大久保　博＝訳

六世紀頃の英国。国王アーサーや騎士たちが繰り広げる、冒険と恋愛ロマンス、そして魔法使いたちが引き起こす不思議な出来事……ファンタジー文学のルーツが、ここにある！

海底二万里 (上)(下)
ジュール・ヴェルヌ
渋谷　豊＝訳

1866年、大西洋に謎の巨大生物が出現した。アメリカ政府の申し出により、アロナックス教授は、召使いのコンセイユとともに怪物を追跡する船に乗り込む。順調な航海も束の間、思わぬ事態が襲いかかる……。

ザ・カルテル (上)(下)
ドン・ウィンズロウ
峯村利哉＝訳

麻薬王アダン・バレーラが脱獄し、身を潜めるDEA捜査官アート・ケラーも動きはじめた。宿命の対決、再び。圧倒的な怒りの熱量で、読む者を容赦なく打ちのめす。21世紀クライム・サーガの最高峰。

グッド・オーメンズ (上)(下)
ニール・ゲイマン
テリー・プラチェット
金原瑞人・
石田文子＝訳

黙示録に記されたハルマゲドンを実現すべく、悪魔が、この世を滅ぼすことになる赤ん坊を外交官の一家に生まれた赤ん坊とすり替えた。しかし11年後様子を見に行くと、子どもがいない!?　人類の命運やいかに？